俄罗斯抒情诗选

[俄罗斯]普希金　等◎著

曾思艺◎编译

長江出版傳媒｜长江文艺出版社

图书在版编目（CIP）数据

俄罗斯抒情诗选 /（俄罗斯）普希金等著；曾思艺编译. -- 武汉：长江文艺出版社，2023.12
ISBN 978-7-5702-3292-5

Ⅰ. ①俄… Ⅱ. ①普… ②曾… Ⅲ. ①抒情诗－诗集－俄罗斯 Ⅳ. ①I512.2

中国国家版本馆 CIP 数据核字(2023)第 186860 号

俄罗斯抒情诗选
ELUOSI SHUQINGSHI XUAN

责任编辑：郭良杰　　责任校对：毛季慧
封面设计：胡冰倩　　责任印制：邱　莉　杨　帆

出版：长江出版传媒　长江文艺出版社
地址：武汉市雄楚大街 268 号　　邮编：430070
发行：长江文艺出版社
http://www.cjlap.com
印刷：湖北金港彩印有限公司

开本：880 毫米×1230 毫米　1/32　　印张：13.25
版次：2023 年 12 月第 1 版　　2023 年 12 月第 1 次印刷
行数：13144 行

定价：45.00 元

俄罗斯抒情诗的魅力

俄罗斯地跨欧亚两洲，兼有东方与西方的特点，东正教更赋予它浓厚的神秘主义色彩，这使得其文化、文学，尤其是抒情诗具有一种独特的魅力。从俄罗斯抒情诗来看，这一独特的魅力体现在以下三个方面。

一、直面现实而又富于哲理。俄罗斯人热爱脚下的土地，热爱现实生活，他们深深地扎根于现实，抗议社会的不公与黑暗，关心被欺凌与被侮辱者的不幸，关心民族的前途与命运。因此，俄罗斯文学，包括抒情诗，尤其是文人的抒情诗，其突出特点是直面现实，反映社会现实问题。俄国第一位职业诗人谢苗·波洛茨基已初步奠定关注现实的基础，18 世纪俄国更是形成了公民诗歌的传统，它包括两个方面：一是强调履行公民职责，歌颂尽忠报国，描写有益于国家和人民的重大事件；二是“和一切阻碍祖国顺利前进的东西做斗争”，具体表现为：关心人间苦难，抨击社会乃至宫廷里的专制与黑暗。到 19 世纪，俄国公民诗终于形成蔚为壮观的局面，出现了以普希金、涅克拉索夫以及雷列耶夫等为代表的“十二月党人”的诗歌作品，在社会上产生了巨大的影响，一直持续到 20 世纪（最典型的是“大声疾呼派”诗歌）。与此同时，受东正教影响，特别是受德国古典哲学及其他西方哲学的影响，俄罗斯抒情诗又富于哲理。谢苗·波洛茨基所创作的、被称为俄国文学史上第一部诗集的《多彩的花园》已有许多哲理诗，经罗蒙诺索夫、杰尔查文进一步推进和发展，至丘特切夫，形成了俄国诗歌史上著名的“哲理抒情诗派”，影响了 19 世纪中后期和 20 世纪俄国的诗歌。俄罗斯抒情诗的哲理，我们从丘特切夫的名诗《沉默吧！》可见一斑：

沉默吧，隐匿并深藏/自己的情感和梦想——/一任它们在灵魂的深空/仿若夜空中的星星，/默默升起，又悄悄降落——/欣赏它们吧——只是请沉默！//你如何表述自己的心声？/别人又怎能理解你的心灵？/他怎能知道你深心的企盼？/说出来的思想已经是谎言。/掘开泉水，它已经变浑浊——/尽情地喝吧——只是请沉默！//要学会只生活在自己的内心里——/那里隐秘又魔幻的思绪/组成一个完整的大千世界，/外界的喧嚣只会把它震裂，/白昼的光只会使它散若飞沫，/细听它的歌吧——只是请沉默！

这首短短的小诗包含了相当丰富的哲理：第一，人无法认识这个世界，更无法准确表达自己对这个世界的真切认识，因为“说出来的思想已经是谎言”，这是丘特切夫极其深刻的哲学名句，含义相当丰富——首先，越是深刻的思想，与语言的距离就越大。我国的《周易》早就说过：“言不尽意”，老子也说过：“道可道，非常道”，庄子说得更加明确：“意之所随者，不可以言传也”，“可以言论者，物之粗也”。其次，语言在流传下来的过程中被严重污染了，现代人已充分认识到了这一点，如美国著名学者杰姆逊指出：“我们不可能用语言来表达任何属于我们自己的感情，我们只不过被一堆语言垃圾所充斥。我们自以为在思维，在表达，其实只不过是模仿那些早已被我们接受了的思想和语言。”第二，人与人之间无法沟通与交流：不仅你的心事别人不愿也难以理解，而且更重要的是语言难以表达真正的认识，别人因此更无法理解你的心思。

二、固守韵律却又不断探索。从 18 世纪开始，俄罗斯诗人便开始探索适合俄语的诗歌格律，最终形成了俄罗斯独特的诗歌格律。19 世纪的诗人、20 世纪的绝大多数诗人，包括象征派、阿克梅派、意象派等现代主义诗人，甚至是像布罗茨基这样相当现代、深受西方影响、成就很高的大诗人，在抒情诗创作时都固守格律，这使俄罗斯抒情诗有颇为传统的一面。但与此同时，俄罗斯诗人在艺术上又不断探索，现代主义、后现代主义固有的特点就是在艺术上标新立异，就是一些古典诗人，也在诗歌艺术上多有探索。

在俄国最早探索抒情诗视画性的是杰尔查文，他创作了图形诗《金字塔》，把整首诗排列成金字塔状，与歌颂不朽的劳动的主题相得益彰，这在后世得到不断继承和发展。著名的有阿普赫京的《生活的道路彷如贫瘠荒凉的草原一样向前延伸……》（倒三角形）、勃留索夫的《三角形》、布罗茨基的《喷泉》等。

丘特切夫则在通感、象征手法方面很有成就，尤其是他的象征，往往构成多层次结构，形成多义性，甚至还有一些极其匪夷所思的奇绝写法，如《我又站在涅瓦河上……》：

> 我又站在涅瓦河上，/并且，一如往昔时候，/似乎还活着，再次凝望/这昏昏欲睡的河流。//蓝天上没有一线星光，/白漫漫的魔魅中一切寂静无哗，/只有沉思的涅瓦河上，/流泻着明月的光华。//这一切是我梦中的经历，/还是我亲眼见到的月夜清幽，/身披这溶溶月色，我和你/不也曾活着一起眺望这河流？

这首诗写于1864年。当时诗人深爱的恋人杰尼西耶娃在身心交瘁之中因病去世，这首诗是诗人悼念恋人、表达痴情的一首杰作。但痴情的诗人并不以未亡者的身份来悼念死者，竟去到未来（有点类似于我国唐代诗人李商隐的《夜雨寄北》："君问归期未有期，巴山夜雨涨秋池。何当共剪西窗烛，却话巴山夜雨时。"也是由眼前转入未来——他日重逢，惊喜之余，剪烛共话巴山夜雨时的绵绵思念），设想活着的自己也死了（"还像活着似的"），然后再以从未来回忆过去的方式（俄国当代学者别尔科夫斯基指出："'还像活着似的'——丘特切夫在这里说的是以后，以便他能感觉从前的一切。"），以死者的身份与因病逝世的杰尼西耶娃一起回忆赏月的情景，这真是匪夷所思的奇绝写法！

费特则在某种程度上独创了当时俄国乃至世界诗歌史上罕见的意象并置、画面组接的艺术手法。他大胆地舍弃动词，而以一个个跳动的意象或画面，组接成一个完整的大画面（意境），如其名作《呢喃的细语，羞怯的呼吸》：

> 呢喃的细语，羞怯的呼吸，/夜莺的鸣唱，/朦胧如梦的小溪，/轻漾的柔光。//夜的柔光，绵绵无尽的/夜的幽暗，/魔法般变幻不定的/可爱的容颜。//弥漫的烟云，紫红的玫瑰，/琥珀的光华，/频频的亲吻，盈盈的热泪，/啊，朝霞，朝霞……

这首诗意境朦胧，描写具体，时间上似乎很短，实际上却从初夜写到黎明，而且很好地表现了热恋者不觉得时光流逝的主题。更重要的是，全诗没有一个动词，全是由短语构成，但每一个短语都构成一个画面，一个个跳动的画面构成全诗和谐优美的意境！这是一首怎样的杰作呀！文学大师列夫·托尔斯泰认为这是"大师之作"，"是技艺高超的诗作"，"诗中没有用一个动词（谓语）。每一个词语——都是一幅画"。

三、极其丰富但又颇为凝重。俄罗斯抒情诗极其丰富的特点，包括几个方面。一是内容极其丰富，举凡社会生活、个人情感乃至大自然的一切，均可入诗；二是体裁丰富，西方诗歌中所有的抒情诗体裁，如颂歌、情歌、哀歌、挽歌、牧歌等，无所不包；三是含义丰富，许多好诗往往具有多层次结构和多义性，如丘特切夫的名诗《海驹》：

> 哦，骏马啊，哦，海驹，/你身披浅绿色的鬃毛，/时而柔顺、温和、驯服，/时而狂怒地飞蹦乱跳！/在神灵辽阔的原野上，/是狂烈的风暴抚育你成长，/它教会你如何嬉戏、跳荡，/自由自在地飞驰向远方。//我多么喜欢你飞速奔跑，/展示你的高傲，你的神勇，/飞扬起浓密的鬃毛，/大汗淋淋，热气腾腾，/暴风雨般扑向岸边，/发出一阵阵欢快的嘶鸣，/蹄子一碰到响亮的海岸，/就变成水花，四散飞迸！……

初看，它描绘的是一匹真正的马，写了马的形体（"身披浅绿色的鬃毛"），马的性格（"时而柔顺、温和、驯服，时而狂怒地飞蹦乱跳"），马的动作（"暴风雨般扑向岸边，发出一阵阵欢快的嘶鸣"），这是第一层；可诗歌的结尾两句却使我们惊醒，并点明这是海浪（"蹄子一碰到响亮的海岸，就变成水花，四散飞迸！"），从而由第一层写实的语言转入带象征意味的诗意的第二层次，使写实与象征两种境界既相互并存，又互相转化。但诗人的一大特点是把自然现象与人的心灵状态融为一体。因此，这首诗表现的是诗人的心灵与人的个性，这是第三层。而这第三层又具有多义性：这是一个满腔热情、执着追求的人，朝着理想勇往直前地猛冲，最后达到了理想的境界，精神升华到了另一维度；这也是一种强有力的个性，宁折不弯，一往无前，结果理想被现实的礁岩撞击成一堆水花与泡沫。这一切，都是借助象征的魔力来实现的，丘特切夫不愧为俄国象征派的祖师。

在东西两种不同文化中摇摆，广袤无垠的大自然，漫长寒冷的冬季，苦难深重的历史，造就了俄罗斯人热情、开放、富于幻想、情感化、艺术化，同时也颇为忧郁的民族性格，这也在文学艺术上鲜明地体现出来，俄罗斯的音乐和文学都有一种“俄罗斯式的忧郁”。这在俄罗斯抒情诗中，便表现为大都颇为凝重。比如普希金的诗歌主要歌颂生命的欢乐，但依然有一种“明亮的忧郁”，从而赋予抒情诗一种凝重感，此后更具哲学感、悲剧感的俄国诗人的抒情诗就更为凝重了。如丘特切夫的名诗《在这里，生活曾那样轰轰烈烈》：

> 在这里，生活曾那样轰轰烈烈，/鲜血曾像河水在这里滚滚奔涌，/可到如今又还有什么没有磨灭？/只能见到两三座高巍巍的古冢。//还有两三棵橡树在古冢上挺立，/枝繁叶茂，四处伸展，亭亭如盖，/华美动人，哗哗喧响，一任根须/翻掘起谁人的记忆谁人的骨骸。//大自然对过去一点儿也不知晓，/对我们幻影般的岁月漠不关心，/在她面前，我们模糊地意识到/我们自己——不过是自然的梦。//不管人建立了怎样徒劳的勋业，/大自然对她的孩子一视同仁：/依次地，她以自己那吞没一切/和使人安息的深渊迎接我们。

在永恒的时间长河里，人的一切（功业也好，失败也好）都是微不足道的，时间改变一切，时间吞噬一切，真正永恒的，只有大自然。这一份凝重的悲剧感，与我国古代一些著名诗词所表达的思想感情极其相似，如唐代诗人刘禹锡的《西塞山怀古》：“王濬楼船下益州，金陵王气黯然收。千寻铁索沉江底，一片降幡出石头。人世几回伤往事，山形依旧枕寒流。今逢四海为家日，故垒萧萧芦荻秋。”明代杨慎的《临江仙·滚滚长江东逝水》一词的上片：“滚滚长江东逝水，浪花淘尽英雄。是非成败转头空。青山依旧在，几度夕阳红。”

俄罗斯抒情诗既有一般抒情诗的优美、秀丽，又因其宗教、哲学背景而具有宏阔的人类视野，尤其关注人的精神的安顿与升华，关注人类的前途与命运，显得那么深沉、悲郁。这使它比英国、美国、西班牙、意大利等国的抒情诗，多了一份震撼人心的凝重，而较之德国文学，又多了一份自然之气、灵秀之气，因而独具艺术魅力。正是这份独特的艺术魅力，使笔者三十多年来乐此不疲地翻译、研究俄罗斯诗歌。

波洛茨基

特列佳科夫斯基

罗蒙诺索夫

苏马罗科夫

赫拉斯科夫

勒热夫斯基

杰尔查文

德米特里耶夫

卡拉姆津

茹科夫斯基

巴丘什科夫

巴甫洛娃

柯尔卓夫

库科利尼克

奥加廖夫

莱蒙托夫

屠格涅夫

费　特

迈科夫

波隆斯基

阿·康·托尔斯泰

谢尔宾纳

涅克拉索夫

尼基京

斯卢切夫斯基

阿普赫京

纳德松

索洛维约夫

福法诺夫

洛赫维茨卡娅

明斯基

安年斯基

梅列日科夫斯基

巴尔蒙特

吉皮乌斯

索洛古勃

勃留索夫

别雷

勃洛克

维·伊万诺夫

库兹明

曼德尔施坦姆

谢维里亚宁

赫列勃尼科夫

马雅可夫斯基

克留耶夫

克雷奇科夫

格·伊万诺夫

叶赛宁

玛尔托夫

帕斯捷尔纳克

蒲　宁

茨维塔耶娃

扎鲍洛茨基

鲁勃佐夫

伊萨科夫斯基

波洛茨基

谢苗·波洛茨基（Симео′н По′лоцкий，1629—1680），俄语音节诗体的创始人、俄罗斯戏剧的奠基人，也是俄国的第一位职业宫廷诗人。他最早使诗歌与神学分离，并创立了俄国的音节诗体。其诗集《多彩的花园》（1678）句法结构精巧复杂，主题多种多样，富于人生哲理，往往“寓教于乐”，属于哲理诗范畴。这种哲理诗在俄国诗歌史上具有开拓意义，对后世的诗歌有一定的影响。

酒

对于酒，不知该称誉还是责难，
我同时把酒的益处和害处分辨。
它有益于身体，却受控于本能的淫邪力量，
刺激起有伤风化的种种欲望。
因此做出如下裁判：少喝是福，
既促进健康，又不带来害处，
保罗也曾向提摩太提出类似建议①，
就在这一建议中蕴含着酒的奥秘。

1678

白昼与黑夜（组诗）

1. 晨星

明亮的晨星使沉沉的黑夜消散，
用红艳艳的霞光把白昼送往人间，
催促人们日出而作：或者在深水里头

① 指《圣经·新约·提摩太前书》第三章的“有节制”、“不因酒滋事”、“不好喝酒”。保罗（3—67），原名扫罗，得耶稣启示转而信奉基督教，后改名保罗，是最具影响力的早期基督教传教士之一，第一代基督徒的领导，他对基督教神学的影响，比任何一位基督教作家和思想家都要持久和深远。提摩太是公元1世纪基督教传道人，于约80年殉道，深为保罗器重，是保罗多次旅程的同伴。

捕鱼，或者在茫茫荒野猎取飞禽走兽，
不同人干不同的活。如果有谁白天呼呼大睡，
那就让他一生都摆脱不了穷困饥馁。

2. 正午

太阳已飞奔到天穹中央，
庄稼地暑气蒸腾，牛群被阳光灼伤，
它们纷纷抛下劳作寻找凉快躲到水边的树荫中，
割麦人用食物和酣睡来恢复体力保证劳动，——
大自然总是这样慈父般地安排人们的作息，
它还制定了世上万物必须遵守的法则和规矩。

3. 傍晚

正如黎明预告白天到来，傍晚同样预告黑夜的降临，
牛群回到牛圈，农夫也回屋安寝；
他放下木犁，用面包温饱辘辘饥肠，
他用这些食物来恢复劳动中损耗的能量；
他还用香甜的睡眠来舒缓困乏的肉体，——
正如上帝所安排的，因为睡眠会使白天的劳作得以安谧。

4. 黑夜

沉沉黑夜用恐怖的黑色罩住了大地，
它常常让头脑中藏有的那些歹念恶意
原封不动地衍生出种种诽谤、仇恨和歪理，
但这黑夜中还有自己的娱乐和游戏，
而且它们有时还十分有益；可只有聪明人才对黑夜保持警惕，
他们喜欢白天，但即便在黑夜里也总是循规蹈矩。

1678

持之以恒

击穿巨石并非一滴水的力量，

而是因为水滴终年不停地滴在那石上，
学习也是这样：如果你生而不敏，
那你就持之以恒坚持学习，直到明理又多闻。

1678

特列佳科夫斯基

瓦西里·基里洛维奇·特列佳科夫斯基（Васи′лий Кири′ллович Тредиако′вский，1703—1769），俄国古典主义文学的代表作家，俄语重音诗体的创始人，最早尝试把波洛茨基的音节诗体改为更适合俄语特点的重音诗。其诗典雅庄重，也充满柔情。

恋曲

撼人心魂的美丽，
　颠倒众生，使人痴迷！
既然已把我俘虏，
　既然已把我征服，
恳求你开开恩，
给我一分爱情：
　亲爱的，我爱你，
　爱得都迷失了自己。

恳求你开开恩，
　与我永结同心；
切不要心如铁石，
　比命运更严厉；
我不敢当面发问，
怕的是你羞愧生愠。
　亲爱的，我爱你，
　爱得都迷失了自己。

双眸明如秋水！
　话语美若朝晖！
甜蜜蜜的双唇，
　竟然如此红喷喷！
即便你不肯垂青，
我怎能不奉献至诚？

亲爱的，我爱你，
爱得都迷失了自己。

唉！我茫然失神，
恰似死神降临，
到底是什么原因
把你对我的一分爱情，
全都化为乌有？
可我仍痴心地乞求：
爱我吧，亲爱的，
千万要记住我。

1730

没有爱情，也没有激情……

没有爱情，也没有激情，
所有的日子都令人厌恶不已：
应该深深呼吸，以便令
爱情的甜蜜甜透心底。

如果生活中没有爱情，
每一个日子该怎么度过？
既然已没有人垂青，
那么还有什么值得再经磨折？

唉，假如生活令人难以忍受，
谁还会有激情！
可心灵对爱情一味因循守旧，
只能毫无乐趣地步入晚景。

如果生活中没有爱情，

每一个日子该怎么度过？
既然已没有人垂青，
那么还有什么值得再经磨折？

1730

罗蒙诺索夫

米哈伊尔·瓦西里耶维奇·罗蒙诺索夫（Михаи′л Васи′льевич Ломоно′сов，1711—1765），伟大的俄罗斯学者、诗人，现代自然科学奠基者之一。他认为文学的宗旨是颂扬真、善、美，而非揭露假、丑、恶，崇尚颂诗，以高昂豪迈有力的语调使诗铿锵有力。他对完善由特列佳科夫斯基开创的俄诗韵律贡献很大。

攻克霍京颂①

意外的狂喜②俘虏了理智，
把它带到高巍巍的山峰③上，
那里风已忘记在林中狂唳；
深幽幽的山谷也悄无声响。
凝神细听的泉水④默默无声，
它平时总是惯于琤琤淙淙，
带着一路喧嚣飞奔下山岗。
那里月桂盘绕出一个个桂冠，
那里消息飞快传向四面八方；
蒙蒙烟雾在田野的远方弥漫。

我不已脚踏品都斯山⑤俯瞰？

---

① 这首诗标题很长，全名是《敬赞先女皇安娜·约安诺夫娜一七三九年战胜土耳其与鞑靼并攻克霍京的颂歌》，一般简称为《攻克霍京颂》。霍京，乌克兰城市，从1621年起被奥斯曼帝国占领。从1713年开始，四次在俄国和奥斯曼帝国间易手（1739，1769，1788，1807），1812年起成为沙俄帝国的领土。俄国著名文学批评家别林斯基宣称："可以非常公正地说，这首诗应当被看作是俄罗斯文学的开始。"

② 指灵感。

③ 指希腊的帕尔纳斯山，是文艺女神缪斯的居住地。

④ 指喀斯泰里亚泉水（俄文原注）。这是希腊德尔斐附近的帕尔纳索斯山泉，是阿波罗和缪斯的神泉，能赐予诗人和音乐家灵感。

⑤ 希腊主要山脉，位于南欧巴尔干半岛中部，是迪纳里克（Dinaric）山脉的延伸部分，长270公里，宽45—60公里，主峰斯莫利卡斯山海拔2,637米。

我正聆听清纯姐妹们①的音乐！
我燃起了珀耳墨索斯②的灵感，
急急忙忙地汇入了她们的行列。
她们给了我富有疗效的圣水：
喝下它马上忘记了一切劳累；
我用喀斯泰里亚露珠③清洗眼睛，
目光透过茫茫草原高高山岭，
灵魂也在这广阔空间自由飞腾，
那里白昼正从沉沉暗夜东升。

海船航行在汹涌的波涛间，
怒浪狂涛急欲把它覆没，
海船向前飞驶劈波斩浪，
一路上昂首奋进笑傲洪波。
白闪闪的泡沫在四周喧腾，
想在深渊把海船烧得无影，
恰似这样猛扑向俄国军队，
黑压压的鞑靼人团团围困，
漫野的骑兵使得地暗天昏！
怎么着？有肉无灵者被飞快摧毁。

对祖国的爱使俄罗斯之子
精神抖擞力量倍增；
每人都誓死洒尽鲜血而后已，
借雷霆之威大展神勇。
仿若强劲的狮子冲进狼群，
锋利的牙齿咔咔有声毒气四喷，

---

① 指缪斯。
② 在希腊的贝奥京，该河起源于赫利孔山，是献给阿波罗和缪斯的河流。
③ 此处也指喀斯泰里亚泉水。

如火的灼灼双眼震慑着恐惧，
大吼一声森林震颤海岸抖动，
蓬尾一扫飞沙走石尘满天空，
奋力一击刹那间摇天撼地。

莫非那埃特纳火山①在炼铜，
灰白的巨沫翻滚，沸腾作响？
莫非有谁用张开血盆大口的行动，
竟想把沉重的地狱枷锁挣断？
那些遭摈弃的奴隶之辈②，
怒吼似火焰在漫山发威，
将金属和火苗纷纷投进山谷，
那里我们优秀的一群群士兵，
边奋起杀敌边在沼泽中穿行，
蹚激流赴火海义无反顾。

座座山岭后翻涌着火的深渊，
浓烟，灰烬，火焰，死神打着饱嗝，
在底格里斯河和伊斯坦布尔那边，
狂抢自己人，连岸边的石头都不放过；
可要控制苍鹰振翅腾空，
世上还没有如此大的囚笼。
任凭水急，林密，山高，坡险，
茫茫荒原上必定开拓出一条通道。
哪里只要微风能够轻轻飞飘，
那里定会有鹰群在悠悠盘旋。

一任大地像黑海一样震荡，

① 埃特纳火山是意大利西西里岛东岸的活火山，至今经常喷发。
② 指土耳其人和鞑靼人。

一任巨石高山在四处沉没，
一任黑沉沉的浓烟黑地昏天，
一任摩尔达维亚群山淹没于血泊；
但任何力量都无法伤害你，
啊，罗斯人，命运会把你荫庇，
满足幸福的安娜之心愿。
你们对她忠心耿耿，
飞快冲破鞑靼人的战阵，
广阔的道路开辟在你们面前。

白昼的强光吞没了穆尔扎①之光，
激战一直延续到夜火熊熊；
穆尔扎在长长阴影里命丧黄泉，
带走了鞑靼人的士气和光明。
从茂密的丛林中冲出一群狼，
把土耳其人残缺的尸体争抢。
有人最后一次看见霞光，
大声悲号着陪穆罕默德死去，
带着他那满脸鲜血和巨大耻辱；
随同夕阳一起飞速坠入海洋。

为何恐惧如此压抑我的精神？
血液渐渐变凉，心里充满忧愁！
我的耳里轰击着多么奇怪的声音！
荒原，森林，空中全都在怒吼！
野兽在洞穴中收敛了自己的野性，
蔚蓝的天空突然敞开了天门，
战阵上空突然飘来一片云彩，
军情紧急，脸上杀气忽现，

① 指各鞑靼国家的封建贵族。

用滚滚热血清洗宝剑，
狂驱顽敌，英雄尽展豪迈。

此刻还想利用顿河的滔滔激浪，
筑起阻挡俄罗斯人的坚固屏障？
此刻在炎热似火的草原上，
波斯人是否已频频遭遇败仗？
他就这样朝敌人瞥了一眼，
迅即泅水漂向哥特人的海岸，
他猛然用力地高举起巨手，
骏马立刻载着他奔驰如箭，
在他那嗒嗒马蹄飞踏的田原，
目睹这巨手朝我们升上天丘。

冲破四周的浓雾密云，
雷神电光霍霍，轰隆怒吼，
感觉到彼得①的降临，
密林和田野都浑身颤抖。
谁与他冒着可怕的持续的雷鸣，
在这荒原威严地注视南方？
不正是喀山诸国的征服者？
里海的水域已尽归你们，
不可一世的苏丹已胆战心惊，
草原上异教徒的尸体填满沟壑。

一位英雄对另一位英雄说：
“我和你如此征战并非徒劳，
我和你的功绩将永载史册，

① 指彼得大帝（1672—1725），上一诗节中的巨手和骑者指的就是彼得大帝，到这里正式点出他的名字。就像中国人说的如有神助，诗人在这里搬出死去的彼得大帝来助阵。

让俄罗斯令世界心惊肉跳，
让我们的疆域无比宽广，
我们拓展了北方，西方和东方。
安娜亲临南方举行欢庆，
这胜利真给我方增光添彩。”
烟雾盘绕，英雄隐身于云霭，
见不到其人，也听不到其声。

河里鞑靼人的鲜血滚滚奔流，
河水从他们的尸体堆中流过；
敌人早已不敢再次投入战斗，
反倒向空旷的地方纷纷藏躲，
抛下刀剑，丢弃营垒，不顾羞耻，
把魂飞魄散的丑态尽情展示，
甚至藏在被我方将士血染的尸体中。
哪怕是小小的树叶轻轻摇曳，
也能使他们一个个心惊胆裂，
就像一发发炮弹呼啸着穿越长空。

欢呼声伴着小溪沿松林山谷喧腾：
胜利，俄罗斯人的胜利！
而敌人丢刀弃剑仓皇逃遁，
甚至害怕留下自己的一丝踪迹。
目睹他们的这一番狂奔乱逃，
连月亮对这耻辱都深感害臊，
赶忙把羞红的脸藏进了乌云。
只要俄罗斯有所向无敌的力量，
荣耀就会在茫茫黑夜中翱翔，

号角般响彻这地球的四海八垠①。

多瑙河咆哮奔流汇入大海，
罗斯人以刀枪拼刺加以回应，
滚滚怒涛席卷土军汹涌澎湃，
仿佛替他们把自己的耻辱遮隐。
他们像受重伤的野兽东找西寻，
如今只有一个念头萦绕于心：
最后一次能够快快远逃，
然而大地却根本不愿帮忙，
大地一点也不想把他们掩藏。
黑暗的恐惧使每一步都心惊肉跳。

而今你们可还敢自吹自擂？
还敢骄横吗？还敢负隅顽抗？
你们还敢对北方国度满怀怨恚？
伊斯坦布尔，不就是傲视我军的地方？
只消对部下颁发进攻的命令，
你就立刻以为已经大获全胜；
亚内恰尔②凶残地大发雷霆，
像饿虎一样猛扑向俄军，
结果怎样？突然一个个倒地身殒，
全身洞穿，鲜血哗哗迸涌。

阿加尔人③，请满含热泪地张口
亲吻践踏在你们身上的那只脚，

① 八垠指八方的界限。四海在古代诗文中常与八垠成对出现，《魏书·高允传》：“四海从风，八垠渐化。”清代张百熙诗：“我方少年时，读书气嶙峋，常怀四海志，放眼横八垠。”

② 土耳其帝国精兵的称呼。

③ 旧时或民间对阿拉伯游牧民族的称呼。

亲吻朝你们挥洒恐惧的那只手，
它曾挥舞刀剑，掀起血潮。
伟大的安娜那威严的目光
却让祈祷者马上欣喜若狂；
这目光在可怕乌云上闪耀光彩，
徒自担当起对你们的义务。
它满怀悲悯亲自化解痛苦，
对你们颁布死刑或赐予仁爱。

一只灿灿霞光巨手早已
掀开遮住点点繁星的帷幕；
从东方灿然跃起百余里，
任骏马鼻孔中颗颗火星迸舞。
福玻斯①的面庞放射灿灿金光，
他正骑在烈焰熊熊的马上；
这盛誉空前的勋业令他震撼：
“这种大捷实在是我平生罕见，
尽管我总是每天灿烂登场，
尽管一个个世纪滚滚向前。”

仿若毒蛇把自己盘成一团，
在石头下隐藏毒刺嗞嗞发声，
而雄鹰倏地疾飞，清唳震天，
翱翔到哪里，哪里风就息鸣；
远远高过闪电，风暴和冰雪，
却能看见野兽，鱼儿和虫蛇。
在俄军雌鹰面前浑身抖颤，
慌乱地紧紧龟缩在霍京城里，

① 希腊神话中太阳神阿波罗的另一名称。根据希腊神话，阿波罗驾驶喷火的骏马，所以诗中写到骏马鼻孔喷火和烈焰熊熊。

但有何用？城墙哪能保全自己，
面对着我们无坚不摧的女皇？

康恰克①，谁能如此快地教会你，
真心臣服于俄罗斯的政权，
亲手奉上藩属标志的钥匙，
以便借此逃避更大的劫难？
直谅公道的安娜虽怒火中烧，
但她对败军却会仁慈宽饶。
她莅临之处到处挥舞橄榄枝，
从著名的雷恩②到维斯瓦河③，
敌人也全都化干戈为玉帛，
虽然康恰克们傲慢得不可一世。

啊，这地方多么美丽动人，
它已砸碎那沉甸甸的枷锁，
土耳其人早已俯首就擒，
锁链缠身再也无法挣脱；
这些野蛮而又残忍之徒，
早就该全都囚禁在囹圄，
早就该全都被绳捆索绑；
让其脚上镣铐当啷不已，
它④曾肆意践踏他人的土地，
也曾肆意驱赶他人的牛羊。

① 指康恰克—帕沙（？—1743），土耳其军事首领，守卫霍京城，失败后被俄军俘虏，押往圣彼得堡。

② 雷恩是法国的城市。

③ 波兰的河流。

④ 指脚。

波尔塔[1]，并非你所有的臣民都需严惩，
也并非他们完全不配得到宽赦，
然而如果不打得你更胆战心惊，
我们怎么会有安安宁宁的生活。
哪还有什么崇高的思想
能阻止你们跪倒在安娜女皇面前？
你们还能往何处去逃脱？
大马士革，开罗，阿勒颇烈火熊熊；
克里特岛已在俄罗斯舰队的环卫中，
幼发拉底河被你们的鲜血彻底染浊。

整个世界有什么正在更替？
有什么被明眸的光辉照亮？
碧空中是什么在金光熠熠，
远远胜过晴朗靓丽的白天？
我聆听英雄们快乐的欢呼声，
安娜的圣容沐浴着光荣，
把永恒高扬于群星光环之上；
定然会手执灿灿的金笔，
把它写在永垂不朽的史书里，
既然她的丰功伟绩盖世无双。

品达[2]啊，你如此雄辩滔滔[3]，
会被底比斯人痛加责难，[4]

① 欧洲中世纪及近代文献中对奥斯曼政府的称谓。

② 品达（一译品达罗斯，前518—前442或前438），古希腊著名诗人，擅长写颂歌。

③ 古罗马诗人贺拉斯称品达的雄辩是："宛如山巅河流奔腾而下，/雨水充盈，漫过闻名的堤岸，/沸腾倾覆，不可测度的品达/他那幽深玄妙的双唇。"

④ 古希腊底比斯人因为本地出生的诗人品达在胜利颂歌中歌颂与底比斯为敌的雅典娜而责难他。——俄文原注

因为对于这次的胜利捷报，
他们会声震河山地宣传，
一如过去颂赞雅典娜之美；
俄罗斯就是美丽的百合花卉，
在安娜女皇的强国灿然怒放。
长城内中国人也深表敬重，①
在其无边无垠的疆土中，
满溢着罗斯勇士的荣光。

俄罗斯啊，你是多么幸运，
有着所向披靡的安娜荫庇！
你目睹了如此盛况美景，
就在这一场新的胜利里！
不怕军人们会遭遇灾难：
哪里有人们为安娜增光，
哪里就不可能损兵折将。
一任嫉恨之毒滚滚奔流，
一任嫉恨的毒口狂啃不休，
欢乐让我们蔑视地给它当头一棒！

痛歼哥萨克土鞑靼强盗，
勇猛追赶，如风卷烟尘，
让他们从此不敢再来侵扰，
当地可播种小麦播种安宁。
商人平安地驰奔在路途，
弄潮儿嬉戏在波峰浪谷，
尽情畅游，不知何处有阻障。
无论老少，都炫耀自赏；
人人都怕早死唯愿寿比南山；

① 指1732年4月28日中国派遣使团访问俄国。——俄文原注

向往这空前的胜利景象。

牧人赶着羊群去往草地，
往返森林再也不用心惊胆战；
随朋友把绵羊牧放到森林里，
并在那里把新的歌谣编唱。
歌谣赞扬士兵的勇猛果敢，
欢唱自己生活的幸福美满，
盼望这里有千秋万代的安宁，
世世代代人们都能安然入眠；
保佑此地永无敌人来犯，
满怀赤诚编歌尽情赞颂。

让俄罗斯热爱，令敌人丧胆，
您是祖国北方的女英豪，
那无边无垠的七海①海岸，
到处都在赞颂女神，满溢希望和欢笑，
伟大的安娜，您仁心善意，
光辉普照，云行雨施，
请恕您的仆人借您殊荣，
歌唱您力挽狂澜稳如泰山，
并斗胆呈上这拙劣的诗篇，
以志您强国子民的深衷。

写于1739年9月至12月

晨思上帝之伟大

这绚丽辉煌的天体，

---

① 七海指俄国当时的巴伦支海（当时叫库尔曼斯克海）、白海、波罗的海、鄂霍次克海（当时叫堪察加海）、卡斯皮斯克海、亚速海、黑海。——俄文原注

光芒普照洒满人间处处，
上帝的工作就此开始：
我的灵魂，快乐地用心领悟；
如此灿烂的光已令人如逢幻象，
造物主本身的模样更令人遐想！

假如我辈凡人
也能高飞直上穹苍，
能够用双眼就近
看一眼那太阳，
就会发现，四面八方
都荡漾着永远燃烧的海洋。

那里火的巨浪滚滚奔腾，
茫茫一片无边无际，
那里火的涡流不断翻涌，
互相竞斗了许多世纪；
那里岩石像开水一样沸腾，
那里火雨在哗哗喧鸣。

这可怕的大火庞然无比，
在你面前只不过是一点火星，
啊，上帝，你已经燃起
这光芒四射的明灯，
以便我们能够每天完成
你吩咐我们创造的所有事情！

摆脱了暗沉沉的黑夜，
山冈、海洋、森林和田地，
豁然呈现于我们的视野，
到处都是你创造的奇迹。

那里的每一个造物都在高呼：
“我们的上帝，伟大的造物主！”

煌煌太阳光芒万丈，
却只能照亮万物的表面，
可你的目光却能穿透任何屏障，
洞察漫漫无底的深渊。
你眼中发出的灿烂光华，
催开了万物的欢乐之花。

上帝啊！请用你的智慧之光，
驱散深笼着我的漫漫昏黑，
沐浴着你的光辉，无论怎样，
我都将接受你那永远创造的教诲，
并且，瞻仰着你创造的所有生物，
放声歌颂你，永生的主！

1743

夜思上帝之伟大
——写在壮丽的北极光出现之际

白昼隐藏了自己的容颜；
黑沉沉的夜幕笼罩了田野；
黑糊糊的阴影爬上了山巅；
阳光远离我们早已熄灭；
出现了繁星密布的漫漫苍穹；
白昼的深渊，缀满无数星星。

仿若滚滚海浪中的一粒细沙，
仿若万古寒冰中的一星火苗，
仿若狂暴旋风中的一缕流霞，

仿若熊熊烈火中的一片羽毛，
我深深沉入这无底的深渊，
困扰于万千思绪，惶惶不安。

圣人贤哲们对我们宣示：
“宇宙中有千万种不同世界；
那里数不清的太阳金光熠熠，
那里种族繁衍，时序更迭；
上帝普世的荣誉举世不易，
那里也有同样的自然力。”

然而，大自然，你的规律何在？
午夜的国度竟然升起了朝霞！
莫不是太阳在那里灿烂登台？
莫不是冰海燃起了火花？
这冷冰冰的火焰照耀着我们，
这是白昼在黑夜里光临凡尘！

啊，你们能用敏锐的目光
洞悉永恒法律的典籍，
能透过事物的微小迹象
把握大自然的法则规律，
你们熟知所有星星运行的轨迹；
请告诉我，是什么令我们如此惊异？

是什么在夜间摇曳出闪闪明光？
是什么用细袅袅的火焰覆盖了长空？
怎么会有不出自阴森森乌云的闪电，
从地面升起急急冲向苍穹？
怎么会有冷冽冽的水汽
在寒冬化为烈火恣肆？

那里，浓烟与海水在死拼；
或者是灿烂阳光金光闪亮，
穿过浓密的空气照射我们；
或者是云峰高耸闪耀着银光；
或者大海上不再吹刮西风，
柔和的水波轻拍着太空。

对于周边许多切身的事情，
你们的回答依然是疑云密布。
你们能否说清，宇宙是怎样渺无止境？
那些最小的星星之外又是何物？
对于你们，生物可是未知的终极？
你们能否说明，造物主是怎样伟大无比？

1743

苏马罗科夫

亚历山大·彼得罗维奇·苏马罗科夫（Алекса′ндр Петро′вич Сумаро′ков，1717—1777），戏剧家、诗人，俄罗斯现代戏剧的开拓者，对现代俄罗斯文学语言的形成、发展以及俄语诗歌韵律的革新作出了颇大的贡献。他善于从民间语言中汲取营养，诗歌韵律丰富多彩，讽刺技巧出色，尤其擅长描写忧伤的恋歌和庄严的宗教颂诗。

飞吧，我的叹息……

飞吧，我的叹息，飞向我深爱的伊人，
向她描绘、诉说我怎样强忍满怀苦闷；
请在她心里暂停，柔和她那高傲的目光，
随后，你们再悠悠飞回我的身旁；
不过你们只能带回让我快乐的佳音，
告诉我，我的热恋希望犹存。
我是这么副脾气，为了不长久忧伤，
我会在千万美女中找到别的好姑娘。

1755

大海与永恒

啊，涅瓦河水浩浩荡荡，
你飞快地流进无边无际的海洋，
你永远飞奔向前，
从来都不会从海里回还——
命运也这样把我们的时光送进永恒，
生命也这样到那边再无回程。

1759

十四行诗

美人儿，不要再白白浪费时间，

爱吧；没有爱情这世上的一切都毫无意义，
但那魅力无穷的美可要珍惜，别让它流失，
以便百年悲伤地流逝了，你也没什么悲伤。

趁妙龄热恋吧，趁这时心中激情无限，
花季如飞即逝，你早已不再是你。
快编织你的花冠，趁鲜花正艳丽，
快到春之花园游玩，秋天将阴雨绵绵。

快看看，快看看那鲜红的玫瑰，
它的绿叶早已凋萎；
你的美就像它，会很快凋残。

你不要浪费自己的时间，趁你还年轻，
你要知道，到那时谁都不会看你一眼，
当你像这玫瑰，已经美色凋零。

1755

别发愁，我的爱人！……

别发愁，我的爱人！我自己也很悒郁，
这么长时间我没能与你相聚——
　我那爱吃醋的丈夫哪里也不让我去，
我哪怕转个身，他都要跟定我的足迹。

他逼迫我永远同他形影不离；
他说："你干吗老是垂头丧气？"
　我想念你，我的爱人，总是想念你，
你永远活跃在我的心海里。

唉，真倒霉！唉，无法忍受的不幸，

我竟跟了这种人；我还那么年轻；
　我永远无法与他和睦生活，
我从来没有得到过任何欢乐。

这个恶棍，毁掉了我的全部青春；
但请你相信，我的思想十分坚贞；
　哪怕他对我的迫害更加残忍，
我也要永生永世地爱你，我的爱人。

1770

假若姑娘是情妇……

假若姑娘是情妇，
我们会抛弃脑中的智慧；
假若姑娘是母虎，
我们也将变成猛虎类。

生命中的相爱是多么甜蜜，
猜忌吃醋是如此讨厌，
只是忌妒的道路弯弯曲曲，
很容易让她们上当受骗。

在黑人的国度里，
炎热控制着南方。
火热的爱情在任何王国里，
让相爱遍及整个人寰。

1781

美丽的姑娘，别高傲……

美丽的姑娘，别高傲，

你们的目光在把我讥笑，
没什么关系。
只要你们中有一个人自傲，
我就能找到一百个来交好：
永远如是。
天上有多少亮丽的星光，
地上就有多少美丽的姑娘。
其实人们不是真的把你们思恋，
一切都只是欺骗。

（写作时间不详）

赫拉斯科夫

米哈伊尔·马特维耶维奇·赫拉斯科夫（Михаи′л Матве′евич Хера′сков，1733—1807），诗人、戏剧家、小说家，作品宣传启蒙主义思想，捍卫思想和情感的自由，充满理性的同时饱含深情。最重要的作品是叙事诗《切什梅湾海战》《俄罗斯颂》《巴哈里安纳》。

小曲

我被你深深迷住，
这有什么惊奇？
你天生美丽，
这是命运的意图。
人人都爱美，
这是我们的天性，
要想不对你钟情，
我无法把自己支配。
你天生注定要迷人，
我天生注定迷恋你，
那我们为何还要极力
压抑自己的天性？
我为美而牺牲，
你牺牲于如火激情，
大自然的一切规程，
就让我俩来完成。

1763

小鸟

假如我是一只小鸟儿，
我就要飞到你身旁，
深深地爱你，

近坐贴近你罗裳；
如果可能，我还将唱：
“你，丽娜，美人，
你是小鸟儿的灵魂！”
我那可爱的小嘴巴，
将会轻触她的红唇；
她的每一根头发，
对我都是强力牵引；
我试图极力
把小脚束缚住，
以便同丽娜在一起，
对她热恋不已，
成为她甜蜜的俘虏。

1796

勒热夫斯基

阿列克塞·安德烈耶维奇·勒热夫斯基（Алексе′й Андре′евич Рже′вский，1737—1804），俄国18世纪中叶苏马罗科夫派的最有才华的诗人，其抒情诗把巴洛克风格与古典主义融合起来，突破古典主义的严格限制，有一定的创新与突破。他是一位被长期忽略的诗人，直到20世纪20年代才被学术界重新发现。

斯坦司

身处逆境为何要日坐愁城？
切不要失去光风霁月的襟怀；
虽然欢乐的时期已经逝去，像甜蜜的梦，
但悲伤也会过去，快乐的日子定会回来。

人的生命仿若鲜花，
春天生长，花儿艳丽，
但秋天渐渐寒冷肃杀，
树叶干枯坠地，枯萎的花儿消踪匿迹。

芳春易逝，炎夏接踵而至，
金秋远行，寒冬结束一年时光——
人的生命也像时光一样消逝：
诞生，成长，衰老，死亡。

命运给予我们的幸福变化多端；
这世界变化无常，我们的生活也变化无常。
滚滚红尘一切世事如车轮飞转——
但最终的命运注定只是死亡。

身处逆境要乐天知命，等待吐气扬眉，
灾难和厄运会随着时间而飞快消散。
幸福时要懂得节制，谨防乐极生悲，

已经过去的事情悔恨已晚。

1760

十四行诗

你的目光在到处把我寻访，
是要我拼死爱你，心如刀割？
是要我沉入悲哀，看不到欢乐？
是要我承受撕心裂肺的忧伤？

你那迷人的眼睛虽然没有答复，
我仍要终生爱你，并以此自娱，
我徒然快乐地等待那个日子，
你对我不抱好感的时刻疾飞而去。

但随着日月更替，我知道，我只是徒然爱你，
我只是徒然为你毁灭了自己的快乐欣喜，
时时刻刻为虚幻的激情而忧心忡忡；

但我一辈子都不会为此愁眉蹙额：
爱一个美人既快乐无比又十分不幸，
看着她，为她而活着，我深感快乐。

1761

杰尔查文

加甫利尔·罗曼诺维奇·杰尔查文（Гаврии′л Рома′нович Держа′вин，1743—1816），18世纪末杰出的俄罗斯诗人，以古典主义风格著称。他既写颂诗歌颂君王的德政，也写讽刺诗揭露官僚中的腐败现象，更写哲理诗探索生死之谜。他的诗一方面对普希金、十二月党人诗人等产生了深刻的影响，另一方面也对茹科夫斯基尤其是丘特切夫等产生了重大影响。普希金曾称他为“俄罗斯诗人之父”。

别离

无法逃脱的命运，
使你和我劳燕分飞，
带着剧痛的呻吟，
我将离别你的香闺；
我无法忍受愁苦，
镇日里以泪洗面，
我无法用言语表述，
只能在心里说：再见。
我吻着你的纤纤素手，
我吻着你的清清明眸。
掉头策马离你远走，
我没有力量也不能够。
我吻着你，茫然若失，
我把整个心交给你，
也渴盼从你的口里，
把你那颗芳心获取。

18世纪70年代初

十四行诗

美人，你千万别白白地浪费时间，

要知道，没有爱情世上的一切纯属徒劳：
你要珍惜，可不能丧失动人的美貌，
以免因虚度一生而满怀伤感。

趁你的心还激情盈溢，快热爱青春华年；
等到这一生过尽，你不再是原来的你。
快为自己编好花环，趁百花正艳丽，
快趁春天去逛花园，到秋天将阴雨绵绵。

快欣赏，快欣赏那火红的玫瑰，
等到它的叶子一片片凋萎：
你的美貌也将像它一样萎谢。

趁你还没衰老，别浪费自己的时间，
要知道，等到你的美貌像那玫瑰凋谢，
那时谁都不愿意再看你一眼。

18 世纪 70 年代初

悼念梅谢尔斯基公爵①

时光的语言！金属的叮当！
你那恐怖的声音使我惊慌，
你的喊声在不断把我召唤，
召唤我一步步走向死亡。
我才刚刚来到这个世界上，
死亡就已咯咯响地把牙咬，
它挥舞着镰刀，如砍禾苗，
把我的日子砍掉，像闪电一样。

---

① 此诗曾参考过王淑凤的译文。亚历山大·伊万诺维奇·梅谢尔斯基（1730—1779），杰尔查文的好友。

一切都紧攥在命运的爪心，
任何生物都无法脱逃：
帝王和囚徒——都是虫子的食品，
恶毒的自然力把坟墓一一吞掉；
时间张开大口吞噬荣耀功德：
像河水向大海飞速汇送，
一天天一年年流入永恒；
死亡贪婪地吞咽着所统治的王国。

我们滑到深渊的边缘上，
如飞而下坠落其中；
与生命一起接受自己的死亡，
我们只是为了死亡而诞生。
死亡无情地消灭一切：
无数星辰因它而毁灭，
众多恒星因它而熄灭，
它威胁着整个世界。

他不希望像凡人那样死掉，
他期盼让自己成为永恒；
死亡走近他，就像强盗，
意外地偷走了他的生命。
唉！我们恐惧越少的地方，
就越可能很快遭遇死亡击顶；
向雄伟高空迅飞的雷声，
都无法和它斗胜争强。

奢华、享乐和安逸的儿子，
梅谢尔斯基！你在哪里躲藏？
你把此岸的生命抛弃，
却匆匆奔向死亡之岸；

这里只有你的躯体，却没有灵魂。
它在哪里？——它在那边。那边又是哪？——我们一片茫然。
我们只有哭泣并大声呼唤：
“哦，降生世上我们何其不幸！”

快乐、喜悦、爱情，
与健康一起闪耀光芒，
可那边所有人的血液都已冰凝，
灵魂的慌乱乃由于悲伤。
曾公然摆着餐桌之处已是陵寝；
响起聚会盛宴欢呼的地方，
传来的是下葬前的哭丧，
死亡对所有人都一视同仁。

死亡对所有人都一视同仁——
既有那些权高盖世的帝王，
也有那些把黄金与白银
当作偶像的奢华的富商，
还有魅力迷人的美人，
还有以理性使人高尚的哲学大师，
还有凭豪勇而无所顾忌的壮士，
——它都霍霍磨快镰刀的刀刃。

死亡，躯体的颤抖和恐怖！
我们是骄傲和悲惨的结合；
今天是上帝，而明天是尘土；
今天诱人的希望将我们迷惑，
而明天，人啊，你又在哪里？
时光一去，
漫漫混沌即成虚无，
你整个一生也如梦境，转瞬即逝。

有如梦境，有如甜蜜的幻想，
我的青春也早已消逝；
美不会总是使人心醉魂荡，
欢乐不会总是如此令人着迷，
智慧不会总是如此肤浅，
我不会总是如此美满；
对荣誉的渴望使我备受煎熬，
我总听见荣耀在不停地大声召唤。

于是英勇精神即将逝去，
并且带着对荣耀的渴盼；
辛苦积攒的财富转眼空虚，
心中所有激情像波涛一般
都将一一消失殆尽。
幸福彻底离开完全可能，
你们所有人在此改变并佯称：
我已站进永恒的大门。

今天或者明天随时都会死去，
别尔菲利耶夫①！我们当然是有限的生命。
为何要痛苦不堪，悲伤不已，
为你那死去的朋友不能永生？
生命是上天所赐的短暂赠品；
请为它让自己回归安谧，
并祝福这种命定的打击，
以你那个纯洁的灵魂。

1779

① 即斯捷潘·瓦西里耶维奇·别尔菲利耶夫（Степа′н Васи′льевич Перфи′льев，1734—1793），少将，省长。

各种美酒

这是灿丽着玫瑰红的美酒，
让我们为两颊绯红的女子干杯。
喝了它心里真是其乐悠悠，
恰似亲吻着红嘟嘟的小嘴！
你也那么红艳，美若天仙
——快来吻吻我吧，心肝！

这是灿亮着西班牙黑的美酒，
让我们为黑眉毛的女子干杯。
喝了它心里真是其乐悠悠，
恰似亲吻着红彤彤的小嘴！
黑姑娘啊，你也美若天仙
——快来吻吻我吧，心肝！

这是灿闪着塞浦路斯黄的美酒，
让我们为金发的女子干杯。
喝了它心里真是其乐悠悠，
恰似亲吻着美得醉人的小嘴！
金发的姑娘，你也美若天仙
——快来吻吻我，心肝！

这是名叫天使之泪的美酒，
让我们为柔情似水的女子干杯。
喝了它心里真是其乐悠悠，
恰似亲吻着多情的小嘴！
你也柔情似水，美若天仙
——快来吻吻我，心肝！

1782

致君王与法官

至高无上的上帝昂然站起，
对人间的一大批帝王公开审判；
要到何时啊，要到何时，
你们才能不对不公与邪恶偏袒？

你们的职责就是维护法律，
不能看权贵们的脸色行事，
不要抛弃那些孤儿寡妇，
他们毫无保障，无助无依。

你们的职责是使无辜者远离灾难，
对不幸的人们加以庇护；
保护弱者免遭强者摧残，
使穷苦的人们摆脱桎梏。

他们竟不听！竟视而不理！
贿赂已经蒙蔽了他们的眼睛：
恶行累累震撼了大地，
坑蒙拐骗触怒了天庭。

帝王们！我曾把你们奉若神明，
没有人胆敢把你们审判——
但你们也像我一样有六欲七情，
也像我一样终究逃不过死亡。

你们也都会轰然倒地，
就像枝头枯叶坠落地上！
你们同样也难逃一死，
就像你们最卑贱的奴隶一样！

显灵吧，上帝！公正的上帝！
请听取芸芸众生的祈祷呼吁。
快来审判惩处那些奸诈贪鄙，
成为人世间唯一的君王！

1780—1787

午宴邀请①

舍克斯纳的金煌煌小鲟鱼，
酸凝乳和红菜汤，已摆放停当；
高脚杯里的葡萄酒、潘趣酒颜色鲜丽，
时而像冰晶，时而像火星，令人神往；
香炉里冒出的香气四处飘萦，
篮子里的水果喜气盈盈，
仆役们紧张得不敢大声喘气，
围在桌子四周静候你莅临；
等着身材匀称的年轻女主人②，
朝他们伸出自己的玉臂。

来吧，我昔日的恩人③，
你是我二十年幸福的创造者！
来吧——房屋虽然没有华丽的装饰品，
没有黄金，没有白银，也没有雕刻，
请赏光来访我的家：它的财富——
只是可口悦神的食物，

① 此诗曾参考过王淑凤的译文。

② 在这场午宴的几个月前，杰尔查文丧偶并娶了身材高且匀称的达利亚·阿列克谢耶夫娜·季亚科娃为妻。

③ 尽管杰尔查文解释说这句诗里的老朋友既指伊·舒瓦洛夫，也指阿·别兹博罗多克伯爵，但很明显指的是前者，舒瓦洛夫曾在喀山中学保护过杰尔查文，那时舒瓦洛夫是这所学校最高级别的校长。

还有我那一目了然的整洁和刚正不阿的性情。
来吧，抛开所有事务来纳纳凉，
吃一吃，喝一喝，欢畅欢畅，
这里没有损害健康的调味品。

不是宠臣、权贵①，也不是官员，
我只是邀请好意善念，
来参加我的俄式普通午宴；
而凡是给我带来损害的伙伴，
都不可能见证这次家宴。
你，我的天使，仁爱慈善！
来吧，快来享受幸福；
且让敌对的情绪暂时远离，
我的门槛一向阻拒
任何缺乏善意的脚步！

我把这一天的时光
都献给朋友们和美人；
我懂得人的价值在于品格高尚，
并且知道，我们的一生只是过眼烟云；
孩提时代刚刚过去，
老年时期就已逼至，
死亡早已隔着栅栏在把我们窥探。
唉！为何竟如此束手无策？
哪怕仅仅一次头上缠满花朵，
也并不会让你留下忧郁的目光。

我曾听到过，听到过这个秘密，
有时就连沙皇也满怀愁绪；

① 权贵用在这里，不言而喻指的是传统意义上在宫廷中的成功。

无论黑夜还是白昼都没有安谧，
虽然所有生命的安谧都拜他所赐，
虽然他享有巨大的荣耀，
然而，唉！那宝座可真那么美妙，
它使他一生都在忙碌不已？
这边只见欺骗，那边全是衰损：
单调可怜的时钟指针，
永远在钟里转动不息！

于是，只要那绵绵阴雨天还在，
让明朗的日子变得阴沉，
而幸福之神来对我们疼爱，
用她的手轻轻地抚摸我们；
只要严寒的日子还未呈现，
花园里的玫瑰还芳香扑面，
让我们赶紧把它们嗅闻。
对！我们要充分享受生活的美妙，
用生活中能解忧的一切排除烦恼——
哪怕打官司把全身的衣服都输尽。

然而，假如你或其他那些人①，
你们这些被我邀请的客人，
更喜欢金碧辉煌的豪华大厅，
和沙皇那丰盛美味的甜蜜食品，
那你就千万不要到我这里来吃饭；
请您耐心听我解释一番：
无上幸福并非帝王紫红袍的光辉灿灿，
并非食品的丰盛美味，也非听觉的极大享受，

① 这里其他人指的是当时特别受女皇宠爱的祖博夫公爵，他曾经答应来参加宴会，但宴会开始前派人说他的夫人拦住他没让去。

而是精神的健康与灵魂的宁静，
简朴适中是最好的盛宴。

1795

纪念碑①

我为自己建造了一座神奇永恒的纪念碑，
它比金属更坚牢，比金字塔更雄伟；
无论飓风还是迅雷都无法把它摧毁，
即便是岁月的飞逝也无法令它成灰。

是的！我不会整个消亡，我的大部分生命
将摆脱腐朽，在我死后仍生机勃勃，
只要斯拉夫民族还受到全世界尊崇，
我的荣耀将不断增长而绝不会湮没。

从白海到黑海会到处流传我的传说，
包括伏尔加河、顿河、涅瓦河、从里菲②流出的乌拉尔河，
在不计其数的人民中每个人都会记住我，
和我怎样从默默无闻变得名声显赫。

我第一个敢于用奇妙有趣的俄语，

① 本诗是对古罗马诗人贺拉斯诗歌的仿写。以纪念碑作题材写诗，在欧洲有悠久的传统，最早大约可见于贺拉斯，他的《纪念碑》全诗是：“我建造了一座纪念碑，它比青铜/更坚牢，比王家的金字塔更巍峨，/无论是风雨的侵蚀，北风的肆虐，/或是光阴的不尽流逝，岁月的//滚滚轮回都不能把它摧毁。/我不完全死去，我的许多部分/将会逃脱死亡的浩劫而继续存在，/人们的称誉使我永远充满生机，//只要卡皮托利的祭司和贞尼/仍去献祭。我将会一直被人怀念，/在狂暴的奥菲杜斯河喧闹的地方，/在惜水的道努斯统治的乡人之间。//出身低微的我首先给意大利音韵/引来伊奥尼亚格律，诗歌的女神啊，/请接受由你襄助而得来的这一荣誉，/慈祥地给我戴上得尔福月桂花冠。”（王焕生译）

② 里菲是乌拉尔的古称，此处指乌拉尔山脉。

赞颂费丽察[1]种种崇高善良的美德，
敢于用诚挚朴实的言语谈论上帝，
并且满面微笑向沙皇把真理叙说。

啊，缪斯！自豪吧，为正义的功勋！
谁轻视你，你就对他有来有往！
请以无拘无束的双手从容镇定地
把不朽霞光的花冠戴在你头上。

1795

心愿

我丝毫也不寻求
与尘世上帝的密切关系，
无论如何也不会图谋
爬上更高的官级。

我只有一个心愿，
但求心灵宁静无哗：
只要你永远和我做伴，
你啊，我的杜申卡！

1797

爱情的诞生

遍身鲜花环绕，
春天从天上翩翩返回，
她满脸绽开微笑，

---

① 费丽察是罗马神话中的幸福女神。此处指诗人 1792 年所写歌颂叶卡捷琳娜二世的著名颂诗《费丽察》。

灿丽着青春的美。
她嫣然一笑，大地上
玫瑰和百合便纷纷怒放，
盈盈芬芳，莺飞蝶忙，
蜂蜜在绿叶上闪闪发亮；
欢笑嬉闹的回声，
在丛林里到处飘萦，
快乐和幸福已经来临，
爱情也为我们而诞生！

1799

金字塔

我看见
红霞初现，
闪烁的红光，
恰似闪闪烛光，
灿烂了漫漫黑暗，
给整个心灵带来欣喜若狂，
然而是什么——是因为太阳霞光才如此美丽？
不！——金字塔——本身就是美好事业的回忆。

1809

时间的长河飞流急淌……

时间的长河飞流急淌，
带走了人们的所有功业，
使民族、国家和帝王，
全都在遗忘的深渊里湮灭。
即便留下一星半点东西——
通过竖琴和铜管的乐音，

也会被永恒之口吞噬，
无法逃脱普遍的命运！

1816

德米特里耶夫

伊万·伊万诺维奇·德米特里耶夫（Ива′н Ива′нович Дми′триев，1760—1837），俄国感伤主义文学的重要代表和奠基人之一，卡拉姆津的挚友，善用口语入诗，语言优美，格律严谨，擅长抒情诗、讽刺诗、寓言诗、诗体故事等各种体裁。代表作是抒情诗《一只灰色的鸽子在呻吟》和讽刺性诗体小说《时髦的妻子》等。其诗歌对巴丘什科夫、茹科夫斯基、巴拉丁斯基、维亚泽姆斯基等有一定的影响。

一只灰色的鸽子在呻吟……

一只灰色的鸽子在呻吟，
他日日夜夜呻吟不停；
他那心爱的意中人，
离他而去已有很长光景。

他不再咕咕咕咕鸣叫，
也不再啄食小小麦粒；
他总是不断烦闷苦恼，
无声无息地眼泪直滴。

他从一棵柔嫩的枝条，
迁飞到另一棵柔嫩的树枝，
他从四面八方渴盼等到
和亲爱的女友双宿双栖。

等着她……唉！徒劳无益，
看来，这一切都是命运在作祟！
痴情而忠诚的鸽子，
正在渐渐地憔悴，憔悴。

他终于躺在了青青草地；

把小嘴藏进了翅膀下面；
不再呻吟，也不再叹息；
这鸽子……已永远安眠！

突然，垂头丧气，从远方
飞来了一只小小母鸽，
落在自己亲人的身上，
呼唤，呼唤，想唤醒死者；

她呻吟，哭泣，心如针扎，
绕着爱人来回奔走——
然而……唉！美丽动人的赫洛娅①！
她无法唤醒亲爱的朋友！

1792

千万种鲜花中……

千万种鲜花中，
我只爱玫瑰，
它在田野里娉婷，
让我目悦心醉。

时光一天天飞逝，
它却更加娇媚；
时光一天天飞逝，
它却绽放成一朵霞绯。

可每一个幸福的希求，

① 赫洛娅是田园诗中常见的女性名字（源自古希腊达夫尼斯与赫洛娅的爱情故事），后用来泛指所爱的女性。

都只是昙花一现：
就在玫瑰的四周，
艾蒿已长了满满一片。

玫瑰虽然还没凋萎——
依旧是那一朵艳丽，
然而，花魂早已远飞：
它早已没有香气！……

赫洛娅！这教训
多么发人深省！
唉！美的消殒，
竟如此惊心！

1795

卡拉姆津

尼古拉·米哈伊洛维奇·卡拉姆津（Никола′й Миха′йлович Карамзи′н，1766 — 1826），俄国感伤主义文学最重要的作家、诗人和理论家，著名历史学家。其诗注重具体而细致地表现内心感受，风格清新，语言生动，并有一定的哲理性。尤其是吸收民间文学的韵律特征，大量使用贵族阶层的口语，在诗的韵律、语言及形式方面多有贡献。其诗歌对茹科夫斯基、巴丘什科夫、普希金都产生过直接影响，别林斯基认为他“开创了俄国文学的一个新纪元”。

秋

阴森森的柞木林中
吹刮着秋风；
黄黄的树叶，
沙沙飘坠落地有声。

田野和花园荒芜空寂；
山山岭岭在声声悲鸣；
丛林的歌声早已静息——
鸟儿们已失去踪影。

迟归的雁阵，
匆匆飞向南方，
那样潇洒平稳，
飞越摩天山冈。

静荡荡的山谷里，
白蒙蒙的雾气弥漫，
与村里的炊烟合一，
袅袅飞向蓝天。

旅人伫立山冈，

目光忧郁凄凉，
望着萧瑟秋光，
痛苦地声声长叹。

悲伤的旅人，请宽心！
大自然一片凋萎，
只是短短的一瞬；
一切都将重振声威！

到春天万物会焕然一新；
大自然会重获新生，
婚礼的盛装穿在身，
露出自豪的笑容。

唉！人却不断变老，必死无疑！
即使到春天，老人
也深感自己不过是，
严冬中的短暂生命。

1789

岸

冲破暴风雨和卷天骇浪，
历经航程中的万般艰险，
航海者再无疑思杂想，
径直驶进宁静的港湾。

纵使这码头人所不知！
它在地图上遍寻不见！
梦想、希望的动人魅力，
使他们逃过了千难万险。

他们在海岸纵目四望，
把朋友、亲人细细寻找，
一旦发现，便如醉如狂！
欢呼着飞扑进亲友的怀抱。

生活！你就是大海和巨浪！
死亡！你就是码头和宁静！
即便人们在尘世被巨浪冲散，
在彼岸他们又将欣然重逢。

我看见，我看见……你们
招呼我们走向神秘的彼岸！
亲爱的幻影！请为朋友们
在你们身边留上一块地方！

1802

茹科夫斯基

瓦西里·安德烈耶维奇·茹科夫斯基（Васи′лий Андре′евич Жуко′вский，1783—1852），俄罗斯诗人，彼得堡科学院院士。他的诗充满感伤主义的幻想，融浪漫主义手法及象征手法于一体，思考人生哲理，对普希金、丘特切夫、费特等大诗人都有较大影响。最主要的代表作为长诗《斯维特兰娜》《十二个睡美人》。

友谊

骤遭千钧霹雳轰劈，
橡树从山顶滚下，跌落尘埃；
缠绕橡树的柔软常春藤却与它共在。
啊，友谊，这就是你！

1805

黄昏
（哀歌）

小溪，在亮闪闪的沙砾上潺潺流过，
你那轻袅袅的和声多么令人欣喜！
你波光闪闪，一路奔流到大河！
　　快来吧，哦，美好的缪斯，

头戴嫩汪汪的玫瑰花环，手拿金晃晃的芦笛；
朝着飞沫四溅的河水若有所思地低垂双鬓，
在睡思昏昏的大自然的怀抱里，
　　纵情歌唱，用歌声激活暮霭沉沉的黄昏。

日落西山时分是多么令人着迷——
此时田野躲进了阴影，似被移远的丛林，
和在如镜的碧水中摇漾的城市，
　　全都染上一层红紫紫的晚霞余晕；

一群群牛羊从金灿灿的山丘奔向河边，
它们那喧闹的吼叫在水上更加响亮；
渔夫收拾好渔网，划着轻便的小船，
　　驶向那灌木丛生的河岸；

船夫们渔歌唱和，小船纷纷聚集，
一叶叶船桨齐心协力劈开水流；
农夫们掉转犁头，纷纷走下田地，
　　沿着有很多大土块的垄沟……

早已是黄昏……天边的云彩渐渐暗淡，
最后一缕霞光正从塔楼上消逝；
河面上最后一片亮晃晃的波光，
　　也同暗淡无光的天空彻底隐匿。

万籁俱寂：丛林在酣睡；四周一片静谧；
我藏身于长弯弯柳树下的青草丛，
凝神细听，那汇入大河的小溪，
　　在繁枝茂叶的丛林里一路淙淙。

草木的清香中透入了黄昏的凉爽！
寂静中水流的哗哗拍岸声多么美妙！
微风在水面轻轻轻轻地摇漾，
　　软柔柔的柳树轻舞丝条！

河面上隐隐传来芦苇轻摇的簌簌声，
远处公鸡的啼唤惊扰着沉睡的村庄；
我听见长脚秧鸡在草丛中野性地欢鸣，

菲洛墨拉[1]在森林中拉长调痛苦地吟唱……

可那是什么？……什么样神奇的光在远处闪现？
东方云遮雾罩的山岭炽燃起一片火红；
黑暗中，汩汩的泉水迸溅出一个个闪耀的星点，
槲木林倒映在河水中。

一钩新月冉冉升起，从山那边……
啊，沉思的天穹中恬静的星球，
你的清辉是怎样荡涤着树林的昏暗！
你又是怎样为河岸镀上一层淡淡的金釉！

我静坐沉思，浮想联翩，
回忆带我飞回逝去的时光……
啊，我生命的春天，你飞逝如箭，
带着你的无限欢乐和百结愁肠！

你们在哪里，我的朋友，我的旅伴？
难道我们从此再不能欢聚一堂？
难道快乐的一切泉源都已枯干？
啊，你们，死去的至乐无上！

啊，兄弟！啊，朋友！如今安在，我们神圣的圈子？
赞美缪斯和自由的高昂歌儿今在何方？
冬日暴风雪肆虐中的酒神欢宴又在哪里？
哪里还有我们面对大自然发出的誓言，

它使兄弟般的友谊之火永远炽燃？

---

① 希腊神话中阿提刻（雅典及其附近地区）国王潘狄翁与妻子宙克西珀的女儿，后被神变为夜莺。

而今，朋友们，你们在哪里？……也许，每个人都在各走其径，
没有同伴，背负着怀疑的重担，
　　万般沮丧，心灰意冷，

蹒跚着走向死气沉沉的命定深渊？……
这一个①——昙花一现——睡着了，而且永世长眠，
挚爱的泪水淋湿了过早夭折的木棺。
　　另一个②——啊，愿上天公正裁判！……

而我们……难道会破坏友谊成为异己？
难道美女的顾盼，荣耀的追寻，
抑或被视为尘世幸运的空洞荣誉，
　　能在心灵深处消泯

那关于心灵的欢乐，关于青春时光的幸福，
关于友谊，关于爱情，关于缪斯的回忆？
不，不！就让每个人跟随自己的命运上路，
　　但在心底深爱着那些不能忘怀的东西……

我被命运判定：在人所不知的道路上漫步徐行，
我是宁静乡村的朋友，热爱大自然的美；
黄昏中尽情呼吸槲木林的宁静，
　　垂目凝望飞沫四溅的河水，

放声歌唱上帝、友谊、幸福和爱情。
啊，诗歌，纯真心灵的纯净硕果！
谁能用芦笛使短如朝露的人生
　　生气勃勃，谁就会幸福快乐！

---

① 指诗人的朋友安·屠格涅夫（Андрей Иванович Тургенев，1781—1803）。
② 指诗人寄宿中学的朋友谢·罗德将柯（Семен Емельянович Родзянко，1782—1808），作家，毕业后患精神病。

在静谧的凌晨时分，烟雾蒙蒙，
烟笼了田野，雾罩了山冈；
当朝阳东升，给蓝蒙蒙的丛林
　　静静地洒满自己的红光，

有人兴高采烈，离开自己的乡间小屋，
赶在槲木林中的鸟儿们睡醒之前，
让竖琴与牧童的芦笛和谐同步，
　　歌唱太阳的重新露面！

对，这歌唱就是我的使命……但能否长久？……谁又知道？……
唉！也许，很快阿利宾①会趁着黄昏时光，
——他常常与忧郁的明瓦娜在一道，
　　来到这里，在青年岑寂的坟墓旁沉入冥想！

1806

歌

心爱姑娘的戒指，
我掉落在大海里，
尘世幸福随同这枚戒指，
也深深葬入了海底。

赠给我戒指时，她说：
“戴上吧！可别忘记！
只要戒指在你手上戴着，
我就一定属于你！”

---

① 阿利宾是公元三世纪传说中的西欧凯尔特人的弹唱诗人。苏格兰作家麦克菲森（1736—1796）在《莪相作品集》（1765）中描写了他与明瓦娜的爱情。

时辰不利，我刚一
开始在海上撒网，
戒指就唰地掉进海里；
找啊找……但它在何方？

从此我们如同路人！
我去看她，她根本不理！
从那时起我的欢欣，
便深深地沉入了海底！

哦，午夜的风儿，
快快睡醒，我的好友！
从海底帮我把戒指捞起，
让它在草地上滚个不休！

昨天她又开始怜悯我，
看见我泪流满面！
并且，就像以往的时刻，
她的两眼晶莹闪亮！

她温存地坐到我身旁，
伸给我一只手，
她似乎有什么想对我讲，
可又说不出口！

你的温存对我有何用？
你的问候又能给我带来什么结果！
我要的是爱情，爱情……
你却不能把爱情给我！

大海里的琥珀车载斗量，

谁想要赶快去寻觅……
而我，只是满怀希望，
找到我那枚戒指。

1816

回忆

逝去了，逝去了，醉人的时光！
再也没有像你那样的真爱！
你的身影拉长成一片回忆的忧伤！
唉！最好还是让我把你彻底忘怀！

可心儿情不自禁地向你飞去——
我更无法控制爱的滚滚热泪！
思念你——这是多么的悲戚！
但忘记你——却更使我心碎！

哦，那就只有用希望代替忧伤！
我们欣慰——曾幸福得热泪直滴！
我将满怀忧伤的回忆慢慢走向死亡！
不过，我还要生活——唉，并且会忘记！

1816

大海
（哀歌）

静沉沉的大海，蓝漾漾的大海，
面对你的深渊我心驰神往。
你生气勃勃，你汹涌澎湃，
骚动的爱情使你满怀惊惶。
静沉沉的大海，蓝漾漾的大海，

请把你深藏的秘密向我敞示：
是什么使你无垠的海面巨浪纷至沓来？
是不是那远蒙蒙、亮澄澄的蓝天，
牵引你挣脱大地的桎梏向上飞升？……
你活力四射，神秘而安恬，
蓝天的纯净使你透骨纯净。
你摇漾着它那亮溶溶的碧韵，
燃炽起早晨和傍晚的满天霞光，
你爱抚着它那金灿灿的流云，
欢快地灼耀着它的繁星点点。
当黑压压的乌云密密聚拢，
试图抢夺你明艳艳的蓝天——
你掀腾，你咆哮，你翻起巨浪腾空，
你怒吼着撕扯与你为敌的重重黑暗……
黑暗消失，乌云也散若轻烟；
然而，既往的惊悸仍在你心胸里萦回，
你久久地掀腾起惊惶的巨浪，
就连复原的天空那甜蜜的清辉，
也无法让你完全恢复安详；
你表面的平静只是假象：
你宁静的深渊里潜藏着狂乱，
你恋慕着蓝天，为它心摇魂荡。

1822

神秘的造访者

你是谁，幻影啊，美丽的客人？
你从哪里翩翩飞临？
你沉默无语，毫无回音，
为何又悄悄地离开我们？
你在哪里？哪里是你的村镇？

你怎么啦？你藏匿在哪里？
为什么你的身影，
要从天上降临俗世？

你莫不是那年轻的希望，
遮覆着神秘的面纱，
从那玄奥未知的地方，
偶尔降临，一展风华？
像她一样，你冷酷地指明
迷人的欢乐只是昙花一现，
就和她一起抛下我们，
双双飞向天边。

你莫不是我们
在心中塑造的爱情？……
我们相亲相爱的时分，
世界最是美丽迷人，
啊！此时此刻，透过那层迷雾，
尘世变成了天堂……
可驱散那层迷雾，爱情就化为虚无，
生命空无所有，幸福也只是梦幻。

你莫不是思想这女魔法家
到这儿显形在我们面前？
离弃尘世的喧哗，
满怀幻想地把手指紧贴唇间，
她有时降临我们身边，
像你一样，
悄然无言，
把我们带回过往。

抑或你是神圣的诗
在这里显现？……
像你一样，她从天堂里
带来两袭画帘：
给天空挂上蓝茵茵的一袭，
白莹莹的一袭盖上了大地：
使近处的一切无比美丽；
远处的一切万分熟悉。

甚或你就是预感，
突然降临我们心中，
明明白白地给我们引荐
天国和神圣？
生活中常有这样的景观：
似乎有谁全身晶莹剔透，
飞向我们，撩起画帘，
并在远方向我们频频招手。

1824

巴丘什科夫

康斯坦丁·尼古拉耶维奇·巴丘什科夫（Константи′н Никола′евич Ба′тюшков，1787—1855），早年是阿那克里翁诗体抒情诗的倡导者，主张轻体诗和崇高体诗可以相提并论，大力抒写普通人的欢乐与忧伤、自主与自尊。中年转向悲歌体裁，开始在忧虑中展示哲理，并深入内心世界，进行了颇为深入的探讨。其诗歌创作手法与诗学主张对普希金、费特和迈科夫，乃至20世纪的曼德尔施坦姆等，都有较大的影响。

康复

恰似收割者那致命的镰刀下，铃兰
垂下头颅，全身枯干，
我在重病中静候那为时过早的夭亡，
并且想到：命运的丧钟就要敲响。
冥府的浓稠黑暗已遮住了双眼，
心儿似乎已越跳越慢：
我正在衰弱，正在死去，青春华年
就像那一轮夕阳正在落山。
可你走来了，啊，我心灵的生命，
你那红嘟嘟的双唇吐气如兰，
你的双眼里滚动着灼灼发光的珠泪盈盈，
接着便是合二为一的热吻连连，
激情盈溢的喘息，甜蜜私语的力量，
这一切使我远离了忧伤悲痛——
从忧愁的领域，从忘川之岸——
把我召唤到极乐的爱欲之中。
你又给了我生命；它是你美好的赠品，
我将终生在呼吸中融入你。
对于我就连致命的痛苦也那么甜蜜温馨：
为了爱情，我情愿马上去死。

1807

我的保护神

啊，心灵的记忆！你生龙活虎，
远胜理性的悲伤记忆，
你常常在遥远的国度，
用甜蜜的往事使我心醉神迷。
我记得那嗓音甜美的说话，
我记得那蓝汪汪的眼睛，
我记得那自然波卷的发型，
和一绺绺金灿灿的卷发。
我记得我那无与伦比的牧女，
全身穿戴的简朴素雅的服饰，
还有我念念不忘的可爱面宇，
伴随着我满世界漂泊迁徙。
我的保护神——他用爱情
慰藉我的离别之苦：
睡着？我刚一贴上枕头，忧伤的梦
就会翩翩降临，让我快乐幸福。

1815

在野性的森林中也有喜悦……

在野性的森林中也有喜悦，
在海滨的荒岸上也有快乐，
在巨浪的拍击中也有和谐，
尽管它在荒凉的岸边散若飞沫。
我爱人，可你，大自然母亲，
对于心灵你比一切都珍贵！
和你在一起，圣母，我惯于忘尽
青春年少时经历过的零零碎碎，
和酷寒岁月下存留至今的东西。

和你在一起，情感正在复活：
心灵欲表达却找不到恰切的词，
也不知道对此该怎样沉默。

1819

科兹洛夫

伊万·伊万诺维奇·科兹洛夫（Ива′н Ива′нович Козло′в，1779—1840），茹科夫斯基的学生和继承者，诗歌真挚、朴实而又流畅、优美，富有音乐性，代表作是叙事长诗《黑衣修士》，曾得到普希金及其友人的很高评价。

傍晚的钟声①

——献给魏德迈

傍晚的钟声，傍晚的钟声！
它引发思绪滚滚如潮涌：
那留在故乡的少年时光，
我的初恋，我的故园，
当我辞别故乡外出远行，
在那里最后一次听这钟声！

远逝了，我迷人的青春时期
那些阳光灿烂的日子！
多少年轻、快乐的亲友，
现在已不在世上存留！
他们在坟墓里沉沉入梦，
再也听不见这傍晚的钟声。

我也将埋骨于潮湿的大地！
风儿将把你那悲凄的乐曲，
从我身上远送到谷地，
另一个歌手将循声而至，
当然不是我，而是另一个人，

① 这首诗原作者是爱尔兰诗人托马斯·穆尔（Thomas Moore，1779—1852），科兹洛夫意译后把它献给朋友魏德迈（？—1863），变成了著名的俄罗斯民歌。

他沉思着歌唱傍晚的钟声！

1827

维亚泽姆斯基

彼得·安德列耶维奇·维亚泽姆斯基（Пётр Андре′евич Вя′земский，1792—1878），19世纪著名批评家、诗人，善写各种体裁的诗歌：公民诗、风景诗、颂诗、民歌体诗，从早期的优美甚至华丽走向晚期的朴实、深沉。布罗茨基认为，他是普希金诗群中一个最伟大的现象。

我们尘世是一大剧院……

我们尘世是一大剧院；生活是戏剧；老板——
是命运；它手里储存着所有的角色：
在约定好的期限内纷纷登场，供人观看，
那些大臣，富人，修士，征服者。
被贵族抛弃的普通平民百姓，
我们是观众，也是一些平庸的弟兄，
我们被丢在最后一排座位。
但我们却得为他们的胡闹付费，
即便有时，不需任何详细查询，
当他们在角色表演时出现失误，
我们在后面的长凳上也开心取乐，
拼命鼓掌，为几个阿尔滕铜币①也为他们的鄙黩。

1818

初雪

就让南国大自然温情的宠儿，
(那里树荫更芳香，流水更自由恣肆)
去迎接春天的第一丝笑意！
我是北国阴沉天空的儿子，
习惯了呼啸的暴风雪和咆哮的坏天气，

① 15世纪开始使用的古罗斯货币单位。

全心全意地用歌声欢迎初雪降临。
我怀着无比的欢欣，以焦灼的目光
捕捉那潮奔浪涌的滚滚阴云，
看它们如何向大地吹送严寒！
昨天，在寂默的花园上空，
寂寞的秋风还在声声哀吟，
湿润的水汽凝聚在阴森的山顶，
潮奔浪涌的雾气笼罩着针叶林。
重沉沉的悲愁以浑浊的目光飞巡
四周那空空荡荡的丛林和草地。
森林仿若荒坟，草地一如墓地，
森林变成丑八怪，乱噪群鸦的栖息地，
一棵古老的橡树，摇晃着光秃秃的树枝，
干黑地站在空荡荡的林中，恰似赤裸的僵尸，
暗蒙蒙的湖水，被雾幕遮蔽，
在沉寂的两岸间沉沉入梦。
白煞煞的大自然满脸愁容，
临终的痛苦使它肝肠寸断。
今天周围的景物呈现一种全新的美，
仿佛应着魔杖那闪电般的一挥，
高空熠熠闪耀着亮晶晶的蔚蓝，
山谷也已把白灿灿的桌布铺上，
亮闪闪的珍珠撒满了田原。
大地披上了冬季节日的盛装，
露出生气勃勃的笑容欢迎我们。
这里雪花像轻袅袅的绒毛挂满柔韧的云杉林，
那里白银层层涂满黑粹粹的翡翠，
还为暗幽幽的松林描画上种种花样，
雾气消散，群山闪闪发光，
一轮艳阳在蓝澄澄的天空放射金辉。
冬天这魔女使整个世界改变了模样，

柔顺的池塘封上了一条条冰链，
这蓝晶晶的明镜已高与岸齐。
种种娱乐复活了，唾弃恐惧，
一群勇士快活地从岸边聚集在一起，
庆祝久已渴盼的冬天回归，
在嚓嚓直响的冰上旋舞、滑行如飞。
捕猎的团队准备停当，他们急切的眸子
追寻着猎物急匆匆的踪迹——
赤裸裸的白雪揭发了它们的逃遁，
一只凶猛的猎狗不由放下逮住的猎物，
如飞扑向那暴露真相的印迹，
让猎刀完成那血淋淋的胜利。
亲爱的朋友，让我们暂离那监狱般的昏暗小家！
骚动的马群里有一匹俊美的骏马，
欢声嘶鸣，奔跑堪比快步如飞的扁角鹿，
马蹄嘚嘚踏碎松脆的积雪，载着我们满田野飞驰。
扮靓你全身的服饰是西伯利亚森林的礼物，
你身上的紫貂裘黑油油，亮熠熠。
笑傲严寒的淫威，让它的威胁变成徒劳，
你红扑扑的面颊娇艳似新绽的玫瑰花苞，
你前额上灿丽着一朵娇嫩无比的百合。
似最美的春光，似最美的青春华年，
你让这安慰一切的大地开心快乐，
啊，如火的激情！欢乐在心空闪现，
一如水晶般的雪国里亮闪闪的星火。
谁体会过这冬日游玩的快乐，谁就乐在心田！
他曾在狭小的雪橇上与青春美女相偎相依，
一任他人妒忌，腿儿相挨紧坐在一起，
在半推半就中握住温软的纤纤素手，
在初恋少女的心海引发春潮滚滚，
燃起第一缕情思，激起第一声叹息，

这一次成功充分保证了下一次的胜利。
幸福者的狂喜谁能诉说得清？
恰似迅捷的暴风雪，他们如飞奔驰，
一道道笔直的雪橇辙印横贯雪地，
雪地上扬起一片亮灿灿的雪云，
银晃晃的雪尘洒满了他们全身。
他们的好时光密集在这转眼即逝的一瞬。
青春的激情就这样在生命中消隐，
既想急慌慌地生活，又要忙匆匆地感受！
信赖形形色色的怪思奇想只是枉然！
无穷无尽的欲望让人总是醉心于远方，
却在任何地方都找不到栖身的绿洲。
幸福的年龄啊！正是内心烦恼的时候！
可我能说什么呢？飞逝的唯一的一天时辰，
如骗人的美梦，似幽灵的幻影，
一闪即逝，带走了极其残忍的骗诱！
就是爱情，也像你一样，背叛了我们，
这残酷的一课使我获得了经验，
也使我的情感累得疲惫不堪，
在孤寂的心里留下理想幻灭的印痕。
心灵的创伤也在灵魂深处的记忆中留存。
回忆，恰似一个神奇无比的魔法师，
它能从冷冰冰的灰烬中唤回往事旧情，
使沉默者发出声音，让尸骨恢复生命。
就让美丽的春天从那大口篮筐里，
朝被闪闪朝霞盈盈露水清洗过的草地
抛出香馥馥的蔚蓝和嫩汪汪鲜花的熠熠光辉，
就让森林尽展它那温情脉脉的魔力，
诱惑一对对情人在静幽幽的绿荫里，
沉醉于甜蜜蜜的美梦那温静的魔魅！——
我并未改变对你的隐秘回忆，

华丽春天的温顺的姐妹，
啊，我心灵中最可爱的年岁！
怀着昔时的激情，带着往日的忧悒，
我誓将回报你感激的礼物，
永远用心中的思念为你把福祈，
啊，冬天的头生子，你亮闪闪，愁郁郁，
初雪啊，我们田野上童贞的绢布！

1819

三套马车

马车疾奔，马车飞驶，
马蹄嘚嘚扬起滚滚烟尘，
车铃叮当，声音尖利，
似哈哈大笑，又像大放悲声。

响叮叮的声声车铃，
一路上响亮地随风飘传，
一会儿闷沉沉地低低呻吟，
一会儿又在远处清脆脆地叮当。

恰似巫婆配合着林妖，
两人在互相此呼彼应，
抑或是美人鱼絮絮叨叨，
在沙沙作响的芦苇丛中。

俄罗斯草原，黑沉沉的夜里，
这富有诗意的声息！
其中有令人痛苦的万千愁思，
也有绵绵无尽的自由适意！

一轮皓月跳出云堆，
晶亮成圆圆的玉盘，
并把颤漾的盈盈清辉，
多情地洒在行人的脸上。

这行人是谁？他来自何方？
他的旅途是否十分漫长？
他是迫不得已还是随心遂愿，
飞驰在深夜的漫漫黑暗？

是兴高采烈还是满怀愁绪，
是回归故乡看望亲人，
还是流浪在凄凉的异地，
我的兄弟，你这样疾驰狂奔？

他的心早已渴望欲狂，
是走向归途还是奔向远方？
是渴盼相会只恨路长，
还是离别情人一片怅惘？

等着他的是订婚的宝石戒指，
还是为旅人接风洗尘的酒宴，
或是一支送葬的小小火炬，
熊熊燃烧在姐妹的坟墓前？

怎能知道？他早已走远！
明月悄悄躲进了云层，
在那空空荡荡的远方，
车铃也早已沉入寂静。

1834

杰尔维格

安东·安东诺维奇·杰尔维格（一译德尔维格，Анто′н Анто′нович Де′львиг，1798—1831），普希金皇村中学的同学、好友，普希金时代俄国诗坛的杰出代表之一，善写哀歌、田园诗、浪漫曲，尤其善于歌颂爱情，表现人生哲理，著名作品有俄罗斯歌曲系列的《唱吧，唱吧，小鸟……》、《夜莺啊，我的夜莺……》、《不是秋天的霏霏细雨》等抒情小曲，并被格林卡等音乐家谱成曲，传唱至今。

浪漫曲

美好的日子，幸福的日子——
既有朗朗红日，又有绵绵爱情！
阴影已从光秃秃的田野上消失——
心空重又大放光明。
快快醒来吧，田野和丛林，
让万物勃发出生机：
她属于我，她是我的命！
心灵一再向我报喜。

燕子啊，你为何在窗前来回翩飞，
你自由自在地唱个不停？
你可是啁啾着在把春天赞美，
并且紧随春光呼唤爱情？
你快别靠近我，即便没有你们，
歌手心里早已燃起了爱情，
她属于我，她是我的人，
心灵反复对我表明。

1823

唱吧，唱吧，小鸟……（俄罗斯歌曲）

唱吧，唱吧，小鸟，

然后又安静下来；
快乐的心都已知晓，
然后又全部忘怀。

歌手小鸟啊，你为什么
不再歌唱？
可是像你一样，心灵
尝到了黑色的忧伤？

唉！凶狂的暴风雪
杀死了小鸟；
凶残的风言风语
残害了勇士！

小鸟啊你还不如飞向
那蓝澄澄的海洋；
勇士啊你还不如躲进
那密森森的林莽！

海洋里有巨浪掀天，
却没有暴风雪施威，
林莽里有凶猛的野兽，
但没有人言可畏！

1824

夜莺啊，我的夜莺……（俄罗斯歌曲）

夜莺啊，我的夜莺，
歌声嘹亮的夜莺！
你飞向哪里，飞向哪里，
你在哪里整夜歌唱不息？

谁会如此多情，像我一样，
整夜整夜听你歌唱，
整夜整夜未合双眼，
整夜整夜眼泪潸潸？

你飞去吧，我的夜莺，
哪怕你飞到遥远的边境，
哪怕你飞到蓝漾漾的海洋，
哪怕你飞到异国的河岸；

哪怕你飞遍四面八方，
无论城市，还是村庄：
你在哪里都无法找到
有谁比我更受痛苦煎熬！

我啊正值青春华年，
珍贵的珍珠挂在胸前，
我啊正值青春华年，
多情的戒指戴在手上，

我啊正值青春华年，
可爱的情人深藏心间。
可是在秋季的某一天，
大珍珠突然暗淡无光，

在冬天的某一个深夜，
手上的戒指突然断裂，
而到了今年这个春天，
心上人对我不再喜欢。

1825

不是秋天的霏霏细雨……（俄罗斯歌曲）

不是秋天的霏霏细雨
在蒙蒙白雾中淅淅沥沥，
而是棒小伙流下的泪滴，
湿透了自己的天鹅绒上衣。

“行了，棒小伙兄弟！
你又不是个弱女子：
唱支歌吧，散散愁郁；
唱吧，唱吧，散散愁郁！”

“不是愁郁，我的好伙伴，
而是悲伤深埋在心底，
快活的时光，欢乐的时光，
早已远远离我飞去。”

“行了，棒小伙兄弟！
你又不是个弱女子：
唱支歌吧，散散愁郁；
唱吧，唱吧，散散愁郁！”

“就像俄国人热爱家乡，
我也老是爱回忆
那快活的时光，欢乐的时光，
这逝去的一切叫我伤心哭泣。”

“行了，棒小伙兄弟！
你又不是个弱女子：
唱支歌吧，散散愁郁；
唱吧，唱吧，散散愁郁！”

1829

普希金

亚历山大·谢尔盖耶维奇·普希金（Алекса′ндр Серге′евич Пу′шкин，1799—1837），俄国文学之父、俄罗斯诗歌的太阳，其抒情诗内容丰富，形式多彩多姿，感情真诚热烈，形象准确新颖，情调朴素优雅，语言丰富简洁。

致恰达耶夫

爱情、希望、微小的名誉，
只给我们短暂的满足、欺哄，
青春的嬉乐已飘然远逝，
仿若梦境，仿若朝雾蒙蒙；

但我们的心里还燃烧着热望：
尽管残暴政权的千钧重压罩顶，
我们仍怀着急不可待的心情，
时刻在凝神倾听祖国的召唤。

我们忍受着期待的折磨，
等待着神圣的自由降临，
一如那年轻的恋人
等待着忠诚的约会时刻。

趁我们都还为自由激情沸腾，
趁为荣誉献身的心还活力四射，
我的朋友，让我们把心灵的美好激情，
都奉献给我们的祖国！

同志，相信吧，迷人的幸福之星
就要升起，放射光芒，
俄罗斯将从睡梦中苏醒，
而在专制暴政的废墟上，

定会铭刻上我们的姓名！

1818

囚徒

我坐在湿漉漉的监狱铁栏后，
一只在禁锢中成长的年幼鹰鹫，
我忧郁的同伴，不时把翅膀扇舞，
在铁窗下啄食着带血的食物，

它啄食着，丢弃着，又朝窗外望望，
像是和我有同一种思量；
它用眼神和叫声把我召唤，
仿佛想说："让我们展翅飞翔！

"我们本是自由的鸟儿；时候已到，兄弟，时候已到！
飞到那乌云后熠熠闪光的山腰，
飞到那一碧如洗的海边，
那里只有风在飘舞，还有我做伴！……"

1822

致大海

再见吧，自由恣肆的原始伟力！
这是你最后一次在我面前
蓝闪闪地波翻浪起，
让傲人的美不断闪现。

仿佛朋友那愁苦的绵绵絮语，
仿佛他在临别时的声声呼喊，
这是我最后一次倾听你

忧伤的喧响，响亮的召唤。

你就是我的心愿之乡！
我常常在你的岸边徘徊，
默默无言，满怀忧伤，
为那个珍秘的夙愿①伤悲！

我多么喜爱你的回声，
那低沉的音调，悠深的混响，
还有黄昏时分的宁静，
和那激情的任性张扬！

渔夫们那简陋的风帆，
靠着你喜怒无常的保护，
在你的波峰浪谷间勇敢地滑翔，
但当你汹涌澎湃不可抗拒，
成群的渔船就会沉入深渊。

我曾试图永远离开你
那枯燥寂寞的静静海岸，
我愿欣喜若狂地祝贺你，
并让我的诗情紧随你的波涛飞驰，
可这一切我都未能如愿。

你在期待，你在召唤……我却被桎梏；
我的心拼命挣扎也是枉然，
我已被一种强烈的激情深深迷住②，
不得不留在你的岸边。

---

① 普希金曾打算秘密从海上逃往国外。

② 此处指与总督沃龙佐夫的夫人沃龙佐娃的恋爱。

有什么可惋惜？而今哪里
才是我逍遥自在的路径？
在你的荒漠中只有一件东西，
会使我的心灵震惊。

那是一个峭岩，一个光荣的坟冢……
种种伟大庄严的回忆，
在那里纷纷沉入一个寒梦：
拿破仑就在那里与世长辞①。

他已在那里的苦难中安息，
紧随他，像风暴的喧响，
另一个天才又飞离我们而去②，
我们思想的另一个君王。

他走了，自由为他悲泣，
他把自己的桂冠留给世界。
喧腾吧，让惊涛骇浪怒卷成恶劣天气，
啊，大海，他曾经是你的歌颂者。

他是你形象的生动反映，
他是用你的精魂铸造而成，
像你一样，强大，深邃，郁闷，
像你一样，没有什么能把他战胜。

世界已空空荡荡……而如今，
你将把我带到什么地方，海洋？
人们到处都是同样的命运：

① 指南大西洋中属于英国的圣赫勒拿岛，1815 年拿破仑在滑铁卢战败后被流放到这里，1821 年在这里去世。

② 指英国诗人拜伦，他 1824 年牺牲于希腊。

不是文明，就是暴君，
严守在凡是有着幸福的地方。

再见吧，大海！我不会忘却
你那崇高壮丽的容光，
我还将久久地，久久地，
聆听你黄昏时分的喧响。

我将把你充满整个心灵，
带着你的峭岩，你的海湾，
你的闪光，你的絮语，你的身影，
走进那森林，走进那静默的荒原①。

1824

致凯恩

我记得那美妙的一瞬，
你在我面前翩翩降临，
仿若转瞬即逝的幻影，
仿若纯洁之美的化身。

当绝望的忧伤让我烦恼不堪，
尘世喧嚣的劳碌使我慌乱不宁，
你温柔的声音总萦绕在我耳边，
你可爱的倩影常抚慰着我的梦。

岁月飞逝。狂烈的暴风雨
把往日的梦想吹得风流云散。
我忘记了你温柔的轻语，

① 指诗人即将离开南俄，而被幽禁到俄国北方偏僻的米哈伊洛夫斯克村。

和你那天仙般的容颜。

幽禁在阴郁荒凉的乡间，
我苦挨时日，无息无声，
没有崇拜的偶像，没有灵感，
没有眼泪，没有生命，也没有爱情。

我的心猛然间惊醒：
你又在我眼前翩翩降临，
仿若转瞬即逝的幻影，
仿若纯洁之美的化身。

心儿重又狂喜地舒绽，
一切重又开始苏醒，
又有了崇拜的偶像，有了灵感，
也有了生命，有了眼泪，有了爱情。

1825

假如生活欺骗了你……

假如生活欺骗了你，
不要悲伤，也不要气恼！
沮丧的日子暂且抑制自己，
相信吧，快乐的时光就要来到。

心儿总是迷醉于未来，
现在总令人沮丧、悲哀：
一切昙花一现，飞逝难再，
而那逝去的，将变成可爱。

1825

小花

一朵枯干、毫无芳香的小花，
我发现被遗忘在一本书中；
各种各样稀奇古怪的想法，
一下子充满了我的心胸：

它开在何处？何时？初春仲春暮春？
艳丽是否长久？又是谁把它摘下，
那只手是熟悉还是陌生？
却又为何把它往书中夹？

是纪念一次幽会，堪称柔情刻骨，
或是纪念一次命中注定的离分，
抑或纪念一次孤零零的散步，
在僻静的山野，在寂静的林荫？

他是否还活着，或她是否还健旺？
如今他们的家又在哪？
或许他们早已死亡，
一如这朵没人知道的小花？

1828

我爱过您……

我爱过您，也许，那爱情
还在我心底暗暗激荡；
但让它别再惊扰您；
我不想给您带来丝毫忧伤。
我曾默默而无望地爱着您，
时而妒火烧心，时而胆怯惆怅；

我那么真诚，那么温柔地爱您，
愿上帝保佑别人爱您也和我一样。

1829

致诗人

诗人！切莫看重大众的热爱！
狂热赞誉的喧嚣转瞬即逝，
你会听到俗众的冷笑，蠢货的责怪！
但你仍要坚强，沉静和刚毅。

你就是帝王：尽管特立独行，
自由的心灵会引导你走自由的道路，
让你心爱的智慧果实更完美芬馥，
这崇高的功勋不要求奖品。

奖赏就在你手上。你就是自己最高的法官，
你会对自己的劳动作出比任何人更严厉的评判。
你对自己的成果满意吗，苛刻的艺术家？

感到满意？那就听凭俗众去责骂，
听凭他们在你心火燃烧的祭坛喧哗，
听凭他们像顽童摇撼你的供桌支架。

1830

纪念碑

我建造了一座纪念碑。①

① 原文为拉丁文，引自古罗马诗人贺拉斯（前65—前8）的名诗《纪念碑》。

我为自己修建了一座非人工的纪念碑，
人们走向那里的路径上将寸草不长，
它那不屈的头颅直接霞晖，
高耸在亚历山大纪念柱之上。

不，我不会彻底死去——我的灵魂将存活于竖琴①，
而逃避腐烂，比骨灰活得更为久长，——
只要这月光下的世界还有一个诗人，
我就会美名永远流传。

我的名字将传遍伟大罗斯的山麓水滨，
她所有民族的语言都会说着我的姓名，
无论是斯拉夫人高傲的子孙，芬兰人，
还是至今未开化的通古斯人，草原之友卡尔梅克人。

我将长久地被人民喜爱依旧，
因为我曾用竖琴唤起善良的感情，
因为我在这严酷的时代歌颂过自由，
还曾为倒下的人呼唤过宽容。

哦，缪斯，请听从上帝的旨意，
不要害怕欺辱，也不希求桂冠，
无论赞美还是诽谤，都漠然置之，
也不要去和蠢人争辩。

1836

① 竖琴是诗歌的象征。

巴拉丁斯基

叶甫盖尼·阿勃拉莫维奇·巴拉丁斯基（Евге′ний Абра′мович Бараты′нский，1800—1844），俄罗斯诗人，与普希金过从甚密，擅长写哀歌和哲理诗，心理开掘深刻而细腻，被普希金誉为有思想深度的诗人。

你赐给我的这个吻……

你赐给我的这个吻，
老是萦绕在我的脑海：
无论喧嚣的白昼，还是静谧的夜深，
我都能感觉到它深含的爱！
我只要闭上眼睛稍稍入梦，
就会梦见你，在梦里神迷心醉！
骗人的梦消失了，幸福失去了影踪，
留下给我的只有爱情，只有疲惫。

1822

我才疏学浅，我的声音微弱……

我才疏学浅，我的声音微弱，
但我活着，我在这个世界的存在，
也会让这世上的某个人感到可爱：
我遥远的后代将在我的诗里找到我。
怎么知道呢？我的心灵
原来与他们的心灵心心相印，
因此就像我在同辈中找到知音，
我将在后辈中找到听众。

1828

缪斯

我不会被我的缪斯迷得晕头转向，

人们不会叫她美女，
看到她，青年们也不会心醉神迷，
成群结队地紧追不放。
用极其讲究的服饰加以诱惑，
用闪闪的秋波来勾魂，用如簧之舌使人着魔，
她对这一切既无兴趣，也无天赋；
但世人却在刹那间对她惊服：
她脸上有一种迥异凡庸的表情，
她说的是平静、朴素的话语；
世人多半用敷衍的赞美向她致敬，
而不会对她进行严苛的痛批。

1829

悼念歌德[①]

死神降临，伟大的老者
　　安详地合上他那双鹰眼；
他平静地长眠，因为大地上的一切伟业，
　　他都在人世一一实现！
不要在宏伟的坟墓边悲泣，也不要哀惋，
天才的头颅——将成为蛆虫的遗产。

他逝去了！但他留给人世的一切，
　　无一不受到活着的人们的仰慕；

① 丘特切夫在 1832 年也写过一首悼念歌德的诗，对照阅读，颇有裨益：“在人类这棵高大的树上，/你是最美的那片树叶，/滋养你的是最纯净的阳光，/哺育你的是最纯美的汁液！//你对它那伟大心灵的每一颤动，/比任何人都更能和谐共鸣，/或者像先知一样与雷雨谈咏，/或者喜盈盈地嬉戏着清风！//既非秋季的旋风，也非夏日的暴雨，/把你从母体树枝上扯脱：/你比许多人长寿，也比许多人绚丽，/好似一朵鲜花，自己从花冠上坠落！”（曾思艺译）

对要求他用心灵应答的所有那些，
　　他都用自己的心灵做出了回复；
他那长翅的思想游遍了宇宙空间，
在无限的境界为自己找到了界限。

一切都滋养他的精神：哲人的著作，
　　灵气四溢的艺术作品，
历史的遗训，古代的传说，
　　对民富国强时代的憧憬。
他能从心所欲地驾驭自己的想象，
深入贫民的茅屋和帝王的宫殿。

他的生命和大自然浑然一体：
　　他懂得小溪的淙淙声响，
他明白树叶的绵绵细语，
　　并感知到小草的拔节生长；
天空的星星之书他一目了然，
大海的波涛也和他倾心交谈。

他已体验和经历了整个人生！
　　假如造物主用尘世的生活，
限制我们电光火石的短短一生，
　　而我们除了坟墓和棺椁，
除了现象世界，再无什么可等——
他的死就是造物主无罪的证明。

假如我们真会有阴间的生活，
　　那么，他饱尝了人世的苦辣酸甜，
并以深邃的思想、洪亮的欢歌
　　把自己的一切回献给了人间，
他那轻快的灵魂将飞向永恒的上帝，

在天堂里再没有俗事搅扰他的安谧。

1832

诗歌医治病痛的心灵……

诗歌医治病痛的心灵。
神秘而有威力的和声，
救治重大的弊病，
抑制狂暴的激情。
歌者的灵魂，融入了和谐，
消除了自己所有的悲痛；
神圣的诗歌赋予自己的参加者
纯美和安宁。

1834

永远是思想，思想……

永远是思想，思想！可怜的语言艺术家！
啊，献身于思想之人！你不会被忘却；
这里，那里，到处都是人，世界，
死亡，生命，以及赤裸裸的真理啊。
雕刻刀，风琴，画笔！谁迷恋感性事物，
谁就幸福无比，但别越过它们的界限！
在尘世的宴会上他喜跃抃舞！
但面对你，就像面对剑从鞘出，
思想，锋利之光，使尘世生活变得暗淡！

1840

丘特切夫

费多尔·伊万诺维奇·丘特切夫（Фёдор Ива′нович Тю′тчев，1803—1873），其诗赞美大自然，歌颂爱情、友谊，关心社会政治问题，对人、自然、心灵、生命之谜等本质问题进行了长期、执着、系统的探索，把深邃的思想、瞬间的境界、丰富的感情、精致的形式结合起来，形式短小精悍，语言精练优美，思想和手法颇为现代——既富于哲学深度，又富有绘画美、音乐美，同时还具有象征主义色彩，形成了俄国诗歌史上的哲理抒情诗风，对俄国象征派及苏联“静派”（一译“悄声细语派”）诗歌影响很大。

好像海洋围抱着陆地……

好像海洋围抱着陆地，
尘世的生命被梦笼罩；
黑夜降临——自然的伟力
击打着海岸，以轰鸣的波涛。

它在逼迫我们，乞求我们……
魔魅的小舟已从码头扬帆；
潮水飞涨，迅疾地把我们
带到黑浪滚滚的无垠深渊。

星星的荣光灼灼燃烧的苍穹
从深邃的远方神秘地向下凝眸——
我们漂游着，深渊烈火熊熊，
从四面八方包围着小舟。

1830

沉默吧①！

沉默吧，隐匿并深藏

① 原文为拉丁文：SILENTIUM。

自己的情感和梦想——
一任它们在灵魂的深空
仿若夜空中的星星，
默默升起，又悄悄降落——
欣赏它们吧——只是请沉默！

你如何表述自己的心声？
别人又怎能理解你的心灵？
他怎能知道你深心的企盼？
说出来的思想已经是谎言①。
掘开泉水，它已经变浑浊——
尽情地喝吧——只是请沉默！

要学会只生活在自己的内心里——
那里隐秘又魔幻的思绪
组成一个完整的大千世界，
外界的喧嚣只会把它震裂，
白昼的光只会使它散若飞沫，
细听它的歌吧——只是请沉默②！

1830，1854

---

① 古今中外的哲人们对此往往英雄所见略同。我国的《周易》早就说过“言不尽意”，老子也说过“道可道，非常道”，庄子说得更加明确，“意之所随者，不可以言传也”，“可以言论者，物之粗也；可以意致者，物之精也”。德国的歌德认为：“词语只是给思想以定义，因而也就局限住思想的内涵。”尼采则宣称：“我们能用语言表达的东西其实在我们心中已死；言说行为本身总有某种轻蔑的意味。”

② 大哲学家罗素在《西方哲学史》中的一段话，可以深化对这首诗的理解：“在人间万事的安排上，似乎并没有任何合理的东西。那些顽固地坚持要在某个地方能找出道理来的人们，就只好返求于自己并且像弥尔顿的撒旦那样认定：心灵是它自己的园地，在它自身里可以把地狱造成天堂，把天堂造成地狱。”这首诗是列夫·托尔斯泰最喜爱的丘诗之一，他宣称：“多么妙不可言的东西！我不知道还有比它更好的诗歌……”

我记得那金灿灿的时分……①

我记得那金灿灿的时分，
我记得那心爱的地方：
日已黄昏；只有我们两人；
多瑙河在暮色中哗哗喧响。

山冈上有一座古堡的废墟，
闪着白光，面朝着远方；
你亭亭玉立，年轻的仙女，
倚在苔藓茸茸的花岗岩上。

你用一只纤秀的脚掌，
触碰着古老的巨石墙体；
太阳正慢慢慢慢沉降，
告别山冈、古堡和你。

温和的清风轻轻吹过，
柔情地抚弄着你的衣裳，
还把野苹果树上的花朵，
一朵朵吹送到你年轻的肩上。

你纯真无虑地凝望着远方……
阳光渐暗，烟雾弥漫天边；
白昼熄灭；小河的歌声更加响亮，
热闹了夜色苍茫的两岸。

---

① 这首诗中“年轻的仙女”，指的是阿玛莉雅·克留杰涅尔男爵夫人（1808—1888，娘家姓冯·莱亨菲尔德）。她1823年与丘特切夫相识并相恋，但1826年出乎意料地嫁给了诗人的同事克留杰涅尔男爵。本诗写的是他们交往中最富诗意也最刻骨铭心的一个情景。涅克拉索夫对这首满蕴诗情画意的诗非常赞赏，认为它属于丘特切夫本人，甚至是全俄罗斯最优秀的诗歌之列。

你满怀无比轻快的欢欣，
度过了幸福快乐的一天时光；
而那白驹过隙的生命之影，
正甜蜜蜜地掠过我们头上。

1834—1836

杨柳啊……

杨柳啊，是什么使你
对奔流的溪水频频低头？
为什么你那簌簌颤抖的叶子，
好像贪婪的嘴唇，急欲
亲吻那瞬息飞逝的清流？

尽管你的每一枝叶在水流上
痛苦不堪，颤栗飘摇，
但溪水只顾奔跑，哗哗歌唱，
在太阳下舒适地闪闪发光，
还无情地将你嘲笑……

1836

灰蓝色的影子已一个个融合……①

灰蓝色的影子已一个个融合，
色彩变暗淡，声音已寂静——
生命、运动都已突然化作
模糊的暗影，遥远的轰鸣……
已看不见夜空中飞行的飞蛾，

① 这首诗托尔斯泰很喜欢，并且常常朗读，有时还满眼含泪。

但能隐约听见它的振翅声。
难以言喻的忧郁时刻！……
万物在我中，我在万物中……

恬静的黑暗，酣睡的黑暗，
请快快哗哗流进我的深心，
静悄悄、懒洋洋、香喷喷的黑暗，
请淹没一切，使一切宁静！
让那忘我的昏黑
在我的感觉中满溢！
让我饱尝湮灭的滋味，
同安谧的世界融为一体！

1836

喷泉

看啊，这明亮的喷泉，
像灵幻的云雾，不断升腾，
它那湿润的团团水烟，
在阳光下闪闪烁烁，缓缓消散。
它像一道光芒，飞奔向蓝天，
一旦达到朝思暮想的高度，
就注定四散陨落地面，
好似点点火尘，灿烂耀眼。

哦，宿命的思想喷泉，
哦，永不枯竭的喷泉！
是什么样不可思议的法则
使你激射和飞旋？
你多么渴望喷上蓝天！
然而一只无形的命运巨掌，

却凌空打断你倔强的光芒，
把你变成纷纷洒落的水星点点。

1836

庄严神圣的黑夜从天边升起……

庄严神圣的黑夜从天边升起，
那快乐的白昼，可爱的白昼，
立刻像金色的帷幕被它卷起，
深渊便在眼前露出无底大口。
外部世界就像幻影一般消散……
而人，仿若无家可归的孤儿，
面对着这暗蒙蒙的无尽深渊，
赤裸裸地站立，孱弱无力。

他陷入孤立无依的境地——
智慧已无用，思想也空虚一片——
既无任何支撑，且又漫无边际，
唯有沉入心灵，就像沉入深渊……
现在那光明幸福、生动活泼的一切，
他都觉得好似久已消逝的梦幻……
而在十分陌生、神秘莫测的黑夜，
他却发现了世代相传的遗产。

1848 或 1849，1850

在那夏末静谧的晚上……

在那夏末静谧的晚上，
天空中的星星淡红微吐，
田野身披幽幽的星光，
一边安睡，一边悄悄成熟……

它那无边无际的金色麦浪，
在夜色中渐渐平静，
那如梦的柔波也寂无声响，
被月光染得洁白晶莹……

1849

世人的眼泪……

世人的眼泪，哦，世人的眼泪，
你总是早也流啊，晚也流……
你流得无声无息，没人理会，
你流得绵绵不断，无尽无休，
你流啊流啊，就像幽夜的雨水，
淅沥淅沥在凄凉的深秋。

1849

波浪和思想

绵绵紧随的思想，滚滚追逐的波浪，
——同一自然元素的两种不同花样：
一个，小小的心胸，一个，浩浩的海面，
一个，狭窄的天地，一个，无垠的空间，
同样永恒反复的潮汐声声，
同样使人忧虑的空洞的幻影。

1851

最后的爱情

啊，在我们垂暮之年，
我们爱得更温柔更虔诚……
照耀吧，照耀吧，告别之光，

你黄昏的彩霞，最后的爱情！

昏黑已笼罩了大半个天空，
只有西方还有余霞在浮荡；
稍等吧，稍等吧，黄昏的游踪，
停停吧，停停吧，魔魅的金光。

尽管血管中的热血已快枯罄，
但内心的柔情却丝毫未衰减……
啊，你，我最后的爱情！
你如此幸福，又如此绝望！

1852—1854

邂逅

无论你是谁，无论你的心
纯洁无瑕抑或爬满罪孽，
一旦与她相遇，你会面目一新，
倏然升腾到一个美妙的灵性境界。

1864

凭理智无法理解俄罗斯……

凭理智无法理解俄罗斯，
她不能用普通尺度衡量：
她具有独特的气质——
对俄罗斯只能信仰。

1866

我又站在涅瓦河上……

我又站在涅瓦河上，

并且，一如往昔时候，
似乎还活着，再次凝望
这昏昏欲睡的河流。

蓝天上没有一线星光，
白漫漫的魔魅中一切寂静无哗，
只有沉思的涅瓦河上，
流泻着明月的光华。

这一切是我梦中的经历，
还是我亲眼见到的月夜清幽，
身披这溶溶月色，我和你
不也曾活着一起眺望这河流？

1868

在这里，生活曾那样轰轰烈烈……

在这里，生活曾那样轰轰烈烈，
鲜血曾像河水在这里滚滚奔涌，
可到如今又还有什么没有磨灭？
只能见到两三座高巍巍的古冢。

还有两三棵橡树在古冢上挺立，
枝繁叶茂，四处伸展，亭亭如盖，
华美动人，哗哗喧响，一任根须
翻掘起谁人的记忆谁人的骨骸。

大自然对过去一点儿也不知晓，
对我们幻影般的岁月漠不关心，
在她面前，我们模糊地意识到
我们自己——不过是自然的梦。

不管人建立了怎样徒劳的勋业，
大自然对她的孩子一视同仁：
依次地，她以自己那吞没一切
和使人安息的深渊迎接我们①。

1871

① 离丘特切夫老家不远，有一个古代俄罗斯的历史残迹——武西日（一译符什日）古城。该城公元900年已经存在，在11世纪中叶成为武西日独立公国的首都。12世纪后期这里发生过长期的激战，1238年春天该城遭到破坏。1871年，当丘特切夫最后一次回到故乡时，还特意去重游了一趟武西日古城，并且创作了这首深刻而极富感染力的诗。诗歌表明，在永恒的时间长河里，人的一切（功业也好，失败也好）都是微不足道的，时间改变一切，时间吞噬一切，真正永恒的，只有大自然。诗中这一份深远的历史感，这一种对人生、自然真相的洞悉，表达得如此深刻凝重，而又如此生动感人，与我国古代的一些著名诗词异曲同工。如唐代诗人刘禹锡的《西塞山怀古》："王濬楼船下益州，金陵王气黯然收。千寻铁锁沉江底，一片降幡出石头。人世几回伤往事，山形依旧枕寒流。今逢四海为家日，故垒萧萧芦荻秋。"明代杨慎的《临江仙·滚滚长江东逝水》一词的上片："滚滚长江东逝水，浪花淘尽英雄。是非成败转头空。青山依旧在，几度夕阳红……"清代词人纳兰性德的《南乡子·何处淬吴钩》："何处淬吴钩，一片城荒枕碧流。曾是当年龙战地，飕飕，塞草霜风满地秋。霸业等闲休，跃马横戈总白头。莫把韶华轻换了，封侯，多少英雄只废丘。"

巴甫洛娃

卡洛琳娜·卡尔洛芙娜·巴甫洛娃（Короли′на Ка′рловна Па′влова，1807—1893），俄国女诗人、翻译家，能诗善画，善于抒发女性心灵的种种情感，支持“纯艺术”理论。诗歌情感真挚，爱情与艺术是常见主题，在冷静的理性中常有激情的迸发，精巧隽美，音韵和谐，曾受到维亚泽姆斯基、巴拉丁斯基、密茨凯维奇等著名诗人的赞赏。

小蝴蝶

大自然华丽光彩的奇迹，
年轻的小蝴蝶，你飞向何方？
你怀着什么奇异的心思，
翩翩飞舞，朝着蔚蓝天空故乡？
你曾未醒悟到自己的使命，
长久甘做朽壤凡尘的居民；
但良机终于为你降临，
你幸运地获得了再生。
那你就在纯净的空气里尽情陶醉，
漫游在辽阔无际的天庭，
蓝宝石般的精灵，你翩翩翻飞，
好好活着，但要远离红尘——

艺术家，你不也如此？
跟小蝴蝶有同样的经历，
一如幼蛹惨遭泥土禁闭，
你被桎梏在日常生活的迷雾里。
在同样悲伤无力的境地，
时来运转，奇迹出现：
你顿悟自己是天之骄子，
突然间翩翩张开翅膀。
那就畅享小蝴蝶的命运；

离弃你俗世凡尘的蜗居，
像它那样成为自由的天国之民，
从九霄云外俯视大地！

1840年2月

天空如绿宝石晶光闪闪……

天空如绿宝石晶光闪闪，
片片云彩透出灿灿金黄；
为什么正值春光烂漫，
心灵里却充满了忧伤？

莫非因为世界自在轻松，
尽情展示着新生的骄傲，
大千世界永远那样年轻，
唯有心灵却在渐渐衰老？

万物生机勃勃，一切完满幸福，
绿茵遍地，歌声纷飞，鲜花烂漫，
唯独心灵却无法保护
自己那美好的梦想？

莫非是春来春又往，
每次都带着全新的力量，
而且在每一座坟墓上，
无情的鲜花都在绽蕾怒放？

1840年2月

沉思

风儿忧伤地吹拂。

天空变得黑乌乌，
月亮还不敢钻出
乌云，朝下张望；
我孤零零地静坐，
被浓厚的黑暗包裹，
怎么都无法减弱
雨水泉流般的喧响。

心灵万般沮丧，
全然失去力量，
忧伤挤满胸膛，
但我决不投降，
我们狂热祈求的一切，
那炫目的光彩熠熠
在梦中诱惑我们的东西，
这一切似乎全都是枉然。

激情盈溢的同辈们心里，
虽被纯真的动机，
激动得潮飞云起，
似乎并未结出成熟的果实；
似乎一切神圣的东西，
在年轻人的心里，
已深深放入海底，
仿若全然徒劳无益。

1840 年 8 月

一八四〇年十一月十日①

在劳碌的事务中，在人海的荒原里，
你抛弃了自己的理想，也抛弃了我，
而今你是否还会回忆起往事？
那珍贵的一天你可还记得？
请告诉我，而今你是否还有思念之情，
想起我在那个时刻我像孩子般相信，
从你的手里接受自己的命运，
毫无惧怕地向你托付终身？
这一刻多么神圣，在上帝的旨意前！
那时，一颗心深爱盈溢，
情不自禁地满怀信念，
向另一颗心表白：我信赖你！
须知这是一道从天堂降下的光——
无论命运把它抛到什么地方——
像熠熠火花在石头中沉睡正酣，
我也将沉睡在你冰凉的胸膛；
须知这痛苦的负担，
无法把天赐的秘密戕害，
须知这一颗种子不会腐烂，
它会在另一个国家春暖花开。
你是否记得，在喧闹的舞会上，
我曾默默地主动以身相许？
双眸里迸发出骄傲的光芒，
心儿却是那样剧烈地颤栗？
虽然生活已达到了自己的目的，
你已超脱于人世的一切惊扰，

① 这一天，巴甫洛娃曾向波兰著名诗人密茨凯维奇（1798—1855）表白，愿做他的未婚妻，但后来两人并未成婚。女诗人 1838 年嫁给了俄国诗人、小说家巴甫洛夫（1803—1864）。

你那变化不定的心里，
这一时刻是否还保留完好？

1840

你所选定的道路……

你所选定的道路，
把你领到可怕的荒漠，
疲惫不堪的朝圣者，
此刻你还幻想追寻什么？

在极地长夜的黑暗里，
你形单影只，被人遗忘，
你徒劳地凝神注视
一片鱼肚白的东方。

一颗心在瑟瑟颤栗，
徒然等待壮丽的曙光，
看那朝霞已经消失，
这里永不会升起太阳。

1849

长久地用话语交流……

长久地用话语交流，
黄昏时分我们坐在一起，
只有我和你静静地聚首——
我沉思着，忧郁的双眸
时不时望一望你。

望着你，我真想哀声长叹，

而且希望告诉你：
你为什么要从年轻的额上
极力抹除岁月的沧桑
所留下的难消印记？

你何必在我面前极力装欢，
掩饰自己那不由自主的目光？
又怎能因为内心的责难，
谈话中突然闭口不言，
笑得那么不恰当不自然？

我已猜透你的这点心思，
你心里还在怨诉不已，
让我亲切热情地把你接受，
并且像一个体贴入微的护士，
细致周到地护理你的伤口！

1854 年 3 月 30 日

柯尔卓夫

阿列克谢·瓦西里耶维奇·柯尔卓夫（Алексе′й Васи′льевич Кольцо′в，1809—1842），俄国19世纪自学成才的农民诗人，其诗歌采用民间歌曲的风格，生动表现了俄国农民的生活和思想，是俄国19世纪农民诗歌的奠基人，这一派别包括伊·萨·尼基京（1824—1861）、伊·扎·苏里科夫（1841—1880）、斯·德·德罗仁（1848—1930）等诗人。

八行诗

我求求你，请离开我；
我对你的爱早已冷淡。
心里已无往日的情火；
我求求你，请离开我。
没认识你，我自在快乐；
认识了你，我愁眉不展。
我求求你，请离开我，
我对你的爱早已冷淡。

1830年7月4日

农家宴

大木门儿
完全敞开，
骑着马儿，乘着雪橇，
客人们陆续到来；
主人和他妻子
恭迎客人，在大门旁，
领着他们穿过院子，
走进亮堂堂的正房。
在基督圣像前，
客人做了祷告，

围着橡木餐桌
——上面摆满了菜肴，
在松木长凳上，
大家一一坐好。
烧鸡烤鹅，
全摆在桌上，
馅饼火腿，
堆满了碗盘。
年轻的主妇，
打扮得漂漂亮亮，
两条乌黑的眉毛，
带流苏的薄纱披在身上，
同女友一一亲吻，
绕桌子转了一圈，
把幸福的酒杯，
分别送到客人手上；
男主人紧跟她身后，
手拿雕花的酒罐，
把醉人的家酿啤酒，
向亲朋一一敬上；
而主人的女儿，
也把香甜的蜜酒，
分送给满桌的客人，
满怀少女的温柔。
客人们喝着，吃着，
打开了话匣子：
说庄稼，谈割草，
话古时，讲旧事；
上帝和老天
会不会让粮食堆满仓？
原野里的干草种子，

会不会翠绿一片？
客人们喝着，吃着，
开开心心，
从晚霞初现，
到半夜三更。
村里的公鸡
已开始你叫我啼；
交谈和喧闹
已在黑漆漆的客堂沉寂；
大门外拐弯的地方，
白雪银光熠熠。

1830年9月21日

老人之歌

我要把鞍鞯套上马背，
我的马儿快捷如风，
我策马疾驰，迅飞，
比那雄鹰还要轻盈！

驰过田野，跨过海洋，
直奔那遥远的地方——
拼命紧追猛赶，
要找回那青春时光！

我要精心打扮，重新
变成一个翩翩少年！
再一次获取少女欢心，
成为美丽姑娘的情郎！

可是，唉，时光

逝去，再不复返！
太阳，永永远远
不会升起在西方！

1830 年 9 月 21 日

行乐时刻

请给我们大酒杯，
快把美酒斟上！
欢乐转瞬即飞。
喝吧，把这杯喝光！
朋友们，快放声歌唱！
唱出声震云霄的歌声！
让天边的霞光，
看着尽兴的我们！
现在我们快乐畅饮——
青春只是一瞬——
眼下我们快乐欢欣，
这欢乐属于我们！
明天将会怎样，
我哪里知道，朋友们？
让天边的霞光，
看着尽兴的我们！
纵酒狂歌吧，各位朋友！
让歌声响若春雷！
快把更多的美酒，
倒进大酒杯！
来吧，把满觞
美酒，一口喝尽！
让天边的霞光，
看着尽兴的我们！

1830

庄稼汉之歌

喂！拉呀，灰黄马！
拉过待耕地一块块，
让这铁犁的犁铧，
被潮润的泥土磨白。

朝霞美人儿
在天空燃起火焰，
从密稠稠的树林后面，
升起一轮红太阳。

在耕地上多么快活啊，
喂！拉呀，灰黄马！
我和你就是朋友，
一个仆人，一个东家。

我开开心心，
扶着犁，掌着耙，
我备好大车，
把谷粒播撒。

我开开心心，
望着打谷场，草垛架，
我打麦，我簸谷，
喂！拉呀，灰黄马！

我和我的灰黄马，
一大早就忙着耕田，
我们为小小谷粒，
编织神圣的摇篮。

潮乎乎的大地母亲，
吃呀喝呀全给它；
田野里长出禾苗青青——
喂！拉呀，灰黄马！

田野里长出禾苗青青——
谷穗也会慢慢成长，
等它成熟了，它一定
穿上金灿灿的衣裳。

我们的镰刀在这里闪闪发光，
我们的镰刀在这里唰唰直响：
多甜美啊，休息时
躺在沉甸甸的禾捆上！

喂！拉呀，灰黄马！
我会把你喂饱，
用清亮亮的甘泉，
作为你的饮料。

我耕耘，我播种，
心里暗暗祈福。
上帝啊，为我长出粮食吧，
粮食就是我的财富！

1831年11月26日

歌

夜莺啊，你不要
在我的窗前歌唱，
快飞到树林丛中，

快飞向我的故乡！

你可要热爱
我心上姑娘的窗户……
柔情地向她诉说
我思念的痛苦；

你告诉她，没有她，
我憔悴，我枯焦，
就像那入秋时
草原上的青草。

没有她，月亮
在夜里也显得暗淡；
白天的太阳
没有了温暖。

没有她，谁能
给我柔情的爱抚？
休息时，我的头
又伏在谁的胸脯？

没有她，谁的话语
能让我欢乐无穷？
谁的歌声，谁的问候，
能安慰我的心灵？

夜莺啊，你为什么歌唱
在我的窗前？
飞去吧，快飞向
我心上的姑娘！

1832

黑麦，你不要喧闹……

黑麦，你不要喧闹，
别用你成熟的穗儿喧闹！
割草人啊，你也不要
歌唱那草原的无边广袤！

我攒积财富，
是别有原因，
我另有缘故，
想马上做个富人！

年轻的小伙子，
积聚家产，
不是自己的本意——
而是为了心上姑娘！

看见她那双眼睛，
我心里就无比甜蜜。
她的那双眼睛，
满溢着浓浓爱意！

可那双亮汪汪的眼睛，
早已暗淡无光，
她已长眠在墓中，
我那美丽的姑娘！

比大山还沉重，
比半夜还黑暗，
那黑沉沉的悲情，
重压在我心上！

1834

两次分手

“我的美人儿，
你就这样
一下子失去
两个青年。
那你告诉我，
你同第一个
怎样告别
在分手时刻？”

“同他分手，
我很开心：
与他告别时——
我喜笑盈盈……
可是他
那小可怜啊，
却把小脑袋瓜
紧贴在我胸膛；
久久地伏着，
一句话也不说；
热泪直流，
把头巾都湿透……

“‘唔，愿上帝保佑你！’
他对我说道，
他牵过马儿，
打马飞跑，
在他乡异地，
把余生苦熬。”

“你竟会
把他嘲弄？
他的泪水
你不相信？
那你现在讲讲，
奇怪的人，
你又是怎样，
和另一个离分？”

“另一个可不那样……
他没有哭泣，
可就是现在
我还在哭泣。
唉，他给过我的拥抱，
是那样冷冷冰冰；
他对我说的话语，
是那样干巴少情：
你瞧，我要走啦，
只离开很短时间；
以后咱俩
还会相见。
那个时候
咱可以哭个尽兴。
这样的问候
你听了会舒心？
他没弯腰点头，
只挥一挥手，
一眼都不看
我的脸蛋，
就策马离去，
他就那个样。”

“美人儿，
在你心里，
哪一个
最难忘记？”

“当然，第一个，
我觉得可怜，
但我深爱着
第二个青年。”

1837 年 9 月 18 日

俄罗斯歌曲

我曾那么爱他，
炽热胜过火和白天，
别人爱他，
永远不会这样。

在这世上我只想
同他一个共度年华，
我把心向他献上，
我把生命全都给他。

多好的夜晚，多美的月光，
我等待着我的朋友！
我脸色苍白，发冷发凉，
我心脏紧缩，浑身颤抖！

瞧他来了，唱不离口：
“你在哪儿，我的美人？”
他一把拉住我的手，

他立马吻住我的唇!

“亲爱的朋友,你不要
这样热烈地吻我!
在你身边,就是不接吻,
我整个儿也都热血似火;

“在你身边,就是不接吻,
我脸上也燃起红霞,
我胸膛里热潮滚滚,
翻起激情的浪花!

“我的眼睛闪闪发亮,
就像那灿烂的星星!”
我只为他活在世上——
我爱他爱得刻骨铭心!

1841年12月20日

库科利尼克

涅斯托尔·瓦西里耶维奇·库科利尼克（Не′стор Васи′льевич Ку′кольник，1809—1868），诗人，善于创作浪漫曲，其诗歌被格林卡等音乐家谱曲，在俄国广为流传。

美人之歌

太阳在东方金光灿灿，
落月在西方沉入梦乡，
星星在蓝天若隐若现，
海面上燃起一片金光。

在黑卷发美人那
亮晶晶的双眸前，
灿烂辉煌的太阳啊，
你显得比黑夜更暗。

面对温柔粉嫩的脸庞，
和那洁白如玉的肌肤，
披着银纱俯视的月亮，
黯然失色，僵硬麻木。

当你晨梦正酣，
揭开单薄的衾被，
在雪白的酥胸前，
起伏的波浪沐浴着银辉？！

用亲吻唤醒美人，
赶走懒洋洋的睡梦，
于是羞怯的目光灼灼闪动，
明亮远远赛过晨星……

1834

疑惑

消失吧，汹涌的激情！
沉睡吧，绝望的心灵！
我放声痛哭，我十分痛苦，
心灵早已厌倦了别离；
我十分痛苦，我放声痛哭，
眼泪无法排解我的悲戚。

希望徒劳无益地
为我预测福分，
我不相信，不相信
不祥的神谕卜辞！
别离带走了爱情。

噩梦一个劲地纠缠不已，
我老是梦见幸福的情敌。
嫉妒烈焰腾腾，
隐秘而又愤恨地燃烧。
隐秘而又愤恨，
手在把武器寻找。

嫉妒徒劳无益地
为我预测不忠，
我不相信，不相信
阴险的胡言乱语。
我会幸福，你又是我的人。

忧伤的时刻终会过去，
我们重又拥抱在一起，
热烈而又激动，

复活的心灵重放青春，
热烈而又激动，
嘴唇与嘴唇紧紧蜜吻。

1838 年 2 月

诗人的请求

给我爱情——心灵腾炽起火苗，
给我热诚、多情的目光，
诗歌之火——快乐地燃烧，
我的诗行便隆重地铿铿锵锵。

你的双唇里镶着两排珍珠，
褐色头发遮覆着你的前额，
你的眼睛透出纯真的欢愉，
你的话语中有甜蜜的音乐。

我要找遍话语表达这一切！
就像献身上帝的古代祭司，
我灵感勃发，绵绵不绝，
贫乏的词语将充满魅力！

1838

利泽罗浪漫曲

她是谁，她在何方，
这只有天知道，
可神奇的陌生女郎，
却把心灵拐跑。

我相信，我明白：那一天终会登场，

心灵快乐地激动不已，
它终将找到那神秘的姑娘，
以便让梦想变成现实。

风儿知道，她是谁，
白云多次见过她本人，
它像轻盈的影子，
从远处掠过她的头顶。

夜莺一个劲地把她歌唱，
就像她那一双眸子，
亮晶晶的星星闪闪发光，
可它们没有说出她的名字。

1839

风儿在大门外游荡……

风儿在大门外游荡，
等候美人儿在大门旁。
我的风啊，你等不到，
那妙龄如花的美人儿。
啊咦留里，啊咦留里，
那妙龄如花的美人儿。

她和小伙儿一起奔跑，游戏，
对小伙儿开口，轻言细语：
“追我呀，我的心肝，
订了婚的男子汉！”
啊咦留里，啊咦留里，
订了婚的男子汉！

噢咦，你，勇敢的小伙子，
不要追逐那些妇女！
风儿吹过，停止喧嚷，
你成了没有新娘的新郎。
啊咦留里，啊咦留里，
你成了没有新娘的新郎。

风儿吹过，阿夫杰伊
被她更深地爱上……
只要第三次风一吹——
塔拉斯也会被爱上！
啊咦留里，啊咦留里，
塔拉斯也会被爱上！

1840 年 6 月

云雀

美妙歌声悠悠飘飞，
在蓝天和白云之间，
像绵绵不断的泉水，
越来越响亮地流淌。

看不见田野的歌手，
这歌声嘹亮的云雀，
在哪里为自己的女友，
放声歌唱，声震旷野？

清风带走了美妙歌声，
可带给谁，它不知道。
而她明白这歌声飞向谁人，
这歌声来自谁她也明了。

飞去吧，我的歌，
带着甜蜜的希冀，
有个人会想起我，
为我偷偷地叹息。

1840 年 7 月 11 日

奥加廖夫

尼古拉·普拉东诺维奇·奥加廖夫（Никола'й Плато'нович Огарёв，1813—1877），诗人，赫尔岑的好友，早期是浪漫主义诗人，后转向现实主义，诗歌总的主题是追求自由、渴望正义、宣传革命、号召反抗，但也善于表达个人的苦闷和日常生活的悲剧，语言简洁晓畅。

旅途

遥远的月亮透过烟雾迷离，
闪烁着淡蒙蒙的白光，
穿着雪衣的林中空地，
因此而满怀忧伤。

一排排又一排排
冻得白光光的白桦，
沿路伸展开来，
光秃秃的枝干挺拔。

三套马车疾驰猛冲，
撒下一路车铃叮当；
我的马车夫在蒙蒙胧胧中
把歌儿轻轻哼唱。

我坐着颠簸的马车，
向前飞驰，痛苦不堪：
为远离故乡而漂泊，
深感寂寞和凄惨。

1841

她从来没爱过他……

她从来没爱过他，

而他却对她深深暗恋，
但却没漏出一丝情话，
只把这爱深藏在心田。

她在教堂里和别人结了婚，
他依旧到她家里做客，
偷偷地默默窥视她脸上神情，
而后便长久地心如刀割。

她死了。不论黑夜和白天，
他都经常到她的墓前祭奠；
她从来没爱过他，
而他却把她永记在心间。

1841—1842

平凡的故事

那是一个多么美妙的春天！
他俩一同坐在河岸旁——
河水温静，波光闪闪，
旭日初升，众鸟欢唱；
河对岸有片山谷蔓延伸展，
静静地蓬勃着莹莹翠绿；
红馥馥的野蔷薇在身边怒放，

幽暗的林荫小径一棵棵椴树挺立①。

那是一个多么美妙的春天！
他俩一同坐在河岸旁——
她正值如花妙年，
他那变黑的胡子刚长在唇上。
啊，要是有人看见他们，
看见他们当时清晨的约会，
细察他们脸上的表情，
或者偷听他们的情话娓娓——
他定会觉得初恋的话语，
是多么的令人陶醉！
此时此刻，他心底的愁郁，
也会真的变成笑绽双眉！……
后来，在上流社会我又遇见了他们：
她已嫁给另一个人为妻，
他也另娶另一个人成婚，

---

① 在这首诗里，“幽暗的林荫道”已不是一个普通的意象，它已经成为一个象征，象征着韶华易逝而爱情永存，更象征着在日常生活中爱情大多不幸，而生活依然继续，人仍在麻木地活着。俄国第一个诺贝尔文学奖获得者、著名作家蒲宁（一译布宁，1870—1953）特别喜欢这首诗，把自己晚年最满意的专写爱情故事的短篇小说集命名为《幽暗的林荫小径》。小说集以《幽暗的林荫小径》开篇并命名颇有深意。蒲宁曾阐述过自己的意图：“集子命名为《幽暗的林荫小径》不是偶然的，这里写的都是爱情，写的是幽暗的爱情小径。这里的小径指的不是隐蔽背光的地方，这里指的是黑暗的、充满悲剧的、幽深神秘的爱情迷宫。”这样，在作家笔下，“幽暗的林荫小径”不仅是男女主人公幽会和欢享幸福的地方，也是他们分手和遭遇不幸的处所。因此，“幽暗的林荫小径”是一个涵义丰富的象征，它象征着美、岁月、青春、爱情，也象征着不幸、痛苦、煎熬、悲伤。此外，利哈乔夫指出，“幽暗的林荫小径”还象征着俄罗斯、庄园、故乡：“为什么‘幽暗的林荫小径’会让人联想起俄罗斯？那是因为覆盖着茂密的椴树绿荫的狭窄小径是俄罗斯花园，特别是农家田庄的一个最为典型的特点，是它们的一大美景，在欧洲别的地方都不像在俄罗斯那样把椴树栽得如此稠密，像座‘墙’似的。对蒲宁来说，这些拥挤的椴树林荫路在某种意义上已经成为一种象征。”

对往事两人都绝口不提；
他们脸上一片悠然宁静，
生活过得快乐而稳定，
即便两人劈面相逢，
也只淡淡一笑，心如古井……
而在那里，在河岸附近，
当年红馥馥的野蔷薇怒放的地方，
一群淳朴的打鱼人
登上了破旧的小船，歌声嘹亮——
茫茫一片黑暗，
遮住了人们的目光，
在那里说过的情话绵绵，
还有多少往事，早已都被遗忘。

1842

莱蒙托夫

米哈伊尔·尤里耶维奇·莱蒙托夫（Михаи′л Ю′рьевич Ле′рмонтов，1814—1841），俄国诗人、小说家，其诗歌注重内心情感的揭示，较普希金更有现代色彩，同时也比较出色地运用了通体象征。

乞丐

在那圣洁的修道院门前，
站着一个乞求施舍的穷人，
他饱受饥渴，历经苦难，
已形销骨立，筋疲力尽。

他只是乞求一小块面包，
目光中却露出深深的苦痛，
可有人却把一块石头放到
他那只伸出的手掌中。

我也这样祈求你的爱情，
带着痛苦的眼泪，满怀忧伤，
我的那些美好的感情，
也这样永远被你欺骗！

1830

不，我不是拜伦，我是另一个人……

不，我不是拜伦，我是另一个人，
一个还不为人所知的诗魔，
一个像他那样被人世放逐的漂泊者，
只不过有着一颗俄罗斯的灵魂。
我早早开始，也将会早早结束，
我的才智不会有太大的成就；
在我心里，就像在海洋深处，

一堆堆破碎的希望重压在上头。
谁能够，愁悒悒的海洋，
洞悉你的秘密？谁又能
向人群说清我的思想？
我——或者上帝——或者没有任何人！

1832

帆

在那大海上蓝幽幽的云雾里，
一叶孤零零的风帆白光晃晃。
它寻找什么，在遥远的异域？
它撇下什么，在自己的家乡？

波涛怒涌，狂风劲呼，
桅杆弓着腰咔咔直响；
唉！它并非寻找幸福，
也不是要远避幸福的光芒！

下面是比蓝天更莹澈的碧涛，
上面是金灿灿的阳光辉映，
而它，狂乱地祈求着风暴，
仿佛是风暴中才有着安宁！

1832

美人鱼

美人鱼在幽蓝的河水里游荡，
身上闪耀着明月的银光；
她使劲拍打起雪白的浪花，
想把它溅泼到圆月的脸颊。

河水回旋着，哗哗流淌，
把水中的云影不停地摇晃；
美人鱼轻轻启唇——她的歌声
飞飘到陡峭河岸的上空。

美人鱼唱着：“在我所住的河底上，
白日的光辉映织成幻象；
这儿，一群群金鱼嬉戏、游玩，
这儿，一座座城堡水晶一般。

“这儿，在茂密芦苇的清荫下面，
在晶莹细沙堆成的枕头上边，
嫉妒的波涛的俘虏，一个勇士，
一个异乡的勇士，在安息。

“我们喜欢，在沉沉的黑夜里
把一绺绺丝一般的卷发梳理，
正午时分，我们总是频频地亲吻
这美男子的前额和双唇。

“但不知为什么，对我们的狂热亲吻
他一言不发，总是冷冰冰，
他只沉睡，即使躺在我的怀里
还是既不呼吸，也无梦呓……”

满怀莫名的忧伤，
美人鱼在暗蓝的河上歌唱，
河水回旋着，哗哗流淌，
把水中的云影不停地摇晃。

1836

每当黄灿灿的田野麦浪迭起……

每当黄灿灿的田野麦浪迭起，
清新的树林随风沙沙喧响，
而花园中红澄澄的李子
在浓香的绿叶清荫里躲藏；

每当金灿灿的清晨或红艳艳的傍晚，
银晃晃的铃兰身披香喷喷的露珠衣，
正满怀热忱地从那丛林下面
朝着我频频点头致意；

每当凉沁沁的泉水在山谷中嬉戏，
并把情思沉入某种迷离的梦幻，
对我低声讲述那英雄的传奇故事，
就发生在它刚离开的宁静之乡，——

此时我心里的慌乱才能平息，
此时我额头的皱纹才能轻舒，——
我才能在尘世领会幸福，
我才能在天国看见上帝。

1837

祈祷

圣母啊，现在我向你祈祷，
面对你的圣像和亮灿灿的圣光，
不求救援，不为战事祷告，
不是深表谢忱，不是忏悔懊丧。

不为自己这一荒漠的心儿，

人世上流浪者孤苦的灵魂；
而是想要把一个纯洁无瑕的少女，
交给你这冷酷尘世的温情保护人。

请把幸福赐给这品德高尚的灵魂；
让她能有无微不至的侣伴，
给这颗善良的心以希望的美景，
灿丽的青春，宁静的暮年。

当大限来到，她就要长辞人世，
无论是静寂寂的夜晚还是闹哄哄的清晨——
愿你派一名最最圣洁的天使
到病榻前接引她那美好的灵魂。

1837

我俩分手了……

我俩分手了，但你的仪容，
我依然保留在我的胸中，
仿若美妙年华的模糊幻影，
它依旧欢悦着我的心灵。

我虽然屈服于新的激情狂潮，
你的仪容却一直珍藏在我心，
一如冷冷清清的殿堂依然是庙，
被推倒的圣像依然是神！

1837

云

天空的行云，永恒的漂泊者！

你们像珍珠串串飞驰在蔚蓝的草原，
也像我一样，是被流放的逐客，
从可爱的北方匆匆放逐到南方。

是谁在驱逐你们：命运的决定？
隐秘的嫉妒？或是公开的仇恨？
或是罪行重压在你们的头顶，
抑或是朋友恶毒的诽谤烧身？

不，是贫瘠的田土使你们厌腻……
你们没有激情，也没有痛苦，
永远冷若冰霜，永远自由适意，
你们没有祖国，你们也没有放逐。

1840

悬崖

一朵金灿灿的云儿夜宿
在悬崖巨人的怀抱里，
清晨它便早早疾飞离去，
在悠悠碧空快乐地飘舞；

而那悬崖老人的皱纹里，
却留下了一片湿津津的痕迹；
它孤零零地矗立着，陷入沉思，
在荒野里偷偷地哭泣。

1841

我启程上路形单影只……

一

我启程上路形单影只，
嶙峋的石路在夜雾中闪光，
夜很静谧。荒野倾听着上帝，
星星和星星也在相互密谈。

二

天空是如此壮丽又如此奇幻！
大地沉睡在蓝蒙蒙的光辉里……
我为何如此痛苦又如此悲酸？
是期待什么？或为什么而惋惜？

三

对人生我早已没有任何期待，
对往昔我早已没有一丝惋惜；
我只寻求一份宁静和自由自在！
我只想忘怀一切沉入梦里！

四

但并非那坟墓中冷冰冰的梦……
我只愿永永远远这样安睡：
让生命的力量在我胸中睡意沉沉，
让胸膛慢慢起伏，呼吸轻微；

五

让甜美的歌声愉悦我的双耳，
整夜整天都为我歌唱爱情，
让那茂密的橡树永远翠绿，

并躬身在我的头顶哗哗欢鸣。

1841

屠格涅夫

伊万·谢尔盖耶维奇·屠格涅夫（Ива′н Серге′евич Турге′нев，1818—1883），俄罗斯杰出的小说家、戏剧家、诗人。其抒情诗主要是早年创作，清新、优美，带有一种淡淡的忧郁。后利用诗才的优势在小说领域登上世界高峰，《贵族之家》《父与子》等长篇小说成为举世公认的文学经典。

致霍夫丽娜

月儿，高高地浮荡
在大地上空的朵朵白云之间，
魔幻般的银光
犹如海浪从高空洒满人寰。

啊，你就是我心海的月影！
我的心骚动不安——
只为你，我快乐欢欣，
只为你，我痛苦不堪！

爱的苦闷，默默渴望的隐痛，
充满我的心胸：
我的心情如此沉重……
可你，就像那冷月无动于衷！

1840

你是否注意到……

你是否注意到，我的沉默的朋友，
我的久忘的伙伴，我的春天的恋人，
每一天里，都有胆怯、深沉、
几乎是突然寂静的一瞬？

在这一瞬里，有着某种难以言喻的
超自然的东西……心儿在默默等待：
仿佛在这一瞬，一切热烈、生气勃勃的
都想到了死亡，而神滞目呆。

噢，假如在这一瞬，无名的忧伤
充满你的心胸，你热泪盈盈……
那就想想吧，我又站在你的面前，
凝视着你的眼睛！

我的朋友，缅怀往事，你无须羞愧，
回首逝去的爱情，也不必忧伤……
至少，人生旅途上我们曾有过短暂的相得益彰，
至少，我们一生中曾有过短暂的情深意长！

1843

小花

在浓密幽暗的灌木丛里，
在春天绿茸茸的青草地上，
你是否发现一朵平凡、淡雅的小花？
（你孤身一人——在异国他乡。）

它等待着你——在露水盈盈的草地，
它为你孤零零地含苞怒放……
它为你珍藏着自己清纯的芬芳，
——那第一缕纯洁而童贞的芳香。

你摘下这枝娇嫩的小花，
悠然微笑着，满怀爱怜，
把这朵被你伤害了的花儿，

轻轻插入胸前的扣眼。

你走在尘土飞扬的路上，
周围——一片晒得烫人的田野，
滚滚的热浪，从蓝天往下喷射，
而你的小花，早已萎谢。

它原在静谧的绿荫中生长，
饱吸朝雨晨露的清爽，
而今，灼热的尘土使它痛苦，
正午的阳光把它炙伤。

这有什么？无须叹惋！
要知道，这就是它的命运：
珍重一生的纯贞，以便
紧贴你心旁，依偎一瞬！

1843

旅途中

雾蒙蒙的早晨，白茫茫的早晨，
忧伤的田野已被大雪牢牢遮蒙，
你不禁回忆起昔日的美景良辰，
回忆起那些早已忘却的面孔。

回忆起那无尽的情话绵绵，
那如此渴求又羞于捕捉的眼神，
那第一次幽会，最后的会面，
以及那轻轻柔柔的可爱声音。

回忆起那带着古怪微笑的别离，

遥远故乡的万千情思注满你心田，
当你听着车轮持续不停的絮语，
当你若有所思地注视广袤的蓝天。

1843

费　特

阿法纳西·阿法纳西耶维奇·费特（原姓宪欣，Афана′сий Афана′сьевич Фет —правильно Фёт，настоящая фамилия Шеншин，1820—1892），俄国纯艺术派诗歌的最大代表，其诗歌以自然、爱情、人生、艺术为主题，在艺术上则把情景交融、化境为情、意象并置、画面组接、词性活用、通感等手法融合起来，具有印象主义色彩。他把审美功能提到诗的首位，被柴可夫斯基誉为诗人音乐家，他的“印象主义”为俄国象征主义艺术铺平了道路，对20世纪“静派”及其他诗人也有不小的影响。

我带着祝福来把你探望……

我带着祝福来把你探望，
告诉你旭日已经升起，
它那暖洋洋的金光，
在一片片绿叶上嬉戏。

告诉你森林已经苏醒，
浑身焕发着初醒的活力，
百柯齐颤，万鸟欢腾，
一切都洋溢着盎然的春意。

告诉你，我又来到这里，
满怀昨天一样的深情，
心魂依旧在幸福里沉迷，
随时准备向你奉献至诚。

告诉你，无论我在什么处所，
欢乐总从四方向我飘然吹拂，
我还不知道应歌唱什么——

可歌儿早已从心底里飞出。①

1843

呢喃的细语，羞怯的呼吸……

呢喃的细语，羞怯的呼吸，
夜莺的鸣唱，
朦胧如梦的小溪
轻漾的银光。

夜的柔光，绵绵无尽的
夜的幽暗，
魔法般变幻不定的
可爱的容颜。

弥漫的烟云，紫红的玫瑰，
琥珀的光华，
频频的亲吻，盈盈的热泪，
啊，朝霞，朝霞……

1850

多么幸福：又是深夜，又是我俩……

多么幸福：又是深夜，又是我俩！
河流似镜，辉映着璀璨群星；
而那儿……你抬头看看吧，

① 高尔基在其《列夫·托尔斯泰》一文中写道，托尔斯泰曾谈道："真正的诗是朴素的，当费特写出'我还不知道应歌唱什么——/可歌儿早已从心底里飞出'的时候，他已经表示出了诗歌中真正的民间感情。农夫也并不知道自己要唱些什么，可是只要他啊咦，哎咦地哼那么几声，一首真正的歌曲就唱出来了，这是从灵魂中发出来的声音，就像小鸟唱歌一样。"

天空多么深湛，又多么纯净！

啊，叫我疯子吧！随你叫什么都行，
此时此刻，我的理智已如此脆弱，
爱情的洪流在我心中澎湃汹涌，
我无法沉默，不能也不愿沉默！

我痛苦，我痴迷：爱之深苦之极，
哦，听我说，理解我，我已无法掩藏激情，
我要向你表白：我爱你——
我只爱也终生只爱你一人！

1854

第一朵铃兰

啊，第一朵铃兰！白雪蔽野，
你就已祈求灿烂的阳光；
什么样童贞的欣悦，
在你馥郁的纯洁里深藏！

初春的第一缕阳光多么鲜丽！
什么样的美梦将随之降临！
你是多么令人心醉神迷，
你，燃起遐思的春之礼品！

仿佛少女平生的第一次叹息，——
为了她自己也说不清的事情，——
羞怯的叹息芳香四溢：
抒发青春那过剩的生命。

1854

春天那芬芳撩人的愉悦……

春天那芬芳撩人的愉悦，
还没有降临到人间大地。
山谷里仍铺满皑皑白雪，
一辆大马车，碾过冰屑，
车声辚辚，沐浴着晨曦。

直到中午才感觉到艳阳送暖，
菩提树梢头一片胭红，
白桦林点点嫩黄轻染，
夜莺，还只敢
在醋栗丛中轻唱低鸣。

翩翩飞回的鹤群，双翅
捎来了春的喜讯，
草原美人儿亭亭玉立，
凝望着渐渐远去的鹤翼，
脸颊挂着泛紫的红晕。

1854

傍晚

明亮的河面上水流淙淙，
幽暗的草地上车铃叮当，
寂静的树林上雷声隆隆，
对面的河岸闪出了亮光。

遥远的地方朦胧一片，
河流弯弯地向西天奔驰，
晚霞燃烧成金色的花边，

又像轻烟一样四散飘去。

小丘上时而潮湿，时而闷热，
白昼的叹息已融入夜的呼吸，——
但仿若蓝幽幽、绿莹莹的灯火，
远处的电光清晰地闪烁在天际。

1855

米洛的维纳斯

圣洁又无羁，
腰以上闪耀着裸体的光辉，
整个绝妙的躯体，
绽放一种永不凋谢的美。

精巧奇异的衣饰，
微波轻漾的发卷，
你那天仙般的脸儿，
洋溢着超凡绝俗的安恬。

全身沾满大海的浪花，
遍体炽烈着爱的激情，
一切都拜伏在你的脚下，
你凝视着自己面前的永恒。

1856

给一位女歌唱家

把我的心带到银铃般的悠远，
那里忧伤如林后的月亮高悬；
这歌声中恍惚有爱的微笑，

在你的盈盈热泪上柔光闪耀。

姑娘！在一片潜潜的涟漪之中，
把我交给你的歌是多么轻松——
沿着银色的路不停地向上浮游，
就像蹒跚的影子紧随在翅膀后。

你燃烧的声音在远处渐渐凝结，
如同晚霞在海外融入黑夜——
却不知从哪里，我真不明白，
一片响亮的珍珠潮突然涌来。

把我的心带到银铃般的悠远，
那里忧伤温柔如微笑一般，
我沿着银色的路不停飞驰，
仿佛那紧随翅膀的蹒跚的影子。

1857

又一个五月之夜

多美的夜景！四周如此静谧又安逸！
谢谢你呀，午夜的故乡！
从寒冰的世界中，从暴风雪的王国里，
清新、纯洁的五月展翅飞翔！

多美的夜景！漫天的繁星，
又在温柔而深情地窥探我的心灵，
伴随着夜莺的歌声，夜空中
到处飘漾着焦虑和爱情。

白桦等待着。它那半透明的叶儿

羞涩地撩逗、抚慰我的目光。
白桦颤抖着，仿如新婚的少女，
对自己的盛装又是欣喜又觉异样。

夜啊，你那温柔又缥缈的容姿，
从来也不曾让我如此的着魔！
我不由得又一次唱起歌儿走向你，
这情不自禁的，也许是最后的歌。

1857

这清晨，这欣喜……

这清晨，这欣喜，
这白昼与光明的伟力，
这湛蓝的天穹，
这鸣声，这雁阵，
这鸟群，这飞禽，
这流水的喧鸣，

这垂柳，这桦树，
这泪水般的露珠，
这并非嫩叶的茸毛，
这幽谷，这山峰，
这蚊蚋，这蜜蜂，
这嗡鸣，这尖叫，

这明丽的霞幂，
这夜村的呼吸，
这不眠的夜晚，
这幽暗，这床笫的高温，
这笃笃啄木声，这呖呖莺啼声，

这一切——就是春天。

1881

秋天

静寂寂又寒凛凛的秋天，
阴沉沉的日子多么凄清！
它们带着郁闷的倦慵，
请求进入我们的心房！

但有些日子也这样：
秋天在金叶锦衣的血里，
寻觅炽热的爱的游戏，
寻觅灼灼燃烧的目光。

羞怯的哀伤默默无语，
只听见一片挑衅的声音，
如此华丽地全然消殒，
已没有什么需要怜惜。

1883

在皓月的银辉下……

让我们一同出去漫行，
身披这皓月的银辉！
那神秘的寂静，
使心灵久久地迷醉！

池塘似钢铁闪着幽光，
青草痛哭得满脸珠泪，
磨坊，小河，还有远方，

全都沐浴着皓月的银辉。

我们能不伤感，能不活着，
面对这迷人心魂的美？
让我们悄悄流连不舍，
身披这皓月的银辉！

1885

山巅

高出云表，远离了山冈，
脚踏郁郁苍苍的森林，
你召唤世人必死的眼光，
追寻晶蓝天穹的碧韵。

你不愿用银白的雪袍
去遮蔽那朽壤凡尘，
你的命运是矗立天涯海角，
绝不俯就，而是提升世人。

衰弱的叹息，你无动于衷，
人世的愁苦，你处之漠然；
白云在你脚下漫漫飘萦，
好似香炉升起的袅袅香烟。

1886 年 7 月

迈科夫

阿波隆·尼古拉耶维奇·迈科夫（Аполло′н Никола′евич Ма′йков，1821—1897），俄国画家、剧作家，“纯艺术派”诗人之一，其诗以自然、爱情、历史、艺术为主题，融古风色彩、雕塑特性、雅俗结合于一体，既富哲理，又颇细腻。

遇雨

还记得吗，没料到会有雷雨，
远离家门，我们骤遭暴雨袭击，
赶忙躲进一片繁茂的云杉树荫，
经历了无穷惊恐，无限欢欣！
雨点和着阳光淅淅沥沥，云杉上苔藓茸茸，
我们躲在树下，仿佛置身于金丝笼，
周围的地面滚跳着一粒粒珍珠，
串串雨滴晶莹闪亮，颗颗相逐，
滑下云杉的针叶，落到你头上，
又从你的肩头向腰间流淌……
还记得吗，我们的笑声渐渐轻微……
猛然间我们头顶掠过一阵惊雷——
你吓得紧闭双眼，扑进我怀里……
啊，天赐的甘霖，美妙的黄金雨！

1856

刈草场

草地上弥漫着干草的芳香……
歌声令人心花怒放，
农妇们手拿草耙列队来回奔忙，
干草随风阵阵摇荡。

那边——在收集干草：

农夫们用干草叉把周围的干草
一一向身旁的大车上抛……
大车像房子，越长越高……

一匹瘦棱棱的公马等在旁边，
它一动不动地站着……
两耳竖着，腿儿微弯，
仿佛站着在小睡片刻……

只有那条活泼的看家狗，
在羊毛般松软的干草中，
时而钻入其中，时而朝上疾走，
又滚下去，发出气喘吁吁的吠声。

1856

春

淡蓝的，纯洁的
　　雪莲花！
紧靠着疏松的
　　最后一片雪花……

是最后一滴泪珠
　　告别昔日的忧伤，
是对另一种幸福
　　崭新的幻想……

1857

我真想吻一吻你……

我真想吻一吻你，

又担心被月亮看见，
被亮晶晶的星星发现；
万一星星从天上滑落，
会告诉蓝靛靛的海洋，
蓝靛靛的海洋又会告诉船桨，
船桨再把它向渔夫杨尼诉说，
杨尼的爱人却是玛拉；
而这事一旦被玛拉知晓，
那左邻右舍就会全都知道：
在一个月夜我把你，
带进一个香喷喷的花园里，
我和你爱抚，亲吻，
银灿灿的苹果花，
洒满了我们一身。

1860 或 1858—1862

波隆斯基

雅可夫·彼得罗维奇·波隆斯基（Я′ков Петро′вич Поло′нский，1819—1898），俄国“纯艺术派”诗人，他的诗充满戏剧性，对叙述有所偏爱，融异域题材、叙事色彩、印象主义特色以及隐喻、对喻、象征等于一炉，有较明显的现代色彩，对蒲宁和勃洛克的创作有较大的影响。

在风暴中颠簸

——献给 М. Л. 米哈伊洛夫

雷声隆隆，狂风呼呼。船儿颠簸，
黑沉沉的大海在汹涌激荡，
狂风撕破了白帆，
　　在缆索间啪啪直响。

天穹一片阴沉，
我把自己交托给船儿，
在狭小的船舱里打盹……
　　船儿摇摇晃晃——我进入梦里。

我梦见：奶娘
把我的摇篮轻轻晃推，
还轻声歌唱——
　　“睡吧，宝贝！”

枕头边灯光熠熠，
窗帘上洒满月光……
各种各样的玩具
　　全都沉入金色梦乡。

我一觉睡醒……我能做什么？
怎么啦？出现了新的风暴？——

“糟透了——桅杆断折，
　　舵手也被砸倒。”

怎么办？我又哪能使劲？
我把自己交托给船儿，
重又躺下，重又打盹……
　　船儿摇摇晃晃——我又进入梦里。

我梦见：我风华正茂，激情盈溢，
我在热恋，梦想翩翩……
一片舒爽的寒气
　　从清晨起就弥漫了花园。

很快就是深夜——云杉一片青黛……
“亲爱的，我们一起去荡秋千！”
一个声音活泼可爱，
　　在我耳边轻轻呢喃。

我用一只手紧揽
她颇为轻盈的娇躯，
摇摆的秋千板
　　驯顺地荡来荡去……

我一觉睡醒……发生了什么？——
“船舵折断；波浪嗖嗖，
从船头滚滚扫过，
　　卷走了水手！”

怎么办？听其自然吧！
一切听天由命：
假如死亡唤醒了我啊，

我不会在这儿睡醒。

1850 或 1853

失去

当预感到即将分手，
你的声音充满悲愁，
我笑着用自己的双手，
紧紧地温暖你的手，
当道路从偏僻的地方，
以明丽的远方把我引诱，
你那隐秘的忧伤，
是我心灵深处骄傲的理由。

面对未曾表白的爱情，
临别时我不禁喜上眉头，
但我的上帝！——我又痛彻心灵，
当我一觉醒来，不见你的明眸！
你未充分表达的那一片深情，
我因此而无福亲耳聆听，
就像一个个令人痛苦的梦，
折磨我，惊扰我内心的宁静。

你温存的声音，像遥远的铃声飘忽，
徒劳地浮响在我的耳畔，
仿佛出自深渊，一条隐秘的路
挡住我，不让我去到你跟前，
心啊，你就忘了吧，那惨白的面容，
它在你的记忆中偶尔闪现，
请你在感情贫乏的生活中，
重新寻找从前一样的时光！

1857

海鸥[①]

帆船已经起航，
它离别了故乡的港湾，奔向海的远方，
暴风雨追上它，把它猛抛向礁岩。

它面对面一个个搏击礁岩，
那被永恒的浪潮击穿的礁岩，
白胸的海鸥飞翔并呻唤在它上面。

它的碎片随着暴风雨漂向远方；
——海鸥站立在波浪上——
这一波浪轻轻摇晃它，随即把它交给另一波浪。

瞧——它展开双翅又飞离了
飞溅的浪花——它比骤风更快地迅跑，
落入了黄昏阴影的怀抱。

我的幸福，你就是那帆船：
生活的海洋用狂暴的波浪把你袭卷；
如果你毁灭，我将像海鸥呻唤在你上面。

就让暴风雨带走你的碎片！
只要浪花还在闪着白光，
在飞入黑夜之前，我愿让波浪把我摇荡。

1860

---

① 屠格涅夫指出：“我不知道还有哪首俄语诗歌能像《海鸥》一样，把温暖的感觉和忧郁的情绪运用得如此协调一致。”

晚钟声声……

晚钟声声……别等待黎明吧；
然而，就在十二月的浓雾里，
有时，冷冰冰的朝霞，
给我送来一丝夏日的笑意……

我灰色的日子，你悄然离去，
对一切召唤都不搭理。
一次不会没有问候的落日……
这个阴影——也不会没有意义。

晚钟声声……这是诗人的心灵，
你满心感激这钟声……
它不像光的呼声，
惊飞我最好的梦境。

晚钟声声……就在远方，
透过城市惊慌的喧鸣，
你向我预言灵感，
抑或坟墓和宁静。

但生与死的幻影，
向世界讲述着某种永恒，
不管你的歌唱得怎样喧腾，
比竖琴鸣得更响的是教堂的钟声。

也许，没有它们，甚至天才
也会像梦一样被人们忘记——
世界将会是另一番风采，
将会有另一种庆典和葬礼。

1890

阿·康·托尔斯泰

阿历克赛·康斯坦丁维奇·托尔斯泰（Алексе′й Константи′нович Толсто′й，1817—1875），诗人、剧作家，纯艺术派诗歌的代表之一，他的审美视角独特，着眼于永恒的、绝对的东西，不受时髦的审美趣味的局限。他熟谙俄罗斯民歌，并把民歌的艺术手法引入诗歌创作中，以大量的民间格律、民间手法创作了许多抒情诗，这使其诗歌独具民歌特色，既朴实又优美。因此，他的不少优美诗篇被柴可夫斯基等音乐家谱曲，柴可夫斯基曾说："阿·康·托尔斯泰是谱曲的永不枯竭的源泉。"屠格涅夫则称阿·康·托尔斯泰的作品为"美的典范"。其诗歌在19世纪末20世纪初产生了很大的影响，青年时期的象征主义诗人勃留索夫、勃洛克，未来主义诗人赫列勃尼科夫都很迷醉他的诗，马雅可夫斯基甚至能把他的诗歌全部背诵下来。

在闹闹哄哄的舞会中……

在闹闹哄哄的舞会中，
在尘世纷扰的忧虑里，
我有幸与你萍水相逢，
可你的面影笼罩着神秘。

一双眼睛饱含着忧郁，
嗓音却那样美妙动人，
仿若远处传来的声声芦笛，
仿若嬉戏的海浪撼人心魂！

我爱你苗条纤秀的身姿，
也爱你若有所思的神态，
你的笑声，响玲玲又愁戚戚，
至今仍旧萦荡在我的心海。

在漫漫长夜的孤寂时刻，

疲惫的我喜欢卧床小憩——
我看见了你愁郁的眼波，
我听见了你快乐的笑语；

我就这样忧伤地渐渐睡熟，
沉入一个神秘奇幻的梦乡……
我是否爱你——我不清楚，
但我觉得，我正在品尝爱的佳酿！

1851

你是我的故乡，亲爱的故乡……

你是我的故乡，亲爱的故乡，
马儿在那里自由地奔跑，
天空中鹰群的叫声嘹亮，
田野上传来阵阵狼嗥！

哦，你，我的故乡！
哦，你，繁茂的松林！
那里有午夜夜莺的歌唱，
风儿，草原和乌云！

1856

白桦被锋利的斧头砍伤……

白桦被锋利的斧头砍伤，
泪珠顺着银白的树皮流淌；
可怜的白桦呀，你不要哭泣，不要抱怨！
伤口并不致命，到夏天就会复原，
你会穿一身翠绿，仍旧美丽多姿……
只有伤痛的心里的创伤无法痊愈！

1856

西天白里透红的晚霞渐渐暗淡……

西天白里透红的晚霞渐渐暗淡，
纯净的天空闪耀着万点繁星，
夜莺在白桦林中歌声婉转，
青草的芳香随风飘送。

我懂得你思绪中深藏的秘密，
我了解你内心里不绝的抱怨，
我不愿看你故作坚毅，
也不希望你强装笑脸。

你的心忧郁地痛楚，
没有一颗星星在心空闪光——
我最亲爱的人，你放声痛哭，
趁夜莺的歌声还在夜空回荡。

夜莺的歌声忧郁凄凉，
就像珠泪滚滚的怨诉。
你哭吧，哭吧，我心爱的姑娘，
连星空都在细听你的悲哭！

1858

大海不再嘶嘶冒泡，波浪不再哗哗拍击……

大海不再嘶嘶冒泡，波浪不再哗哗拍击，
树叶儿也不再轻轻晃动，
碧莹莹的海面笼罩着漫漫静谧，
世界就像倒映于明镜。

我坐在岩石上，一片片白云

纹丝不动地悬挂在碧蓝的苍茫；
心儿安恬，心儿深沉，
一如这宁静的海洋。

1858

那是初春时分……

那是初春时分，
草儿刚刚冒出嫩芽，
溪流潺潺，天和气温，
森林刚刚绿上枝丫；

清晨牧人的号角
尚未呜呜吹响，
秀美的凤尾草
还在森林中盘曲成一团。

那是初春时分，
就在那白桦树荫，
你来到我面前，笑意盈盈，
你低垂下自己的眼睛。

你低垂下自己的眼睛，
那是在回答我的爱情——
啊，生命！啊，阳光！啊，森林！
啊，希望！啊，青春！

望着你这可爱的女神，
在你面前，我不禁热泪淋淋——
那是初春时分，
就在那白桦树荫！

那是我们生命的清晨——
啊，幸福！啊，热泪淋淋！
啊，阳光！啊，生命！啊，森林！
啊，白桦树清新的芳馨！

1871 年 5 月

谢尔宾纳

尼古拉·费多罗维奇·谢尔宾纳（Никола′й Фёдорович Щерби′на，1821—1869），诗人，其诗歌竭力追求体现古希腊风味，是典型的古希腊风格诗歌，创造出了一个独立的、闲逸的、充满美好和谐的艺术世界，具有高超的诗歌技巧和真挚的情感。

浴

清丽的夜晚我的她站在水边，
细腻的双腿浸在珍珠般的水里；
细细的水流爱抚地围着她的腿旋转，
溅起泡沫样的水花，并悄声细语……
这时谁要是看到这位美人，
像荷花一般亭亭俯身水面，
雪白的双脚在黑色的礁岩站稳，
蛇样的腰身弯成弧形在洗盥，
酥胸倒映在泛起涟漪的如镜水面上；
谁要是看见她身披月光，
或者看见成群结队的波浪
畅快、自由地拍打她的胸膛，
就像拍打大理石，迸碎成水沫——
我敢发誓，此刻他一定希冀
她变成大理石，一如母亲尼俄柏，
永远永远沉浸在这喜悦里。

1847

泥土

亲人啊，你是否还记得
我还是幼儿时的那件风波？
一只蜜蜂从花丛飞过，
在花园里蜇伤了我。

我的手指立刻钻心地痛楚，
眼泪像溪水哗哗地流淌，
你把一撮冰冷的泥土，
敷在我的手指上……

痛楚立即消失，
你兴高采烈，
望着我蹦跳着奔跑、嬉戏，
在花丛中追赶彩蝶……

另一个时候降临，
疼痛又开始缠身，
亲人啊，我害怕承认，
爱情正在蜇伤我的心。

然而就在此时此处，
你仍能治好我的病痛：
你用坟墓上冰冷的泥土，
永远封藏住我的心灵。

1854

涅克拉索夫

尼古拉·阿列克谢耶维奇·涅克拉索夫（Никола′й Алексе′евич Некра′сов，1821—1877），俄国革命民主主义诗人，他的诗具有公民精神、民主意识和民歌色彩，对诗歌的散文化、叙事化、口语化（民歌化）也有很大推进，对俄罗斯文学产生了重要影响，特别是在诗的社会功能和农民心理的开掘方面。

三套马车①

你为何远离快乐的女伴，
急火火地朝着大路张望？
是什么使得你心慌意乱——
两朵红霞突然腾起在脸上。

你为何急匆匆地紧跟
那疾驰如飞的三套马车？……
风度翩翩的骑兵少尉，
在过路的车上看你都着了魔。

看你着魔一点也不奇怪，
每一个人都会对你钟情：
那红艳艳的顽皮飘带，
飘萦在你夜一般黑的秀发中。

你那黑里透红的脸蛋，
茸茸着细柔柔的毛绒，
你那弧弯弯的眉毛下面，
调皮的双眼在滴溜溜转动。

---

① 此诗发表后，很快就被改编成一首广为流传的歌曲，到19世纪50年代，这首歌曲更是被收入各种歌集，成为家喻户晓的“红歌”。车尔尼雪夫斯基的长篇小说《怎么办》第一章中，女主人公薇拉·巴甫洛芙娜唱的就是这首歌。

黑美貌村姑只要一个秋波，
就魔力无边，让人血液沸腾，
能使老头儿不惜财尽家破，
更在青年的心里燃起爱情。

你要尽情享受尽情欢乐，
生活得快活轻松、美满富足……
不然命定的已在把你等着：
嫁给一个邋里邋遢的农夫。

围裙在你腋下紧系，
把胸脯勒得七扭八歪，
爱挑剌的丈夫会经常打你，
婆婆也会把你整得死去活来。

由于繁重而又艰苦的劳动，
你会含苞未放就很快凋零，
你将陷入一个昏沉沉的迷梦，
照看孩子，吃饭，劳累终生。

你那生气勃勃的脸庞，
丰富的表情将突然失踪，
而换上那麻木的忍耐担当，
和茫然而又永恒的惊恐。

而当你熬尽自己艰难的一生，
你将被埋进湿漉漉的坟地，
埋掉你那从未得到过温暖的心灵，
还有那力量徒然耗尽的躯体。

别再朝着大路忧伤地张望，
也别急匆匆追赶三套马车，
快把纷纷冒头的忧愁和惊慌，
永远扼杀在自己的心窝！

你无法追上那狂奔的三套马车！
膘肥体壮的马儿健步奔向前方——
车夫醉意正浓，马车旋风般驰过，
年轻的骑兵少尉奔向了另一姑娘……

1846

你永远有着无与伦比的美……

你永远有着无与伦比的美，
而当我灰心丧气，愁眉苦脸，
你那活泼快乐、善于嘲讽的智慧，
是那样激情四射，活跃非凡；

你哈哈大笑，是那么豪放而可爱，
你声声痛骂我的那些敌人，
有时，你还忧郁地耷拉着脑袋，
那样俏皮地逗得我忍俊不禁；

你十分善良，但不轻易流露柔情，
你的吻是那样充满激情之火，
而且你那一双百看不厌的眼睛，
是这样怜爱着我，抚慰着我——

我和你忍受着这真正的悲哀，
明智合理，平和温顺，
置身于这黑沉沉的大海，

我们一无所畏地一起前进……

1847

昨天，五六点钟光景……

昨天，五六点钟光景，
我来到干草市场①，
那里正在鞭打一个女人，
一个年轻的农村姑娘。

她咬紧牙关一言不发，
只有皮鞭嗖嗖响着横飞……
我对缪斯说："看啊！
这是你的亲姐妹！"

1848

我和你，两人的头脑都不清醒……

我和你，两人的头脑都不清醒：
每时每刻都可能怒气冲天！
我们为使焦躁的心胸重获安宁，
便倾泻悖情悖理的尖刻语言。

当你怒不可遏，那就尽情尽兴地说，
说出那使你焦躁而难受的一切！
我的朋友，那就让我们堂堂正正地发火：
和睦会更易到来，不过很快又会变得窒憋。

既然爱情难免乏味与平庸，

① 干草市场是帝俄时期彼得堡最大的市场，法院判决的当众惩罚都在那里进行。

那就要从中抓取那一份幸福：
争吵以后，重又回来的爱情和同情，
是那样的温柔，那样的丰富……

1851

没有收割的田地

深秋时节。白嘴鸦飞向了远方，
树林光秃秃，田野空荡荡。

还有那么一块田地未曾收割……
勾起人们的忧思疑惑。

麦穗似乎在彼此窃窃私语：
“我们烦透了这秋天的淫雨，

“烦透了脑袋低垂到地面，
让沉甸甸的麦粒在尘土中浸染！

“那过路的、馋嘴的各种鸟群，
没有一夜不来尽情糟践我们，

“野兔践踏我们，暴风雨吹打我们……
我们的农夫，你到底在哪？你还在等甚？

“是我们不如别的田地籽壮粒肥？
还是我们没有好好地扬花、秀穗？

“不！我们跟别的庄稼一样好，
我们早已灌浆，而且籽满粒饱。

“难道农夫他耕耘了又播种，
就是为了让我们全都散入秋风？”

风儿给它们带来了忧伤的回信：
“你们的农夫已经筋疲力尽。

“他知道为什么又播种又耕耘，
只是没有力气再来收割你们。

“可怜的人已病倒——他不吃也不喝，
重病像蛆虫在把他的心折磨。

“他那开出这些垄沟的双手，
干瘪如细柴，恰像古藤瘦，

“他眼神暗淡，声音喑哑，
再不能用歌声把哀愁抒发，

“再不能手把木犁，
沉思地走过这片田地。”

1854

我的诗啊！你是苦泪涟涟的世界之……

我的诗啊！你是苦泪涟涟的世界之
活生生的见证！
你总是诞生于命运攸关之时，
诞生在心灵的风暴之中，
一如海浪击打着巍巍峭壁，
你击打着人们的心灵。

1858

致播种者

在人民的土壤里播种知识的播种者啊！
你找到的是贫瘠的土地吧？
或者是你播下的种子太糟？
你是气魄不够？还是力不胜劳？
你的劳动报酬只是些瘦弱的茎苗，
籽壮粒肥的粮食真是太少！
你们在哪，精力旺盛、技艺高超的人们？
你们在哪，肩上挑着满筐五谷的人们？
请提醒那些怯生生、慢吞吞的播种人，
快把播种的劳动向前推进！
快快播下理智、善良、永恒的种子，
快撒吧！有人会对你们表示诚挚的谢意，
——这就是俄罗斯人民……

1876 年 12 月

为了人民对自由的希冀……

为了人民对自由的希冀，
我们自己却把自由丧失，
为了对美好未来的神圣渴望——
我们却被关入破旧的牢房。

1877

时光飞逝……空气竟依旧那么窒闷……

时光飞逝……空气竟依旧那么窒闷，
衰败的世界——正走在灭亡的路途……
人——已如此可怕、冷酷无情，
弱者们哪里还能找到一条活路！

然而……请在满腔义愤中保持沉默！
不要责骂世人，也不要诅咒时代：
你既献身于激情如火的诗歌创作，
而今就得为之泪竭力衰……

1877

伟大的亲情！我们无论……

伟大的亲情！我们无论
走进哪个家庭，哪个地方，
都会听到儿女在呼唤母亲，
她们都会奔向儿女，即使身在远方。

伟大的亲情！我们终生
都把它好好珍藏在深心，
我们热爱姐妹、妻子和父亲，
但一遇到苦难便会想起母亲！

1877 年底

尼基京

伊万·萨维奇·尼基京（Ива′н Са′ввич Ники′тин，1824—1861），俄罗斯诗人，早年受丘特切夫、费特等影响，抒写爱情与自然，追求形式与唯美，后受涅克拉索夫影响，揭露社会问题，富于公民精神，诗风朴实、优美。

暴风雨

一队队云彩五色斑斓地在蓝天飘萦，
空气透明而纯净。夕阳红霞辉映，
河那边的针叶林好似燃起一片金焰。
苍穹和河岸在波平如镜的水面照影，
柔软、细长的芦苇和爆竹柳绿莹莹。
这儿，层层涟漪和夕阳的余辉熠熠波动，
那儿，远离陡峭河岸的阴影，河水好似烧蓝的钢铁。
远处的平地像一条宽阔的彩绫，
草地绵延，群山气势飞动，蒙蒙白雾中，
小镇、村庄、森林时隐时现，天空幽蓝。
四野静谧。只有坝里的水一片喧哗，不肯安静，
好像在乞求自由，抱怨为磨坊主效力，
有时微风像隐身人悄悄掠过青草丛，
嘴里咕哝着什么，自由自在地向远方疾行。
现在，太阳已经落山。而一片绯红，
依然鲜艳在天空。这亮丽的红光，
溢满河流、两岸和森林，渐渐暗淡，融入昏冥……
看，它再一次在昏昏欲睡的河面朦胧显形，
岸边的山杨飘落的那片枯黄的树叶，
仿如一只红蚬蝶，光彩熠熠，渐渐失去踪影。
阴影渐浓。远处的树林开始变幻成
各种怪异的形象。柳树们俯身水面，
若有所思地倾听。针叶林不知为何满面愁容，
山丘般的重重乌云，以一种无形的力量升向天空，

可怕地飘浮着汇聚，幻化出稀奇古怪的种种
坍毁城堡的塔楼和石壁层层堆叠的废墟。
呼！起风了！毛茸茸的芦苇摇头晃脑，唧唧哝哝，
野鸭们赶忙游进水草丛，不知从哪里飞来
一只惊叫的凤头麦鸡。爆竹柳的枯叶随风飘送。
多沙的道路上一股股尘土黑压压地团团飞卷，
弯弯曲曲的闪电箭一般迅速划破云层，
灰尘越来越浓厚地漫天飞腾，
敲打绿叶的雨点好似急促激烈的鼓点齐鸣；
眨眼间，雨点变成漫天暴雨，针叶林
在狂风暴雨中猛烈哆嗦，东倒西倾；
一个巨人开始摇动自己那乱发蓬松的头颅，
一会儿嗡嗡啸叫，一会儿呜呜悲鸣，
仿佛巨型磨坊突然工作，转动轮子，翻飞石头。
刹那间一切都被震耳欲聋的呼啸罩笼，
又传来一阵古怪的轰鸣，仿佛瀑布的轰隆。
满身雪白泡沫的波浪一会滚滚扑向河岸，
一会跑离它，逍遥地在远处轻荡徐行。
一道闪电，明亮耀眼，突然照亮了天空和大地，
转眼间一切又在重重黑暗中隐身匿形，
霹雳声声轰响，好似骇人的大炮阵阵发射，
树木慢腾腾地弯身，枝梢在浑浊的水面挥动。
又一次滚过一声炸雷，岸边的一棵白桦
咔嚓倒下，熊熊燃烧，亮似红灯。
观赏暴风雨真叫人开心！此时此刻
不知为什么，血管里的血液循环奔流如风，
你双目尽赤，精力充沛，只想尽情自由酣畅！
茂密针叶林的惊恐中有某种可亲的东西，
听得见歌声，叫声，可怕话语的回声……
似乎，俄罗斯母亲那古老的勇士复活了，
在战斗中与仇敌劈面相逢，正大显神通……

……
藏青色的云彩渐渐稀薄。稀疏的雨滴
偶尔洒落湿漉漉的大地。有几角天空
星星闪烁，好像烛光。阵风渐轻，
针叶林的喧嚣渐渐平息。月亮东升，
柔和如水的银光洒满针叶林梢，
暴风雨后，到处弥漫着深沉的寂静，
天空依旧满怀爱恋地凝望雨后的人境。

1854

早晨

星光闪烁着渐渐熄灭。云霞似火。
白蒙蒙的烟雾在草地上飘萦。
红彤彤的朝霞盈盈洒落
在波平如镜的湖面和繁枝茂叶的柳丛。
敏感的芦苇睡眼惺忪。四野寂无人声。
露水晶莹的小径隐约可见。
你的肩头稍一触动灌木枝
银亮的露珠便滴滴洒上你的脸。
轻风徐吹，揉皱了水面，涟漪频荡。
野鸭们嘎嘎飞过，消失了踪影。
远远地，远远地隐隐传来一阵钟响。
窝棚里的渔夫们已经睡醒，
取下渔网，扛起木桨，走向小船……
东方燃烧着，火海般一片通红；
鸟儿们歌声悠悠，等待着旭日露面。
森林静静伫立，满脸笑容。
一轮朝阳离别了昨夜投宿的大海，
跃出地面，喷薄着耀眼的光芒，
万道金灿灿的光流，哗哗倾泻在

爆竹柳的梢头，田野和牧场。
农夫骑着马儿，拖着木犁，一路欢歌，
沉重的负担，落在年轻人的双肩……
心儿呀，莫难过！快从尘世的忧烦中超脱！
向太阳，向快乐的早晨道一声早安！

1854

日日夜夜渴盼着与你会面……

日日夜夜渴盼着与你会面，
一旦会面——却惊惶失措；
我说着话，但这些语言，
我又用整个心灵诅咒着。

很想让感情自由地流淌，
以便赢得你爱的润泽，
但说出来的却是天气怎样，
或是在品评你的衣着。

请别生气，别听我痛苦的咕哝：
我自己也不相信这种胡言乱语。
我不喜欢自己的言不由衷，
我讨厌自己的心口不一。

我的乐趣就是这么简单，
我就这样消磨掉自己的青春时光：
即便满怀忧伤——我也只会沉默不言，
即便苦苦爱着——我也只会把爱深藏。

1856

村中夜宿

浊闷的空气，松明的浓烟，
脚下，遍地垃圾，
长凳布满灰尘，墙角边
蛛网的花纹层层结集；

熏得黑黝黝的高板床，
硬邦邦的面包就着凉水吞，
纺织女的咳喘，孩子们的哭嚷……
啊，穷困，穷困！

受苦受穷，终生劳累，
却像乞丐般死去……
在这儿就应当学会
信教，并善于耐穷受屈！

1857—1858

犁

你，犁啊，我们的母亲，
熬度痛苦贫穷的帮手，
始终如一的养育者，
永恒持久的工友。

由于你，犁，恩惠
使打谷场的粮堆更加丰满，
饱生恶，饱生善，
就漫布于大地的花毯？

向谁来回忆你……

你总是那么淡泊，默默无声，
你劳动不是为了荣誉，
唯命是从的尽职不应尊敬？

啊，健壮的，不知疲倦的
铁一般的庄稼汉的臂膀，
让犁——母亲享受安宁，
得在那没有星光的晚上。

田塍上绿草如茵，
野蒿在摇青晃翠——
莫非你悲惨的命运，
完全是野蒿汁的苦味？

谁让你老是想到，
做事永远一心一意？
养活了老老小小一大群，
自己却像孤儿被抛弃……

1857

田野上蓝莹莹的天空……

田野上蓝莹莹的天空，
镶着金边的云彩浮动；
森林上盈盈薄雾轻笼，
温煦的黄昏水晶般红。

轻轻吹来一阵夜的凉爽，
窄窄的田垄上麦穗进入梦乡；
月亮像一个火球冉冉东升，
树林辉映着一片片艳红。

繁星的金光柔和地闪耀，
纯净的田野静谧而寂寥；
这寂静使我仿佛置身教堂，
满怀狂喜地虔诚祷告上苍。

1858

幽暗的密林里夜莺停止了歌唱……

幽暗的密林里夜莺停止了歌唱，
一颗星星滑过莹莹的蓝空；
月亮透过树枝交织的绿网，
把青草上的露珠点得颗颗晶莹。

玫瑰沉睡。凉爽随风飘传。
有人吹起口哨，哨声戛然停息。
耳中清晰地听见
一片虫蛀的树叶轻轻落地。

盈盈月色下，你可爱的容颜
多么温柔，又多么恬静！
这个充满金色幻想的夜晚，
我真想让它漫漫延长，永无止境！

1858

我们的时代可耻地消亡……

我们的时代可耻地消亡……
继承祖祖辈辈的衣钵——
我们这代人多么驯良，
竟安恬于奴隶的沉重枷锁。

我们只配卑贱的命运!
我们甘愿忍受邪恶:
我们毫无胆量，一味安分……
任谁都可以把我们羞辱折磨!

我们吃奶时就已饱吸奴性，
我们甚至有嗜好创痛的痼疾。
不!父辈们从未有过初衷，
让我们做个公民像条汉子。

母亲也没教会我们仇恨，
情愿忍受暴虐者的桎梏——
唉!她还糊涂地领着我们
到教堂为刽子手祝福!

姐妹们为我们唱的歌，
从来不涉及生活的自由……
从未!她们深受残暴的压迫，
从摇篮里就压根没有自由的念头!

我们只好哑默。时代消亡……
耻辱也不曾使我们砸碎镣铐——
我们这一代锁链锒铛
还在为刽子手祈祷……

1860

弟兄们，我们背着沉重的十字架……

弟兄们，我们背着沉重的十字架，
思想被禁锢，言论遭封锁，
诅咒，深深埋藏心底下，

眼泪，在胸膛翻腾如浪波。

罗斯被桎梏，罗斯在呻吟，
你的公民却只能无言地忧伤——
儿子忧思着患病的母亲，
偷偷哭泣，不敢哭出声响！

你没有幸福，也没有安乐，
你是苦难和奴役的王国，
你是贿赂和官僚的王国，
你是棍棒和鞭子的王国！

约 1859—1861

生机

生机像自由的草原一样蔓延……
走吧，请细看——别疏忽大意！
山丘那边绿莹莹的长链
是你不愿寻找的静谧。

最好是到处风狂雪暴，
最好是漫天大雨倾盆，
驾着箭似的三套车满草原迅跑，
那该是多么的快人心魂！

喂，车把式！快拉紧缰绳，
干吗紧皱双眉？请纵目远方：
天地多么宽广！自编的歌声
最能诉说心里的痛苦忧伤，

让那被强压心底的可恶眼泪，

哗哗地尽情流淌，
我和你，顶着淫淫雨威，
向着天边，不停地纵马飞缰！

斯卢切夫斯基

康斯坦丁·康斯坦丁诺维奇·斯卢切夫斯基（Константи′н Константи′нович Случе′вский，1837—1904），其诗歌在继承浪漫主义传统的基础上多有创新，尤其善于把悲剧的主题与强烈的心理矛盾结合起来，并且往往使用不协调的散文体诗句和缺乏逻辑联系的比喻，风格凝重，跳跃度较大，展现了俄罗斯诗歌从传统向现代派的过渡。风格上的不谐以及对悲剧主题的固有关注，使他成为俄罗斯现代派诗歌的先驱，对勃洛克、安年斯基以及帕斯捷尔纳克等产生过一定的影响。

是谁对你说，半个地球……

是谁对你说，半个地球
已经深深沉入黑夜悠悠，
完全被黑暗统治，只有繁星灼灼发光，
一切都投入了静谧的梦乡？
可还有许多不眠者！大声咒骂或笑容满面，
激情澎湃夜以继日活力无限！
是谁对你说，半个地球
旋转回来，又是亮丽的白昼？
人们都是传统蒙昧的活宝，
有着麻木不仁的头脑？
不！我们战斗于其中的白天世界，
到处都是令思想者蒙羞的精神黑夜！

早期诗歌（具体创作时间不详）

我看见过自己的葬礼……

我看见过自己的葬礼。
一支支长蜡烛闪闪发亮，
醉眼惺忪的助祭摇着手摇香炉，
声音嘶哑的歌手们在哼哼唱唱。

我躺在棺材里，头枕缎子枕头，
客人们纷纷到来，汇聚在一起，
神甫做完临终祈祷，
亲朋们一一告别我的遗体。

在饶有意思的丧失理智之时，
妻子吻了一下我皱纹遍布的前额，
然后用服丧黑纱做美丽的掩护，
同她表哥悄声细语，说着什么。

满面悲戚的姊妹兄弟，
（大自然真是奇妙难言！）
放声大哭，因为这次快乐的相聚，
各自获得了四分之一的遗产。

忧心忡忡，愁眉不展，
站着我的那些债主们，
他们那到处放肆乱看的目光，
迷茫慌乱，煞是吓人。

仆人们在大门外祷告，
因失去职位而互道再见，
而吃得太饱的厨师在厨房，
反复折腾那发酵的面团。

大馅饼已经烤好。
安葬好我那毫无反应的尸首，
在追悼亡灵的丰盛酒宴上，
亲朋、仆人和客人全都吃得饱透。

1859

心灵举行过一场欢乐喜庆的宴会……

心灵举行过一场欢乐喜庆的宴会。
穿金戴银地出席的有：愿望，幻想，温情；
谈话滔滔不绝，铿锵的诗即兴出嘴，
既频频举杯，又把故事信口编成。

夜幕低垂时，梦也出现在宴会中。
灯火朦胧，一个个幻影飘荡，
甜蜜的絮语消失了，轻袅袅的钟声
来自最光明灿烂的地方，来自远方……

现在早已时过境迁。在那衣服的褶皱下，
心灵中只留下希望的残骸，
它丝毫未改变自己暗淡的容貌！
没有欢歌，没有笑语，没有祝福的喝彩。

而沉寂的豪华厅堂已到处透风，
只有一盏暗幽幽的油灯，在角落里，
积满了厚厚的灰尘，黑烟腾腾，
请求尽快把它吹熄……

1889

这些古老的松树多么雄伟壮丽……

这些古老的松树多么雄伟壮丽，
它们全都活过了几百年；
雷电猛击！老天爷的坏脾气，
命运决定：恰恰是它们全部完蛋！

遍地鲜花怒放成春：苹果树、李树

全都穿上白色花瓣的盛装。
深夜严寒突降！它们彻底失去
能够成熟为果实的那种力量。

甘泪卿[1]死去了，神圣的幸福充溢胸膛，
她纯洁无暇，没有想到监牢，
然而可恶的手镯之光一闪，
死神便既潜入心灵又潜入大脑……

1895—1901

我记得这个夜晚。我和她并排静坐……

我记得这个夜晚。我和她并排静坐。
突然下起了暖雨！月光熠熠，
所有的雨滴都呈现出绿色，
从高空向大地飘溢。

燃起了朝霞。雨继续飞飘，
所有雨滴都红焰腾炽，
在亮丽的霞光中熊熊燃烧，
漫天都是雨的红宝石。

这个夜晚及其意义而今安在？
那个岁月安在？它在何处？
就连我活着也都疑惑满怀：

---

① 一译玛甘泪，是歌德《浮士德》中的女主人公之一，本是偏僻小镇的平民少女，纯真知足，安于现状，后爱上浮士德，为幽会给母亲服用了过量的安眠药，致母死亡，其兄也因反对她的恋爱而死于浮士德的剑下。后来，她又迫于社会舆论，溺死了自己与浮士德的私生子，被捕入狱，死于疯狂之中。最后，她进入天堂，成为赎罪天使。

只是虚度余生而不是生活……

1895—1901

夜莺那生动活泼的欢鸣恰恰……

夜莺那生动活泼的欢鸣恰恰，
在明亮的午夜响彻四方，
我感觉到仿若水彩画，
美好的往昔岁月一幅幅闪过眼前。

一次次幽会，一次次离分，
一个个美妙无比的夜晚，
奇妙的爱抚，火炽的亲吻，
哦，唱吧，我的夜莺，你尽情歌唱！……

唱吧！像波浪一样响亮地歌唱！
也许，要故意为难理智，
这一幅幅水彩画般的幻想，
我会突然全部当成真实！

唱吧！现在还早得很，
才刚刚逝去那午夜时光，
而此刻在蒙蒙雾气中——
正是此刻——她曾声声把我呼唤……

1895—1901

这里没有我。我在那边，远方……

这里没有我。我在那边，在远方，
在那些曾经苦熬的日子中！
它们藏在远方眼睛无法看见，

也没有活人作为见证。

我在那边，我整个在那边，在灰雾后面！
这里没有我；我已成为另一个，
我忘了，我成为自己是在何方，
我忘了，我不再是自己又在何处……

1895—1901

阿普赫京

阿列克赛·尼古拉耶维奇·阿普赫京（Алексе′й Никола′евич Апу′хтин，1840—1893），早年作品接近涅克拉索夫等的公民诗，后转向“纯艺术派”诗歌。他善于表现痛苦中的心境和深刻的内心冲突，感情真挚，对20世纪初的俄国诗歌尤其是勃洛克的创作有一定的影响。

初恋

啊，你是否记得，很久以前，我们还情窦未开，
在一个喧闹的晚上我和你偶然相遇。
这喧闹和闪光却使我们不禁痛苦萦怀，
我们来到阳台上。我们俩很少言语，
夜以快乐的寂静突然把我们整个遮蔽。

透过玻璃我们看见蜡烛淡淡的闪光，
从屋里能听到：河水不和谐地汩汩流淌，
而在天空可以看见灼灼燃烧的闪烁星光，
从花园里传来树枝摆动的沙沙声响，
热恋的夜莺在我们近处的树林欢唱。

我默默望着你。我那稚嫩的感情
当时还不敢叫作爱情……
但我在庄严的静谧中万分激动，
但我在夜晚的一片宁静中，
不愿中断无论叹息，还是声音。

我在等待有谁暗中说出谜底的必然答案。
那最初的声音——瞬息即逝。
突然我号啕大哭，满怀温柔的忧伤，
而心灵深处却明亮而又静谧，
到处都是丰盈的快乐在绽放。

1857年7月

上帝啊，凉沁沁的夏日傍晚真是妙不可言！……

上帝啊，凉沁沁的夏日傍晚真是妙不可言！
　　它是多么寂静！
我多想整个夜晚就在这窗前
　　一直独坐到黎明。
黑幽幽的夜影在林荫路时隐时现，
　　空气也一片静凝。
似乎在那边，在新绿的花园后边，
　　更是漫漫一片黑蒙蒙。
夜深了……花儿的芳香越来越浓郁，
　　皎皎圆月就要升空……
天空静谧，大地也悄然无语，
　　到处都是一片寂静。

是否很久以前，也在美妙的五月夜晚，
　　我们两人一起来到这花园？
啊，我们多少次，多少次把花园走遍，
　　我们一直都情话绵绵！
而今，却是我独自在花园流连，
　　带着一颗痛苦、疲惫、破碎的心灵。
多想再次紧贴在你可亲的胸前，
　　像过去一样痛哭失声……
我等待着……但熟悉的问候并未听见，
　　心灵在孤独地疼痛……
上帝啊，凉沁沁的夏日傍晚真是妙不可言！
　　它是多么寂静！

1859 年 6 月 14 日

没有回音，没有话语，没有致意……

没有回音，没有话语，没有致意，

世界躺在我们之间像一片荒原，
我的思想带着没有答案的问题，
惶惶不安地重压在心间：

难道在忧伤和愤怒的时分，
往事真情将消失得毫无踪影，
仿若那以往曲调的袅袅余音，
仿若茫茫黑夜中陨落的星星？

1867

苍蝇

苍蝇，就像阴暗的思想，整天搅扰我的安宁：
在我可怜的头顶上飞来飞去，恶作剧地嗡嗡不停！
刚从脸颊上赶走一只，可另一只早已飞上了眼睛，
无处可逃，到处都是这种可憎的东西在横行，
书本从手里掉下，我没兴致说话，脸白如纸……
唉，但愿黄昏快快到来！唉，但愿黑夜降临大地！

阴暗的思想，就像苍蝇，整夜搅扰我的安宁：
在我可怜的脑海里飞来飞去，恶作剧地使我苦痛！
刚刚赶走一只，可另一只早已钻到心上，
我回忆起整个一生，沉湎于毫无结果的幻想！
我试图遗忘，割舍，却对一切爱得越发强烈越发伤心……
唉！但愿真正的黑夜，永恒的黑夜快快降临！

1873

疯狂的夜晚，无眠的夜晚……

疯狂的夜晚，无眠的夜晚，
疲惫的目光，断续的夜话……

被最后一星火光照亮的夜晚，
枯寂的秋天迟开的鲜花！

即便时间用冷酷无情的手指，
向我指明，你曾经的虚假，
我那贪婪的记忆还是飞向你，
到过去寻找不可能的回答……

你那委婉甜蜜的絮语轻轻
湮灭了白昼那讨厌、喧嚣的音响……
在静谧的深夜你赶走了我的梦，
无眠的夜晚，疯狂的夜晚！

1876

我不惋惜，我没有得到你的爱情……

我不惋惜，我没有得到你的爱情——
　　我根本就不配得到你的垂爱！
我不惋惜，现在我正为别离而苦痛——
　　别离使我更加情深似海；

我不惋惜，我自己斟满一杯屈辱，
　　又自己一口把它喝干，
对我的责骂，我的恳求，我的泪珠，
　　你始终置之漠然；

我不惋惜，血液里腾炽起大火，
　　烧灼我心灵，让它深深苦恼，
我只惋惜，我曾没有爱情地苟活，
　　我只惋惜，我爱得太少！

十九世纪七十年代

生活的道路穿过贫瘠荒凉的草原向前延伸……

生活的道路穿过贫瘠荒凉的草原向前延伸，
偏僻，黑暗……没有屋舍，没有灌木……
心灵沉睡；理性，嘴唇
仿佛都被枷锁锁住，
我们的远方无垠，
却一片空无。

忽然间路途显得不再难以忍受，
歌儿振翅欲飞，思想转动。
星星在天空烈燃不休，
血液狂热奔涌……
幻想，惊忧，
爱情！

哦，那些幻想何在？在哪里，快乐，悲伤？
它们这么多年如此亮丽地为我们照明！
由于它们，在雾气腾腾的远方，
能勉强看见隐约的火星……
这一切，都已消亡……
它们也失去踪影。

1888

纳德松

谢苗·雅可夫列夫·纳德松（Семён Я′ковлевич На′дсон，1862—1887），19世纪后期颇有影响的涅克拉索夫派诗人，他以真诚的态度表达了灰暗年代中知识分子苦闷、悲观与绝望的情绪，其诗表现公民的忧伤、对人民的热爱以及对光明未来的向往，但又交织着表示抗议却又软弱无力，彷徨绝望却又偶尔流露对未来信心的矛盾，感情真挚，和谐流畅，富有音乐美。

我并非整个儿属于你……

我并非整个儿属于你——
另一种生活，另一种幻想在召唤我……
任谁都无法使我和它们分离，
无论如火爱抚，还是热泪滂沱。

我爱你，这我绝不会忘记：
生活的目标——并非享受，
而我的心灵也并未降低
对真理之光的渴求。

我并未用怯懦的手推动
自己的独木舟回到码头，
它勇敢地飞驶在涛尖浪峰，
同茫茫浓雾进行残酷的战斗！

1878

太阳激情似火地散发着融融温情……

太阳激情似火地散发着融融温情，
蓝晶晶的天空灿丽着漫漫一片宁静，
心灵不知不觉间倏然变得年轻，

像从前一样爱着，耐心等待，满怀信心。

1879

亲爱的朋友，我懂得，我清楚地懂得……

亲爱的朋友，我懂得，我清楚地懂得，
我苍白而病态的诗句软弱无力，
我为它的软弱无力而饱受磨折，
常常在深夜的寂静里偷偷哭泣……
世界上最大的痛苦莫过于语言的痛苦，
有时即便爆发出疯狂的叫喊也全部落空，
有时即便用爱来燃烧灵魂也毫无用处：
我贫乏的语言依旧浅陋而僵冷！……

大自然那七彩流溢的美丽长虹，
琴弦上那余音袅袅的优美乐曲，
为自由而潸潸泪流，为理想而常遭苦痛，
平淡的语言怎么能转述它们的奇异？
这展现在我们面前的无边无际的世界，
这充满了惊惶不安的内心宇宙，
稀疏的笔触怎能逼真地把它描写，
又怎能把它硬塞进这些诗行的狭小窠臼？

然而，沉默吗，正当到处哭声震天，
正当你如此急切地渴望化除民瘼，
在斗争的暴风雨中，在痛苦的人们面前？……
兄弟，我不愿，我也无法沉默！……
让我当一个战士，锁链我都不能砸碎，
让我做一名先知，在黑暗中我却无法预示光明：
我只有走进人群与他们同命运共伤悲，

竭尽全力，响应他们，并向他们致敬！……

1882

当我在你面前敞开心扉……

当我在你面前敞开心扉，
你一定会责备我疯狂：
欢乐就这样与阴沉沉的忧郁联袂，
浓重的黑暗就这样与阳光混合成一片……

1882—1883

静悄悄的夜晚穿上了露水的珍珠衣……

静悄悄的夜晚穿上了露水的珍珠衣……
睡吧，我心中那惊慌不安的思绪！……
静悄悄的夜晚穿上了露水的珍珠衣……
你看一颗孤零零的小星星滑下了天际……
鸟儿的翅膀在黑沉沉的灌木林颤栗……
睡吧，惊慌不安的思绪！静谧，静谧！
月光的晶带在池塘的水面摇漾不已……
睡吧，惊慌不安的思绪。

1886

生活

时时刻刻都在变换自己刁钻古怪的面目，
恰似孩子一般任性，又如轻烟一般空幻，
生活在忙忙碌碌的慌乱中到处如火如荼，
把伟大、崇高与渺小还有疯狂混成一团。

多么混乱的喧嚣，多么杂乱的景象！

这边是爱情的蜜吻，那边是刀剑的厮杀；
这边是小丑丑态百出地摇响铃铛，
那边是先知躬身而行背负着十字架；

有阳光也有阴影！哪里有眼泪和祈祷，
哪里就必定有叛逆、赤贫的饥饿呻吟，
昨天这地方还激战正酣，血流如潮，
而明天香馥馥的鲜花就会绽蕾吐芬；

眼看奇美的珍珠被人群踩进尘土中，
又目睹蠕虫蛀蚀掉那香喷喷的果实；
此刻你是顾盼自雄目空一切的英雄，
转眼间变成平庸懦夫，沮丧又羞耻！

这就是生活，它就是一个斯芬克斯！
它的规律是瞬息万变，人世尚无这样的智者，
他能向人们说清生活将走向哪里，
谁也无法把握生活面貌的一丁点轮廓：

它一会儿是悲伤，一会儿是骗术，
一会儿是光明与辉煌，一会儿是耻辱与黑暗；
生活——是六翼天使，也是醉醺醺的荡妇，
生活——是辽阔海洋，也是狭窄牢房！

1886

索洛维约夫

弗拉基米尔·席尔盖耶维奇·索洛维约夫（Влади′мир Серге′евич Соловьёв，1853—1900），俄国宗教哲学家、诗人、翻译家，象征派的先驱诗人，其诗歌富于哲理，是其哲学思想的诗化体现。

普罗米修斯

当你的心在这个世界看见
谎言混合着真理，恶与幸运交织，
整个世界在一声爱的问候里绕圈，
有什么存在着，有什么已逝去；

当你懂得和解的欣喜，
当你的智慧极力捕捉，
只有孩子气意见的幻影里
才存在着的谎言，恶——

创作的最后时刻就翩然降临，
你的世界像熠熠光波，
在当世的沉重梦中
向模糊幻影般的整个世界传播：

障碍分崩离析，
镣铐被神火熔去，
永恒的早晨起源于
在一切中的新生活，并升华成“一”。

1874

可怜的朋友，你风尘仆仆……

可怜的朋友，你风尘仆仆，
两眼无神，衣冠不整。

请进我屋来舒舒筋骨，
外面已晚霞散尽，暮色冥冥。

可怜的朋友，我如此爱你，
我不会追问你来自何处去向何方。
只要你喊一声我的名字，
我会默默地把你紧拥在胸膛。

死亡和时间统治着大地，
请别称它们为大地的主宰，
一切终将旋转着在黑暗中消失，
唯有那爱的太阳长盛不衰。

1887

白色的风铃草

不久前她开得那样云蒸霞蔚，
仿佛是森林中的白色海洋！
温暖的风爱惜这青春的美，
如此柔情地把她轻轻摇晃。

她凋谢了，凋谢了，
雪白的花冠已经变黑，
整个世界也随之凋萎了，
我孤身一人被死亡包围。

“我们活着，你的白色思想，
在心灵里有着隐秘的小径。
你徘徊在忧郁的道路上，
我们在寂静中默默闪耀光明。

“任性的风并不爱惜我们，
我们保护了你免遭暴风雪的扫荡，
经过雨水淋淋的西方，快快奔向我们，
对于你——我们是晴朗的南方。

“假如浓云密雾把视线遮蔽，
或者不详的雷声隆隆传播，
我们心花怒放并深深呼吸，
你来吧，你已知道这意味着什么。”

1899

不是由于命运的意志……

我爱你，不是由于你的思想，
不是由于命运的意志，不是由于人们的热肠，
我用洞察一切的爱情隔离
无形的仇恨，隐秘的网，
我极力保护你，我保护了你。

让乌云在四周越发浓重，
吹来不详的暴风雨，送来雷声，
不要害怕！我爱情的盾牌，
在黑暗的命运前不会低偃，
在天空的大雷雨和你之间，
它静立着，一展古时的风采。

而当面对你和我的真情，
死亡熄灭了大地生命的所有明灯，
永恒灵魂的火焰，就像东方的星辰，
引领我们奔向那永远不灭之光，
那时你将在上帝面前逡逡，

置身于爱的上帝面前——是我的责任和愿望。

1890

福法诺夫

康斯坦丁·米哈伊洛维奇·福法诺夫（Константи′н Миха′йлович Фо′фанов，1862—1911），自学成才的诗人，晚年贫病交迫。他的诗多表现逃避现实的梦幻，但在意象（多半为城市的）、气质（充满不和谐音）等方面极富现代气息，因此被勃留索夫、谢维里亚宁等人视为自己的先驱。

请吹熄蜡烛，放下窗帘……

请吹熄蜡烛，放下窗帘。
大家早已四散，回家安眠。
只有我们不睡，茶炊已凉，
隔壁的挂钟正敲着四点！

我们迷醉于甜蜜的交谈，
偷偷地坐到更深夜阑：
许多高尚事业我们已有了筹算……
最好能坐到早晨——但一切都有界限！……

你陷入沉思，我对坐无语……
请放下窗帘，吹熄蜡烛！

1881 年 9 月

我们围着烛光朦胧……

我们围着烛光朦胧，
久久谈论着这个世界，
它受制于蝇头微利的噩梦，
美梦从此难得一瞥。

我们谈到神圣的真理，
在当今已被荆棘重重包围；

我们谈到光明的东西，
已被欲望的疯狂逼攻摧毁。

但在告别时我们互相慰勉：
“悲伤的岁月终会一去不返，
总有一天，世界会光明灿烂，
战士们的誓言必定会实现！”

我被理想彻底打动，
悄悄地走到台阶上。
秋风朝我的脸孔，
吹来阵阵寒波冷浪。

大街静默地打盹，
天空不见一丝星光，
但我感到温暖和光明：
我已把太阳带进了心房！……

1883年5月6日

亮晶晶的星星，美丽的星星……

亮晶晶的星星，美丽的星星，
给繁花悄声细说着神奇的故事，
锦缎般的花瓣一朵朵绽开了笑容，
绿宝石般的树叶在瑟瑟颤栗。

一朵朵喝醉了露水的鲜花，
又把这柔情的故事讲述给清风——
飞过大地，飞过浪波，飞过悬崖，
激动的风儿到处把这故事吟诵。

大地，喜迎春天的柔情蜜意，
用绿茸茸的新衣把自己扮靓，
用星星的那些故事，
填满我疯狂热恋的心房。

可现今，在这艰难困苦的时光，
在这黑云压城、阴雨绵绵的暗夜里，
美丽的星星啊，我向你们奉还
你们那些发人幽思的神奇故事！

1885

雷雨过后

玫瑰红的西方渐渐冷却，
黑夜被雨水淋得透湿，
散发出一股股小白桦的嫩叶、
湿漉漉的碎石和沙粒的气息。

雷雨如飞掠过丛林上空，
云雾从平原上袅袅升起。
惊惶的山顶上那漫漫幽冥，
像纤小的树叶瑟瑟颤栗。

春天的午夜迷乱于梦境，
透出一丝怯生生的寒冷。
暴风雨过后春天更加纯净，
一如那热恋中的心灵。

生命突然爆发出火光，
热恋的时候已经来到——
哈哈大笑一阵……号啕痛哭一场……

天亮前重又沉入寂寥！……

1892

洛赫维茨卡娅

玛丽亚·亚历山德罗夫娜·洛赫维茨卡娅（婚后改姓日别尔，Мари′я Алекса′ндровна Ло′хвицкая —по мужу Жибе′р，1869—1905），以善写爱情诗著称，极力表现女性渴望摆脱日常俗务，追求忘我的爱情和生活的幸福，被称为“俄罗斯的萨福”。

爱之歌

我真希望自己的理想，
隐秘的愿望和梦幻，
都能变成鲜花怒放——
然而……玫瑰却太鲜艳！

我真希望胸中有架竖琴，
一首首歌儿铮铮奏响，
让种种情感永远年轻，
然而……心弦却早已崩断！

我真希望能在短暂的梦境，
体会到甜蜜的欢欣——
然而……死亡已早早降临，
竟使我等不到梦醒！

1889

十四行诗

啊，我知道，黑苍苍的森林是多么奇妙，
它正笼罩着香馥馥的夜的黑暗！
然而，整个世界的奇妙，
能否取代我失去的宝藏？

啊，我知道，圆月是多么美丽动人，

透过茂密松林闪烁灿灿金光！
然而，它没有向我预示幸运——
这天穹的美人，金灿灿的女皇……

不，别召唤……我不会再来……
为何还要白白惹起激情澎湃，
并畅饮频频热吻的毒药，
当我无法瞬间忘却，
不能充分享受生活……
我又怎能和你一起陶醉逍遥？

1890 年 7 月 29 日

如果我的幸福是一只自由的雄鹰……

如果我的幸福是一只自由的雄鹰，
而且它正高傲地翱翔在茫茫碧空，
我也要拉起弓把响箭铮铮发射，
让它无论是生还是死，都得属于我！

如果我的幸福是一朵奇美的小花，
而且它正灿丽绽放在陡峭的悬崖，
我也要得到它，不惜一切代价，
把它摘下，尽情畅饮它的芳华！

如果我的幸福是一枚珍贵的戒指，
而且它正深埋在河底的流沙里，
我也要像美人鱼那样潜入水底，
让它在我的掌心里光彩熠熠！

如果我的幸福就深藏在你的心田，
我也要日日夜夜烘烤它用神秘的火焰，

只想让它永远完整地向我奉献，
让它只为我跳荡，只为我震颤！

1891 年 1 月 20 日

哀歌

我希望能在春天长辞人寰，
当快乐的五月翩翩回还，
整个世界又将在我面前，
芳香四溢，生气盎然。

那时，我将悠然微笑满心欢畅，
逐一回顾我一生中热爱过的一切，
我将衷心感谢自己的死亡，
并称之为美妙的世界。

1893 年 3 月 5 日

黄昏

在白昼与暮霭会合的时分，
常常会有一些奇异的瞬间，
从神秘梦幻的高高天庭
飘飘飞降到俗世人寰……

雾蒙蒙的黑暗中滑翔着
思想的片断……光明的碎片。
还有苍白形象的轮廓，
这轮廓被随处遗忘……

心中充满叹惋，
就像久已有过的损失

在悄悄灼痛心田……
又像曾经的往事永逝……

1894年2月17日

这些韵脚——是你的或不属于任何人……

这些韵脚——是你的或不属于任何人，
我知道它们那极富韵律的交谈，
歌声恰似小溪伴随它们淙淙琤琤，
比水晶的和音更加动听更加响亮。

我知道你那清脆悦耳的诗行，
充满了朦朦胧胧的甜蜜形象，
还有你那花边的阿拉伯式图案一样
奇妙的组合，它实在出人料想。

我倾听着你那神秘模糊的曲调，
我因为古里古怪的愿望而苦闷：
我多么希望变成你的一个韵脚，
一个韵脚——属于你或不属于任何人。

1896

我的心灵，像清纯的荷花……

我的心灵，像清纯的荷花，
在漫漫静水中慢慢醉软，
沐浴着柔和的盈盈月华，
绽开了银灿灿的花冠。

你的爱，像暗幽幽的光华，
散发着无声的魔力。

我那香馥馥的鲜花，
已中了奇异忧伤的妖法，
并且浸透了寒光熠熠。

1897

春天

那不是美少女在蓝色的梦中，
被爱情的频频热吻惊起……
那是花季年华的春天已睡醒，
用盈盈微笑照亮了漫漫大地。

仿佛回声飘传——波浪喧响，
飞奔在渺渺茫茫的水面：
“花季年华的春天重又回到人间，
花季年华的春天已经回还！……”

我满怀希望，勇敢地凝望远方——
生命已被恬静的幸福照亮……
这又是她，花季年华的春天，
花季年华的春天已经回还！

1897

沉睡的天鹅

我尘世的生命清音远播，
恰似芦苇朦胧的沙沙声。
它们抚拍着沉睡的天鹅，
我那颗骚动不宁的心灵。

远处匆匆闪过片片船影，

它们正开足马力向前飞驶疾行。
港湾的茂密树丛中一片寂静，
忧伤荡漾，恰似大地之重。

但那颤动发出的簌簌声响，
在芦苇的沙沙声中滑行，
被惊醒的天鹅猛地一颤，
我那颗万古流芳的心灵。

它向自由的世界振翅奋飞，
那里波浪重复着风暴的叹息，
那里变幻莫测的茫茫碧水，
倒映着永恒天宇的蓝丽。

1897

我爱你，就像大海爱初升的太阳……

我爱你，就像大海爱初升的太阳，
就像水仙花迷恋宁静碧水的闪光。
我爱你，就像繁星爱金色的月亮，
就像诗人沉迷于幻想绽放的诗章。
我爱你，就像蜉蝣飞蛾钟情火焰，
爱得万般疲惫，而且痛苦不堪。
我爱你，就像呼呼的大风爱芦苇，
我爱你全心全意，我对你洞开心扉。
我爱你，就像爱玄妙难解的梦幻：
胜过爱太阳、幸福、生命和春天。

1899 年 3 月 7 日

你的双唇，是两片石榴花瓣……

你的双唇，是两片石榴花瓣，

但蜜蜂并未在其中找到乐趣。
我渴盼在某时能喝干
这双唇的芳醇和浓蜜。

你的睫毛，是黑夜的一对翅膀，
但梦直到早晨都未能让它们合拢。
我朝着这双眼睛细细打量——
其中竟然反映着我的面影。

你的心灵，是东方的谜语，
其中有奇妙的世界和童话，但无谎言。
而整个的你都属于我，完整无遗，
只要呼吸着生活着就永远不变。

1899

我爱你比火红的晚霞更明丽……

我爱你比火红的晚霞更明丽，
比隐秘的话语更温柔，比絮状的云雾更绵密，
比透过乌云直穿黑暗的光箭更耀眼，
我爱你——远胜爱世间万千。

就像露珠反映着光明灿烂的太空，
我无限的爱，像宇宙，包容整个天穹，
这份爱，像深藏的珍珠在海底闪光；
我爱你，比对凌晨的美梦更情深意长。

你的爱是点燃生命的太阳。
你是我的白昼。你是我的美梦。你让我把生活的痛苦遗忘。
你是我爱的人，也是我一心追从的人。

你用爱情把我的心提升到神圣！

1900—1902

我期盼能为你衷心所爱……

我期盼能为你衷心所爱，
不是为了热烘烘、甜蜜蜜的梦，
而是使我们的姓氏永远连结起来，
被永恒的命运牢牢绑定。

这个世界已被人们毒害，
生活是如此孤零零、闷沉沉……
啊，要明白，啊，要明白，啊，要明白，
在整个世界上我永远是孤身一人。

我不知道，哪里是真话，哪里是谎言，
我迷失在死气沉沉的荒山野地，
假如你拒绝这痛苦心灵的呼唤，
那生命对于我还有什么意义？

就让别人把鲜花委弃于地，
让它零落成泥化为尘埃，
但不是你，但不是你，但不是你，
啊，我心灵的主宰！

我将永永远远属于你，
成为你温顺、驯服的奴才，
绝无怨言，绝无眼泪，绝无假意。
我期盼能为你衷心所爱。

1904

明斯基

尼古拉·马克西莫维奇·明斯基（真姓为维连金，Никола′й Макси′мович Ми′нский——настоящая фамилия Виле′нкин，1855—1937），早期象征主义的代表人物之一。他的《良心的光照下》（1890）和《古老的争论》（1884）两篇论文被评论界视为最早的“颓废派”宣言。两度侨居国外，死于巴黎。他的诗偏重理性，显得冷峻。

在乡村

我又见到你了，神秘兮兮的人民，
在首都我们常常热情似火地谈论你们，
像过去一样，你们的生活苦难深深，
你们依旧被赤贫的枷锁紧紧缠身，
毫无怨言，毫无目的，面含讥笑，神情忧伤。
依旧是那种天真的信念，和那种古老的思想；
你们对生活毫无向往，也一点不害怕死亡，
你们生活在十字架的影子下，在故乡的土地上。

在我面前，你们就是一个可怕的谜，
预示凶险一如干旱草原中的海市蜃楼。
谁更好些：我还是你们？谁能看透
宁静外表下人民心底涌动的潜流？
啊，我怎样才能识破
你们的内心深处隐藏着什么？
怎样从你们恭顺的目光中读出你们的思想？
你们像大海一样含混深沉，是否也像大海一样强大雄壮？……

有时别人把你们叫醒，并把宝剑塞到你们手中，
还引领着你们，但去哪里？你们自己也一片迷茫。
你们温顺地站着……在激烈的断杀中，
失败的敌人不止一次尝到了你们整体的强大力量。

你们获取猎物时像狮子一样勇往直前，
分配战利品时却像胆怯的兔子默默无言……
啊，请告诉我，你们究竟是什么：是高尚的英雄？
还是只适合战斗的马儿，抑或好使唤的长弓？

1878

我不敢倾诉我是多么爱你……

我不敢倾诉我是多么爱你，
我担心，偷听了我的故事，
那躲藏在灌木丛中的轻风，
会在快乐中醉醺醺地旋风般疾飞空中……

我不敢倾诉我是多么爱你，
我担心，偷听了我的故事，
暗幽幽天穹中的繁星会惊得木然僵立，
夜幕也会垂挂得无边无际……

我不敢倾诉我是多么爱你，
我担心，偷听了我的故事，
我的心将会燃起惊天的狂热之爱，
并从幸福和痛苦的重压下挣脱出来……

1886

浪

它温柔却淡漠，
柔情又缺乏热情，
它永远受人宰割，
又永远自由任性。

它依偎着石岸，
陶醉而独霸，
它在海面飞趱，
尽情自由潇洒。

它诞生于深渊，
用死亡来胁迫，
它热恋着蓝天，
用秘密来诱惑。

它撒谎却真诚，
它喧嚣又忧伤，
它冷漠但出众，
它亲密又遥远。

1895

安年斯基

伊诺肯基·费奥多罗维奇·安年斯基（Инноке′нтий Фёдорович А′нненский，1856—1909），白银时代非常独特的俄国现代派诗人，他探索出“联想的心理的象征手法”来物化自己对人生的独特的悲剧感受，尝试用“悦耳的象征雨”来再造质朴而严谨的古典诗韵。因此，被称为象征主义诗人，同时又对古米廖夫、阿赫玛托娃等阿克梅派诗人有较大影响。受到读者，特别是诗人的高度评价，被誉为“诗人的诗人”。

秋日浪漫曲

我外表冷漠地望着你，
内心却抑制不住痛苦……
今天闷热得令人窒息，
可太阳却藏身于烟雾。

我知道，我怀抱的只是梦，
可我毕竟忠诚于梦——而你呢？……
片片落叶像完全多余的牺牲，
凋零着朝林荫道飘飘坠落……

盲目的命运把我们牵到一起：
天知道，我们以后还能否见面……
你可知道？……千万别迟疑，
不要在春天才脚踩枯叶空寻姻缘！

1903

一船双帆

无论如火的酷热蒸笼海天，
还是惊涛怒啸，飞沫四起，
我们是一条船上的双帆，

我们充溢着同一种气息。

暴风雨为我们铸造心愿，
我们整个由疯狂的梦织编，
可命运却悄悄在我们之间，
永恒地划出了一条界线。

没有星星的南方夜空，
是自由自在的无垠黑暗，
这苍天却独独不让双帆相拥，
碰在一起，烧个精光……

1904

落叶

白亮亮的空中高挂的明灯，
闪闪的金光已越来越暗淡，
那衰色毕露的林荫道中，
缤纷的落叶在瑟瑟抖颤。

温柔的树叶在空中转来转去，
它们实在不想沾染路尘……
啊，莫非这就是你，
依旧是我们那份恐惧之情？

或是创世主没有把命令颁播，
惩治生活中的欺骗，
因此才让你，正伤心的“我”，
没有开端，也没有终点。

1904

我爱……

我爱那狂奔疾驰的三套马车
一路洒下的回声在林中静息，
我爱那热情奔放的笑声闪闪熄没，
在空中留下的那一份倦意。

我爱冬日早晨我头顶上
重重昏暗像雪青的春汛泛滥，
我爱春日太阳高照的地方，
那一道残冬的玫瑰色反光。

我爱面色苍白的原野上，
七彩闪烁中消融的颜色……
我爱既无和声也无回响，
在这世上存在过的一切。

1905

幸福是什么？……

幸福是什么？是狂热话语的烟尘？
是长路漫漫中那一个瞬间，
把久别重逢的焦渴热吻
和悄然无声的告别紧密相连？

或许它是绵绵不绝的秋雨？
是白昼的复归？是闭合的眼帘？
是一宗毫无用处的衣物类财富，
我们对它丝毫也不珍惜？

你说着……那里幸福有鲜花做伴，

正抖开双翅慢慢飞翔，
但眨眼间——它就飞上了高天，
灿烂辉煌，一去不返。

可也许，意识的高傲，
反倒使心灵感到更亲切，
如果其中含有细小的回忆毒药，
痛苦也会使心灵深感亲切。

写作时间不详

无乐浪漫曲

黑漆漆的秋空里灯火迷迷蒙蒙，
　　冷冰冰的水珠四处飞溅，
黑漆漆的秋空里灯火迷迷蒙蒙，
　　只有一道道车辙金光闪闪。
黑漆漆的秋空里灯火迷迷蒙蒙，
　　可更迷蒙的是有毒的黑烟，
黑漆漆的秋空里我们单独相逢，
　　但我们心灵紧缩，悄然无言，
你尽可舀杯原浆美酒，从我的唇边，
　　只因为灯火正迷迷蒙蒙……

写作时间不详

梅列日科夫斯基

德米特里·谢尔盖耶维奇·梅列日科夫斯基（Дми′трий Серге′евич Мережко′вский，1866—1941），俄国象征派的奠基人、理论家，诗人、作家、批评家、宗教哲学家，其诗主要是其哲学思考的诗意表达。

如果玫瑰从枝头悄然凋落……

如果玫瑰从枝头悄然凋落，
如果星星在天空淡然无光，
而晚霞熄灭在天边的云端，
海浪轰然撞碎在悬崖之上——

这就是死亡——但没有痛苦的抗争；
这就是以美诱惑人的死亡，
它允诺你令人心醉的憩息，
它是自然天国的伟大君王。

大自然是一位神圣的导师，
人啊，你向它学会如何死亡，
好含着温顺又庄重的微笑，
无怨地迎接末日的临降。

1883

孤独

相信我吧——人们不会
　　探寻你心底的秘密！
就像液体注满口杯，
　　心灵充满了忧郁。

当你的朋友哭泣，

要知道，也许，
经过杯缘，只有两三滴
能注入那个杯里。

可老是昏昏欲睡，在寂静中
你远离一切朋友——
在那里，在底层，
你在你病态心灵最底层幽囚。

别人的心——异己的天地，
那里，没有任何通途！
那里，即便满怀真挚的爱意，
我们也无法进入！

有某种东西在你的眼中
深沉地放射光焰，
但就像星星闪耀在天穹，
它离我——那么遥远……

囿于自身这个监狱，
你，不幸的人，
在爱情内，在友谊中，在一切里，
永远孤零零，孤零零！……

1890

蓝天

我与世人格格不入，
我很不相信人间的美德，
我用另一种尺度，
一种无功利的美衡量生活。

我只信仰蓝天，
那不可企及的穹苍，
它总是那样完整而简单，
不可理解，就像死亡。

啊，蓝天，让我变得美丽，
让我从天界降临人寰，
像你一样灿烂澄碧，
包罗万象而又恬淡。

1894

黑夜之子

我们聚精会神地注视，
微微泛白的东方，
黑夜之子，苦难之子，
等待着我们的先知临降。

我们感受着神秘的一切，
并且，内心绽放了希望，
对这个创造得并不完善的世界，
临终之际，我们念念不忘。

我们的语言勇敢大胆，
然而死亡却命定难逃，
只是春天到来得太晚，
预兆却又出现得太早。

但埋葬的终会复活，
唱破昏惨惨的黑暗，
是公鸡夜半的欢歌，

而我们则是早晨的严寒。

我们是深渊上的阶梯，
黑暗之子，我们静候旭日，
当光明降临，我们像影子，
在灿烂阳光中死去。

1894

啊，不，我恳求……

啊，不，我恳求，你不要离去，
一切痛苦——在离别时算不了什么。
痛苦倒是我难得的福泽，
紧紧地抱住我的身体，
对我说：“我爱。”我又到来，
反常，痛苦，苍白。
你瞧，我多么软弱又苍白，
我是多么需要你的爱……

我等待着将来的新的痛苦，
它像爱抚，又像亲吻，
我只是恳求你的应允：
和我在一起吧，不要离去！
和我在一起吧，不要离去！

写作时间不详

巴尔蒙特

康斯坦丁·德米特里耶维奇·巴尔蒙特（Константи′н Дми′триевич Бальмо′нт，1867—1942），俄国象征派杰出的诗人，以极富音乐性的诗歌歌颂太阳，技巧高超，被称为“太阳诗人”。

月光

每当月光在昏蒙蒙的黑夜，
为自己晶亮温柔的银镰而欣慰，
我的心灵总是渴想着另一个世界，
在遥远而茫茫无际的一切中沉醉。

我乘着幻想飞向森林，飞向群山，
飞向戴雪的山顶；就像患病的精灵，
在宁静的世界上也无法入眠，
我甜蜜地哭泣，我啜饮着月色清莹。

我啜饮着苍白的月华，
像埃尔弗①，在光网中悠悠晃荡，
我凝神细听静默如何说话。

亲人的种种痛苦，对我已远在遥空，
大地的一切纷争，都与我毫不相关，
我是一片浮云，我是轻拂的微风。

1894

哦，女人，你就像小孩……

哦，女人，你就像小孩，酷爱做游戏：
用温存目光传情，以频频亲吻爱抚，

① 埃尔弗是日耳曼神话中的自然神。

我本应对你发自心底地鄙视，
可我却爱你，心潮澎湃，相思甚苦，
我急欲奔向你，宽恕你，献上爱心，
在激情的烈火中，你是我活着的信念，
为满足你任性的要求，我愿意毁灭灵魂，
一切的一切都尽情奉献——为了你美妙的顾盼，
为了那比真理更温柔的谎言，
为了狂喜的痛苦中甜蜜的相思债！
你是奇异的梦之海洋，万籁之声，熊熊火焰！
你是永恒的朋友和敌人！恶的精灵，善的天才！

1894

针茅草
——致伊·蒲宁

仿若垂死的幽灵，
针茅草在草原晃荡，
一轮残月高悬长空，
白云片片层叠出忧伤。

模糊的阴影，徘徊游移，
在茫茫无际的空间，
影影绰绰，转瞬即逝，
和缠绵的风嘀咕一番。

一束光芒一闪即逝，
消失在重重云雾之中，
沉没已久的往事
闪现在古墓上空。

月亮渐趋暗淡，满脸忧伤，

燃烧殆尽，即将消失踪影，
针茅草簌簌颤抖，轻轻摇晃，
仿若垂死的幽灵。

1895

我用幻想追捕消逝的阴影……

我用幻想追捕消逝的阴影，
消逝的阴影，熄灭白昼的尾巴，
我登上塔楼，台阶微微颤动，
台阶微微颤动，颤动在我脚下。

我登得越高，景色就越发鲜明，
越发鲜明地显露出远方的轮廓，
从远方传来隐约的和声，
隐约的和声围绕我袅袅起落。

我越往上攀登，风景就越发灿亮，
越发灿亮地闪现着昏睡的山巅，
它们仿佛正在用告别的柔光，
用告别的柔光温存地抚慰蒙眬的视线。

在我脚下，早已是夜色蒙蒙，
夜色蒙蒙安抚着沉睡的大地，
对于我，却还燃炽着白昼的明灯，
白昼的明灯在远方直燃到火尽灯熄。

我已领悟如何追捕消逝的阴影，
消逝的阴影，暗淡白昼的尾巴，
我越登越高，台阶微微颤动，
台阶微微颤动，颤动在我脚下。

1895

风

　　我无法过真正的生活，
我热爱风狂雨猛的梦境，
　　顶着热辣辣的阳光闪烁，
披着湿津津的月光盈盈。
　　我不想过真正的生活，
我谛听心弦的暗语朦胧，
　　鲜花和绿树的轻歌细说，
以及海滨波浪的传说种种。

　　无法言说的愿望使我愁悒，
我在朦胧的未来里生活，
　　在雾沉沉的黎明中呼吸，
在朵朵暮云间浮游、穿梭。
　　突如其来的欣喜，
常常使我用亲吻把绿叶搅醒，
　　我生活在孜孜不倦的奔跑里，
生活在永无满足的恐慌中。

1895

我是自由的风……

我是自由的风，我永恒地吹拂，
我激起波浪，爱拂杨柳，
在枝头长叹，然后沉入静穆，
我亲拂青草，亲拂田畴。

做五月的信使，报导春光明媚，
亲吻铃兰花，沉醉于幻想，
沉默地倾听风的飘吹——

我轻盈地吹拂，睡意昏昏，懒懒洋洋。

我不相信爱情，像暴风一样成长，
我卷刮乌云，搅翻大海，
好似一声长叹飞驰过原野茫茫，
一声霹雳震醒沉寂的万里尘埃。

1897

致波德莱尔

你是我如此恐怖而又快乐的亲切榜样，
我总是梦见你，哦，波德莱尔君王，
你这恐惧、峭壁和巨怪的情郎！

你，跌进了深渊，却渴望着山巅，
你，透过凝重昏黄的忧郁望见了蔚蓝，
你既是人质又是主宰，在野蛮人中间！

你洞悉女人，视之为恶魔的幻影，
你稔知恶魔，视之为美的精灵，
你本身就具有女性的灵魂，你自己就是威严的魔星！

你品尝过神秘的毒物的奥秘，
深知那一座座大都市形神各异，
从冰雪的王国里涌出的激流奔腾不羁！

你用三重的幻想融合成一首交响曲，
永远把你丰富的精神萦系：
余音袅袅，五彩缤纷，芬芳馥郁！

你——徘徊在这个崩溃世界中的精灵，

鬼魂和魅影们在那里相互唤起惊恐，
你——被放逐的幽灵般的黑衣僧！

请你幽灵一般永远驻守在我的心里，
哦，让我和你这巫师和魔法术士合为一体，
以便我能傲立于人群，而毫无惊惧！

1899

我们将像太阳一样……

我们将像太阳一样！我们将忘记
谁引领我们在金光大道前行，
我们只记住一点，在金灿灿的梦境，
我们竭力追求，旗帜鲜明，
追求另一种崭新、强大、既善又恶的天地。
我们在尘世的愿望中，
永远祈盼着非凡的奇迹！

我们将像太阳一样青春永驻，
温柔地爱抚红艳艳的鲜花，
清粼粼的空气和一切金灿灿的事物。
你幸福吗？祝你加倍地幸福，
祝你突萌的幻想生根发芽，
切莫在静止的安谧里踌躇，
继续向前，直达朝思暮想的天涯，
继续向前，直到命数把我们带入永恒住处，
那里朵朵新鲜的花儿艳若朝霞！
我们将像太阳一样，它青春永驻，
美的约言在其中安家！

1902

我来到这世间是为了看见太阳……

我来到这世间是为了看见太阳，
　　和碧莹莹的蓝天。
我来到这世间是为了看见太阳，
　　和群山连绵的峰巅。

我来到这世间是为了看见大海，
　　和山岳的绚丽多彩。
我一眼尽览整个世界的风采，
　　我是这个世界的主宰。

我创建起自己的幻想，
　　我战胜了冷酷的遗忘，
每时每刻我都灵感激荡，
　　总是在放声歌唱。

苦难唤醒了我的幻想，
　　但我因此受到宠爱。
我悦耳动听的歌声，谁能相抗？
　　谁都不敢来，谁都不敢来。

我来到这世间是为了看见太阳，
　　然而假若白昼消亡，
那我就歌唱……我就歌唱太阳，
　　在临终的时光！

1902

对瞬间说声："停住！"……

或许，大自然只是五颜六色的拼板？

或许，大自然只是千百种声音的混响？
或许，大自然只是数据加线段？
或许，大自然只是一种美的愿望？

没有工具能测量思想的深度，
没有力量能放慢飞驰的春光。
只剩下一种可能，对瞬间说声：“停住！”
砸碎思想的禁锢，听命于幻想。

于是我们忽然懂得了千百种声音的交响，
我们仿佛看到五彩的音乐、全部的财富，
如果思想的深度用幻想也无法测量，
我们索性用幻想创造一个春天在心灵深处。

1902

苦闷之舟①

黄昏。海滨。寒风呼呼。
急浪激起惊天巨喊。
风暴飞临，反击魔力，
黑色小舟航奔海岸。

泯灭幸福的美妙魔幻，
苦闷之舟，狂乱之舟，

---

① 这是一首出色的象征诗，通过苦闷的小舟勇抗暴风追求理想而理想遥远、现实恶劣、暴风肆虐的意象，写出了一代知识分子的痛苦与悲哀。诗歌更为出色的地方是，运用了极富魅力的同音手法，从而赋予诗句以魔笛般的魅力。全诗每一句都出现几个甚至全都是相同的辅音，造成了非常奇妙的音乐效果，很好地表现了诗歌的主题，翻译中尽量表现这一效果，几乎每行都出现两个以上相同的辅音，如第一行出现了6个h音（“黄昏”“海”“寒”“呼呼”），第二行4个j音（“急”“激”“惊”“巨”），第十行4个b音（“搏”“波”“波”“簸”），第十六行两个b音（“暴”“奔”）、两个sh音（“深”“上”）。谷羽更具体地谈到：“《苦闷的小舟》（转下页）

忽地离弃海岸，和风暴狠战，
迷醉于对明媚梦境中圣殿的追求。

飞驰过海滨，飞驰向海洋，
搏击着波峰波谷的簸荡，
阴暗的圆月隐隐张望，
抑郁的圆月满脸忧伤。

黄昏灰飞烟灭。黑夜黑幽幽。
海在哼唧，黑暗瀚漫，
酷黑困裹住苦闷之舟，
暴风奔号在深渊上空。

1903

我爱你，魔鬼；我也爱你，上帝……

我爱你，魔鬼；我也爱你，上帝。
一个，给我呻吟；一个，给我叹息；
一个，给我呐喊；一个，给我幻想；

（接上页）是巴尔蒙特享有盛名的代表作，诗中抒发的是世纪末知识分子的苦闷，现实社会的动荡使他们惶恐，而理想境界又求之不得，就如同小舟难以弃水登岸。纵然梦中有闪光的圣殿，却找不到通往那里的途径。因此，被黑暗和风浪吞没便成了不可逃避的命运。抒情主人公以小舟自况，情境既压抑又消沉。而它的不同凡响之处恰恰在于诗人采用了奇妙的同音手法，赋予诗句以魔笛般的魅力。这首诗原作以四音步扬抑格写成，押交插韵，韵式为 abab，这和传统的俄罗斯诗歌都保持了一致。而同音法的采用则显示出它的新奇。以第一个诗节为例，一、二两行七个词全部以相同的辅音开头，重读的元音有四个相同，而且排列有序。三行四行的词基本上也做到了开头的辅音相同。同音法并非巴尔蒙特的发明，但是他把这种艺术手法推向了极致，运用得十分成功，这充分显示了诗人驾驭语言和韵律的功力与才气。看来，不仅词汇、音节，甚至细微到每一个音素，一切语言材料都俯首听命，甘愿听从诗人的调遣，这不能不让人折服和敬佩。译这样的诗自然十分困难，但也决非不可转译，因为汉语灵活、简练、词汇丰富，是世界上最适于写诗的语言，自然也是最适于译诗的语言。”

但你俩同样伟大，都是美的狂喜。

我，乌云般漫游，四周五彩缤纷，
一忽儿我走向北方，一忽儿躲到南方，
一忽儿我又远远地从东飘游向西，
我兼有红宝石的火红和玛瑙的黑亮。

哦，我活得多么欢快！我珍爱田野，
我清新的雨露润绿了整个大地，
我用蛇一般的闪电和隆隆的阵雷，
击碎了许多美梦，毁弃了许多房子。

房间里拥挤而闷热，所有的梦瞬息即逝，
辽阔无垠的高空却那样自由而写意，
长久的痛苦后，长叹一声令人心醉，
哦，隐秘的魔鬼，哦，唯一的上帝！

1903

小金鱼

城堡里舞会欢乐正酣，
　　歌手们歌声悠扬。
一阵微风吹拂进花园，
　　秋千随风轻轻晃荡。

城堡陶醉在甜蜜的梦境里，
　　小提琴不断地欢唱，欢唱。
而一条金灿灿的小金鱼
　　悠游在花园里清清的池塘。

一只只美丽的飞蛾，

仿若一片片精致的花瓣，
为春的气息沉醉着魔，
在溶溶月色下飘飘飞旋。

一颗星星在池水中轻轻荡漾，
茸茸绿草柔柔地曲曲弯弯。
小小金鱼悠悠嬉游在池塘，
时隐时现，金光闪闪。

尽管舞会上的乐师
看不见小小金鱼，
但正因为金鱼的魔力，
音乐才有这般动人的旋律。

寂静刚一临降，
小小金鱼便会浮出水面，
客人们的脸上
重又笑容灿烂。

小提琴再次奏出动人的旋律，
歌声重又悠扬婉转。
爱情在心中喃喃细语，
春天又一次绽开笑脸。

秋波传语：我等着你！
如此亮丽辉煌又如此朦胧如梦——
只因为有一条小小金鱼
悠悠嬉游在清清池塘中！

1903

爱梯

只想与你见面。
只想柔情脉脉地看着你。
只想用心灵默默地歌唱，
浑身颤抖，诉尽相思意。
突如其来地吻你一吻。
紧紧地，搂你入怀里。
在同一个美梦里燃烧，
我俩融合成一个整体，
永远地融合成一片新天地。
再也无须分开，
就这样死在一起。

1903

吉皮乌斯

济娜伊达·尼古拉耶夫娜·吉皮乌斯（Зинаи′да Никола′евна Ги′ппиус —по мужу Мережко′вская，1869—1945），俄国象征派代表诗人之一，作家，批评家，梅列日科夫斯基之妻，诗歌善于表现女性的内心感受，讲究结构，富于音乐性与象征性。

歌

我的窗口高踞于大地之上，
　　高踞于大地之上，
我只看见晚霞似火的蓝天，
　　晚霞似火的蓝天。

天空是那么空虚而苍白，
　　空虚而苍白，
它不给可怜的心一丝怜爱，
　　不给一丝怜爱。

唉，伤心欲狂的我正在死去，
　　我正在死去，
我渴求的是全然不知的东西，
　　全然不知的东西……

这种愿望不知来自哪里，
　　来自哪里，
可心灵却期盼着奇迹，
　　期盼着奇迹！

啊，但愿奇迹出现，从无生有，
　　从亘古的无生有：
苍白的天空已把奇迹向我许就，
　　已把奇迹许就。

但我已把眼泪哭干，为这许就的虚幻，
　　这许就的虚幻……
我所需要的东西，不在这世上，
　　不在这世上。

1893

无力

我用贪婪的眼睛朝大海张望，
身体却紧钉在尘世的海岸……
我临渊站立，仿若置身天空之上，
却不能悠悠飞向那茫茫蓝天。

不知该挺身反抗还是默默屈服，
既无死的胆量，也无生的勇气……
上帝很近，我却不能祈求我主，
很想恋爱，却又没有爱的能力。

我向太阳，向太阳伸开双臂，
我看见白漫漫的云彩织成帷幕……
我觉得我似乎已懂得了真理——
却不知用什么词来把它表述。

1894

雪

它又在降下，以一种奇异的静默，
　　轻轻地飘舞又斜斜地落定，
幸福的飞行使心灵多么快乐！
　　不存在的它又重获新生……

依旧是它，又从人所不知的地方至此，
　　带着诱人的寒冷，也带着忘却……
我总是在等着它，就像等着上帝的奇迹，
　　它身上那神奇的同一我也十分了解。

就让它再次离去——消逝并不使人心伤，
　　它神秘的远行令我满心欢喜。
我将永远等待着它静默的归还，
　　啊，温柔可爱的你，独一无二的你。

它静静地飘落，慢慢悠悠，威风烈烈……
　　我为它的胜利而深感无比幸福……
大地的一切奇迹凝成了你，啊，美丽的雪，
　　我爱你……为什么爱——我不清楚……

1897

圆

我记得：我们两人曾坐在这张长椅上。
　　在我们面前是被废弃的一泓清泉，
　　　　和一片静幽幽的绿荫。
我谈论着上帝，直观和生命……
为了使我的孩子能更一目了然，
　　我在细沙上画了些浅浅的圆。
一年过去了。母亲般温柔的忧伤，
　　又把我送到了这张长椅上。
　　　　依旧是那被废弃的清泉，
　　　　依旧是那静幽幽的绿荫，
和那关于上帝和生命的思想。
只是没有了死后无法复活的纯洁语言，
　　没有了被雨水冲刷

被泥土深藏
我那些浅浅而清晰的圆。

1897

爱

我的心已无处安放悲伤：
我的心已满满的都是爱，
它摧毁自己的一个个愿望，
以便它们再次复活过来。

太初有言。请将言等。
言定会真义昭彰。
发生了的，还会再次发生，
无论你们，还是上帝，全都一样①。

最后的光明均等地普照万物，
依照同一种规律。
哭着的笑着的全都过去，
一个个全都走近上帝。

在尘世的拯救中走向上帝，
奇迹就会显现在眼前：
一切都将连成一个整体——
也包括大地和蓝天。

1900

美人鱼之歌

碧澄澄湖水的

① 这句也可翻译为“对于你们，还有上帝，全都一样”。

白洁洁的女儿，
我们诞生于纯净和清爽。
浪花，水藻和丝草爱抚着我们，
柔韧、中空的芦苇抚摸着我们；
冬天，我们在冰下，就像置身玻璃暖房，
我们沉睡着，悠然梦见夏天。
一切多么美好：生命！现实！梦境！

那热烘烘的致命太阳，
我们不知道，也从没看见；
我们只知道他的影像——
我们只知道静幽幽的月亮。
圆润，温和，美丽，晶亮，
全身金光灿灿，使夜晚银光闪闪，
她就像美人鱼一样善良……
一切多么美好：生命！我们！月亮！

在岸边，芦苇丛中，
白漫漫的雾滑漾着慢慢消融。
我们知道：一度度夏来冬往，
又一度度冬去春临，
一个神秘的时辰就要光降，
像一切时辰一样美好吉祥，
那时我们将在白雾中消融，
随后白茫茫的雾也会消融。
新的美人鱼将来到世上，
月亮将为她们灿灿发光——
而后她们也将随白雾消融。
一切多么美好：生命！我们！光明！死亡！

1901

干杯

欢迎你，我的失败，
我爱你，和我爱胜利一样；
谦逊在我高傲的杯底深埋，
欢乐和痛苦从来都结对成双。

亮悠悠的黄昏是多么宁静，
雾气袅袅飘漾在风平浪静的水面；
最后的残酷中蕴藏着无限柔情，
上帝的真理也包含着上帝的欺骗。

我爱我那弥天漫地的绝望，
最后一滴总是使我们快乐沉醉，
我只知道一个法子可靠确当：
不管喝的是什么，都要——干杯！

1901

上帝的造物

我为恶魔恳切祈求你，
　　上帝！他也是你的作品。
我爱恶魔，为的只是
　　在他身上看到了自己的苦根。

既要苦斗又要饱受折磨，
　　他细心地为自己编织罗网……
我不能不怜悯恶魔，
　　因为他像我一样受尽苦难。

当我们的肉体在你的法庭上

起来抵抗，请给我们奖赏，
啊，上帝！为了他所受的苦难，
请你原谅他的疯狂。

1902

爱情，是一个整体……

以神奇的同一性，爱情
使心灵融合成一个整体，
就像雷雨后天空中
那条斑斓的彩带，完整如一。

七种颜色像七朵火焰，
燃烧在同一整体里，
爱情是一个整体，直到生命之终，
不是我们才为她注定七彩的虹霓。

爱情淡紫如紫槿，鲜红似火，
闪烁着血红和果酒的金黄，
忽而又晶绿如绿宝石莹白如蛋白石……
爱情这整体融汇了七色光。

不管爱情褒扬的是谁，
不管爱的光射穿谁的心房，
那透明的爱剑撞击谁的心，
谁的心灵深处发出回响。

不可分割的爱就是不朽，
难以捉摸的爱就是清晰，
她不可战胜，也永不改变，
爱情永远是一个整体。

五彩缤纷，闪烁不定，
她所有的七彩融成一个整体。
保存她，使她升华的是
洁白——这神圣的同一。

1912

索洛古勃

费奥多尔·索洛古勃（费奥多尔·库兹米奇·捷捷尔尼科夫的笔名，Фёдор Сологуб—настоящее имя — Федор Кузьмич Тетерников，1863—1927），俄国象征派诗人、小说家，其诗试图在荒诞的生存中创造纯美的神话，既表现恶，抒写孤独，又表现梦幻与美的可贵，风格凝重有力。

命运

穷人家生了个儿子。
恶狠狠的老太婆走进农家。
她那枯瘦的手颤颤栗栗，
梳理着自己灰白的乱发。

她背着接生婆，
悄悄俯身到小男孩跟前，
突然用她那丑陋的手，
轻轻摸了摸他的小脸。

她低声说了些莫名其妙的话语，
然后敲着拐棍噔噔离去。
没有谁懂得她这套巫术。
时光一年年地消逝——

神秘的谶语应验成真：
男孩在世上境遇悲凄，
幸福，欢乐和爱情，
都因这倒霉的预兆离他远去。

1889

创作

离开生活的牢房，

你的灵魂飘飞向上，
来到美妙无比的乐园，
那梦幻天堂的门边。
那些永恒的梦景
纷纷迎接这迅疾的飞翔。
灵感清新的寒颤，
创作出幻想的结晶。

然而，一旦返回红尘，
它就隐藏起不被理解之事，
悠悠梦醒，并渐渐陷进
生活那迷迷蒙蒙的雾气——
但回忆的天堂之光
却在灵魂深处突然闪亮，
于是它以自己的闪电
划破人间痛苦那狰狞的黑暗。

1893 年 2 月 3 日

迫不得已的劳动……

迫不得已的劳动，
我为何长久被你占据？
梦想花繁叶盛，
但很快它华丽的花园开始凋枯。

我还没来得及
呼吸暖融融的气息，
它那深红色的花儿就已凋零，
在悲郁的痛苦中枯死。

1894 年 7 月 23 日

我的命运是什么样子……

我的命运是什么样子？
幸福抑或灾难？
整体劳动的机器
正在隆隆运转。

我是小小螺丝钉一颗，
在那台机器上。
傍晚时赤足而坐，
我已疲惫不堪。

枯燥乏味的练习簿，
应该批改，
但对于命运的眷顾，
必须忘怀。

1895 年 10 月 15 日

我是神秘世界的上帝……

我是神秘世界的上帝，
整个世界全都只是我的幻想。
我绝不为自己把偶像树立，
无论它属于天国，还是尘寰。

我绝不向任何人透漏
我身上那神的本性。
我像奴隶埋头劳动，而为了自由，
我呼唤黑夜，幽暗和宁静。

1896

原野已完全被黑暗吞没……

原野已完全被黑暗吞没。
有谁在喊："救救我！"
可我能做什么？
我自己穷困又渺小，
我自己也疲惫欲倒，
又能帮得了什么？

寂静中有谁在喊：
"我的兄弟，快来我身边！
两人同行，会更轻松些，
如果我们不能再向前行，
我们就一起死在途中，
我们就一同寂灭！"

1897 年 5 月 18 日

我们不会为了眼前所得……

我们不会为了眼前所得
　　而出卖大伙，
但我们却给他们戴上枷锁，
　　桎梏越来越多。

不是我们自己，而是贫寒——
　　成为牢固的枷锁，
可我们还经常
　　认为自己毫无罪过。

1898 年 8 月 23 日

我生活在黑魆魆的地洞里……

我生活在黑魆魆的地洞里，
白夜的景观我从不曾看见。
在我的希望中，在我的信念里，
没有光辉，也没有光线。

通向地洞之路谁也看不见，
这正好能防御敌人的刀剑。
地洞的入口勉强可见，
只有烛光照亮在眼前。

我的地洞里拥挤又潮湿，
没有什么能给它温暖，
远远地离开凡俗的尘世，
我应当在这里离开人间。

1902

魔鬼的秋千

在毛茸茸的云杉树荫里头，
在水声潺潺的河岸旁，
魔鬼用毛蓬蓬的大手，
把我坐的秋千晃荡。

他一边晃荡，一边大笑，
　　向前，向后，
　　向前，向后。
秋千板晃荡得弓起了腰，
嘎嘎直响，紧缚的粗大绳条，
直磨到云杉稠密的枝头。

发出拉得长长的吱吱嘎嘎，
秋千板在来来回回地晃荡，
魔鬼哈哈大笑，声音嘶哑，
笑得捧着肚子直喊娘。

我痛苦地紧抓绳索摇晃，
　　向前，向后，
　　向前，向后，
我万分紧张地晃荡，
极力把疲惫的目光，
从魔鬼的脸上挪走。

在黑压压的云杉上方，
林神也在哈哈大笑，
“你已陷身在秋千上，
荡吧，魔鬼伴你荡高”。

在毛茸茸的云杉荫幔，
树怪们转着圈尖叫，
“你已陷身在秋千上，
荡吧，魔鬼伴你荡高！”

我知道，魔鬼决不会放走
如飞晃荡的秋千板，
只要他还没挥动可怕的手
把我整个儿彻底打翻。

只要秋千绳还在来回晃荡，
还没有哗啦磨成两段，
只要我还没有头下脚上，
狠狠撞到我的地面。

我会荡飞得比云杉还高，
最后啪的一声摔得嘴啃泥巴。
魔鬼呀，请把这秋千晃荡，
晃荡得更高，更高……啊呀！

1907

勃留索夫

瓦列里·雅科夫列维奇·勃留索夫（Вале′рий Я′ковлевич Брю′сов，1873—1924），俄国象征派诗人、小说家、戏剧家、文学理论家、史学家、翻译家及重要的活动家，其诗从象征逐渐走向现实，但总体风格如铜铸一般硬朗，形式灵活多样。

创作

正在酝酿的作品之影，
在睡梦中摇曳晃荡，
仿若蒲葵的铲形叶茎，
飘摇在珐琅砌成的墙上。

紫罗兰一般的手儿，
在珐琅砌成的墙上，
在喧声震天的寂静里，
惺惺忪忪地勾画音响。

一座座晶明透亮的凉亭，
在喧声震天的寂静里出没，
就像光斑一溜溜萌生，
沐浴着蓝漾漾的月色。

赤裸裸的圆月冉冉升起，
沐浴着蓝漾漾的月色……
声音惺忪地缓缓飞移，
正向我献上柔情脉脉。

已完成作品的奥秘，
正柔情脉脉地抚慰我，
而在那珐琅砌成的墙壁，
蒲葵的影子又摇曳晃荡着。

1895

给一位少年诗人

目光灼灼、脸白如纸的青年，
如今，我把三个遗嘱交给你，
请接受第一个：别生活于现在，
只有未来——才是诗人的天地。

请记住第二个：别同情任何人，
只管自怜自爱，无尽无休。
请珍惜第三个：虔诚地崇拜艺术，
只对它毫不犹豫，别无他求。

目光惶惑、脸白如纸的青年！
如果我的三个遗嘱你全都接受，
当我像被击败的战士默默倒下，
我知道，已有一位诗人在人世存留。

1896

一切结束了

一切结束了，我们的情义已尽……

——普希金

这一个明亮的夜晚，这一个宁静的夜晚，
这些窄窄的、漫长的街道！
我疾奔，我迅跑，我逃向一边，
穿过一条又一条冷冷清清的人行道。
我没有力量战胜幻想的狂欢，
我重复哼唱着古老的曲调，
疾奔着，迅跑着——而透明的夜晚，
把诱人的长长影子向天际铺描。

我与你从此永远各奔东西，永远！
这是一个多么无法形容的奇怪想法。
没有你岁月倏然降临转眼又散若云烟，
一团浓雾，弥漫天下，
我们永远，永远不会再见，
哦，亲爱的，永远心爱的啊！
我与你将永远分离，永远……
永远？多么无法形容的想法！

在幻想的隐秘痛苦中有着某些甜蜜。
我为心灵哼唱痛苦的催眠曲，
在这痛苦中我找到了美的源头，
尽情享受这精致的苦汁。
“我们永远不会成双成对——我和你……”
在永恒分离前的间隙，
我在幻想的隐秘痛苦中寻找欣喜，
我为心灵哼唱快乐的催眠曲。

1896

唐璜①

对，我是水手！海岛的探奇人，
无际无垠的大海勇敢的漂泊男。
我渴望全新的国度，别样的芳芬，
我渴望古怪的方言，陌生的高原。

响应情欲的呼唤，女人们走来，

---

① 西班牙民间传说中的美男子、好色之徒，常常诱骗女性。在西方文学中，成为一个经典题材，17 世纪法国著名戏剧家莫里哀写过戏剧《唐璜》，19 世纪英国诗人拜伦写过叙事长诗《唐璜》，俄国诗人普希金则写过戏剧《石客》。德籍作家鲁多夫·洛克尔在其著作《六人》中更是把唐璜的人生作为六种人生之一。

百依百顺，目光中只有一种恳求！
把折磨人的遮羞布从心灵抛开，
她们奉献一切——激情与悲愁。

在恋爱中心灵会敞露无遗，
圣洁的本质展示得更清晰，
每一个绝非偶然，且是唯一。

是的！我致人死亡！我痛饮生命，像个吸血鬼！
可每一颗心灵——都是新的世界之魅，
未知的秘密又在让我好奇。

1900

梯

一层层又一层层石级，
越来越陡也越来越险。
抵达目标的强烈希冀，
依旧引领我一步步登攀。

然而由于多年积满灰尘，
思想已变得十分绝望。
原先我那满满的信心，
在顽强的心里烟消云散。

我只迟疑了那么片刻，
回过头去瞥了一眼：
一级级又尖又高的台阶，
就像一环环白亮亮的锁链。

难道说我的腿脚，

从前能跨越千难万险，
一直到那天涯海角，
启程上路能征惯战？

可梯级越来越陡峻……
莫不是我将一脚踩空，
在这存在的苍穹，
变作一颗飞陨的流星？

1902

工作

唯一的幸福——是工作，
在田野里，在车床边，在书桌旁——
工作吧，直到热汗淋漓如雨落，
无私的工作——
顽强劳动的时光。

勇往直前地扶犁行进，
为大镰刀的挥舞记账，
拉紧马缰，奋力耕耘，
直到夜晚露水的钻石
在草地上不再闪闪发亮。

工人们带着刚毅的面容
用机器，传送带，轮子
在工厂的震天喧声隆隆，
填满百万队列中
这个天天接续的日子。

或者——俯身在白纸上——

心灵口授，手儿笔记；
直到朝霞燃透东方，
你写出满纸华章，
心灵珍藏的思绪。

丰收的硕果让全世界分享，
欢腾的产品从隆隆的车床
如水流分送四方，
印刷、刊载的思想
将在无数个头脑里产生回响。

工作吧！工作如同播下的种子，
会无形而奇妙地发芽生长，
默默无闻地结出果实，
果实将给人们带来福祉，
就像甘露从天而降！

伟大的欢乐——是工作，
在田野里，在车床边，在书桌旁！
工作吧，直到热汗淋漓如雨落，
毫无私心地工作，
大地上的幸福之花——就在工作中绽放！

1917

三角形

我
轻轻
摇晃着
那束细绳
由绒线搓成
没有费心猜测

它那深蓝的底色
和那些可爱的小线头
我在茫茫空间翩翩飞翔
像鸟儿一样轻轻扇动翅膀
穿越了紫巍巍的一片片灌木丛！
然而却陷身于诱人心魂的目光中
我知道，启明星已经发红，灼灼闪光！
它使我幸福无比，竟无法用言语加以形容！

1918

沙沙

沙沙声传递在芦苇深处，
沙沙声飘荡在高高的山峰，
沙沙声喧响在谷地的新生树丛。

心灵窃窃地悄声低诉，
讷讷的话语惊慌而颤动，
哗哗在旷野和寂静中。

沙沙声传递在芦苇深处，
沙沙声飘荡在春天的山峰，
沙沙声喧响在谷地的密树丛。

写作时间不详

别雷

安德烈·别雷（鲍里斯·尼古拉耶维奇·布加耶夫的笔名，Андрей Белый—настоящее имя Бори′с Никола′евич Буга′ев，1880—1934），俄国象征派的杰出代表，诗人、小说家、理论家，诗歌风格多变，在形式方面探索颇多，往往把哲学思考、日常生活、男女私情等融为一体。

幻想

谁徘徊不定，在池塘边的阴影里？
白色的雾在深深叹气。

花儿，回忆起往昔的日子，
洒下了冰凉的泪滴。

哦，病痛的心灵，昏沉地进入梦里……
白雾在池塘上深深叹气。

谁徘徊不定，在那儿，
在镜子般光洁的静静平原旁？

在苍白的月光下谁这样痛苦地哭泣，
谁挥动双手扯碎了忧伤？

不，不……微风睡眼惺忪地飞去……
不……水汽弥漫在沼泽地上……

哦，病痛的心灵，昏沉地进入梦里……
那里没有一个人……这是幻想……

花儿，回忆起往昔的日子，
冰凉的泪往下流淌。

它们只是藏身铅灰的雾里——
这些即将到来的黑色幻想。

1899

孤独

——献给谢尔盖·里沃维奇·科贝林斯基

窗上蒙蒙水汽。
户外流泻着月光。
你毫无目的
站立在窗户旁。

风。一排银色的白桦
搏斗后枝叶低垂。
忧伤雨洒……
眼泪纷飞……

一系列无聊的时期
不由自主地产生。
心儿疼痛，疼痛不已……
我，孤零零。

1900

秋

春天早已逝去，
树林深红地喧嚷。
从蒙蒙的浓雾里，
露出了火红的月亮。

你是否又心萦

春天的鲜花，
青春的爱情，
火红的朝霞？

春天已逝若云烟——
永恒的痛苦欺诓……
月亮白如玉盘。
浓雾泛着银光。

带着无限苦恼，
转过身去……你看见，
芦苇轻轻晃摇，
在湍急的河流上面。

1901

魔法师
——致勃留索夫

我挺立在呼啸的时间洪流里，
它狂暴地撕破我的黑色披风。
我呼唤人们，寻找先知——
他们为天上的秘密呼号不停。

我迅疾如风，快步向前，
看啊——您屹立在悬崖上，
坚强的魔法师，头戴星星的晶冠，
面带先知的微笑在凝望。

时代的脚步踏出杂乱的轰隆声，
飞传四方，惊扰了永恒的梦乡。
而您的声音——嘹唳的鹰鸣，

在寒冷的高空却越发响亮。

戴着火的花冠，昂然俯临于
时间之上，苦闷王国的上头，
过早降临的春天的先知，
静立的魔法师，交叠着双手。

1903

金羊毛①

——献给Э，К，梅特纳

一

天空亮丽，金光闪闪，
燃烧起一片喜悦。
而在大海的海面，
滑动的太阳盾牌正在下跌。

太阳那一条条金灿灿的长舌，
在海面不停地抖颤。
穿透波涛苦闷的悲歌，
到处是金币的熠熠反光。

远处悬崖峭壁的乳房，
耸立于颤动的太阳锦缎。
太阳落了。信天翁的叫喊，
变成了哭地号天：

---

① 金羊毛是希腊神话中科尔喀斯（一译科尔基斯）国的镇国之宝，后来伊俄尔科斯国王埃宋之子伊阿宋打造了阿尔戈船，和赫拉克勒斯等50名希腊英雄，历尽千难万险，渡海来到科尔喀斯，在该国公主美狄亚的帮助下，取得了金羊毛。

“太阳之子，又落入无情的冰窟！
它落下了——
金灿灿的古老幸福——
金羊毛！”

金币的闪光已经消失。
白昼的明灯渐渐暗淡。
即便如此，到处仍腾炽
耀眼的紫红色火焰。

1903 年 4 月

二

烈火笼罩天边……
阿尔戈勇士为我们吹响
飞航的号角……
听从吧，听从吧……
痛苦已受够啦！
穿上太阳那金灿灿的锦缎
织成的满身铠甲！

一位年老的阿尔戈勇士
在呼唤人们随他向前，
金色的
号角
高声呼唤：
“我们热爱自由，追寻太阳，追寻太阳，
飞驰在蓝晶晶的
穹苍！”

老阿尔戈勇士把号角吹响，

朝着金光灿灿的世界，
号召人们赶赴太阳的盛宴。

满天都是红宝石。
太阳火球已安眠。
满天都是红宝石，
在我们上方。
在群山的峰巅，
我们的阿尔戈，
我们的阿尔戈，
拍打着金灿灿的翅膀，
准备飞翔。

大地飞逝……
宇宙的
美酒
又一次
腾炽起
熊熊烈焰：
像一只火球，
闪闪发光，
金灿灿的
金羊毛，
缓缓升起，
火星四溅。

我们长翅的阿尔戈，
全身金光闪闪，
疾驰着，
拼命追赶
被火炬重新点燃的

白昼的太阳。

再一次追上
白天那金灿灿的
金羊毛……

1903 年 10 月

流放者

害怕喧哗与机器的轰鸣，
我离开城市，它被黑暗笼罩。
可那恶狠狠的嘲弄的笑声
依旧在远方轰隆隆地喧闹。

在那里我一年年反复思考着永恒——
你们却朝我投来一块块石片。
你们猛然之间大发神经，
就拿我的痛苦娱乐消遣。

我离开你们，成为流放者，
你们无法桎梏我的自由。
我这面色苍白的驼背漫游者，
在稻麦飘香的金灿灿田野漫游。

我四处漫游，在麦地，在田间，
在一望无垠的原野中坎坷的路上奔跑，
在天蓝色的矢车菊前，
两鬓苍苍的我扑进大地的怀抱。

小花啊，摸摸我吧，你满怀柔情。
请滴下，滴下你亮晶晶的露珠！

我要让我这颗饱尝苦难的心灵，
狂暴不屈的心灵，稍得安抚。

红艳艳的珍珠般的田地，
羞怯地燃烧起腾腾朝霞。
微风懒洋洋地吹拂起
我这银灿灿的头发。

1904 年 6 月

勃洛克

亚历山大·亚历山德罗维奇·勃洛克（Алекса′ндр Алекса′ндрович Блок，1880—1921），俄国最杰出的象征主义诗人，20世纪俄语诗歌大师之一，其诗歌把先锋精神与公民情怀结合起来，既富象征性又有现实性，既有歌唱性又具戏剧性。

为了那短短的美梦

只因正在做的昙花般的美梦，
明天——它将无踪无影，
有位年轻的诗人准备
屈从于死亡的命令。

我却不然：哪怕美梦使我
像中了魔法似的陶醉，
在这危急的时刻，我也将
抛开梦境，振翅高飞。

又是惊惶，又是渴望，
又随时准备着谛听
生命的全部战斗的歌声，
直到再做起新的美梦！

1899

白朗朗的夜，红澄澄的月亮……

白朗朗的夜，红澄澄的月亮
在茫茫深蓝中浮行。
美丽的幽灵在徘徊游荡，
涅瓦河倒映着盈盈身影。

我想象到并且梦到

满蕴着秘密的思想。
你们是否隐藏着吉祥美好，
红澄澄的月亮，静悄悄的喧响？

1901

风儿从遥远的地方……

风儿从遥远的地方，
带来了春歌的暗语，
天的一角豁然清朗，
展现一片深邃和亮丽。

在这深不可测的碧蓝里，
在这临近春天的傍晚，
残冬的暴风雪在哭泣，
星星们的梦在悠悠飞翔。

胆怯、深沉而忧伤，
我的琴弦在声声悲鸣。
风儿从遥远的地方，
带来了你悠扬的歌声。

1901

傍晚，春天的傍晚……

> 傍晚时分，你能否再次实现愿望，
> 再次弄到一只小舟一叶桨？
> 再次看见彼岸的熠熠火光？
> ——费特

傍晚，春天的傍晚，

脚下是冷冽的波浪，
心中是超凡脱俗的希望，
浪花哗哗直奔沙滩。

是回声，还是遥远的歌唱，
我实在无法分清。
那边，在河的彼岸，
孤零零的灵魂泪水淋淋。

可是我的秘念正在实现，
可是你从远方传来的召唤？
小舟在颠簸、漂荡，
有什么东西飞驰在河面。

心中是超凡脱俗的希望，
有人迎面走来——我走去相迎……
反光，春天的傍晚，
彼岸传来的阵阵喊声。

1901

我在雾蒙蒙的早晨起床……

我在雾蒙蒙的早晨起床，
阳光倏然直射到我脸庞。
是你吗，朝思暮想的姑娘，
正娉娉袅袅走进我的门廊？

重沉沉的大门快快敞开！
让那阵阵晨风吹进门窗！
歌声是如此欢乐如此轻快，
很长时间未曾飘飞在我耳畔！

携着歌声，在雾蒙蒙的早晨，
阳光和晨风直射到我脸庞。
携着歌声，我的心上人，
正娉娉袅袅走进我的门廊！

1901

陌生女郎[1]

每天夜晚，在酒馆上空，
腾腾热气窒闷而野蛮，
春天腐烂的气味深浓，
磨利了醉汉们的叫喊。

远处，在尘土飞扬的小巷，
在郊外别墅的寂寞之上，
那花形面包刚金光闪亮[2]，
便传来孩子们的阵阵哭喊。

每天夜晚，在那铁道路障旁，
歪戴着一个个圆顶大礼帽，
那些巧舌如簧的情场老将，
挽着女友顺着沟渠嬉笑招摇。

湖面上，桨声吱呀作响，
女人们的尖叫随风飘传，
而天上，习以为常的月亮，
百无聊赖地扮了个鬼脸。

---

① 勃洛克曾这样解释“陌生女郎”形象：“这绝不只是一个帽子上插着丧羽的黑衣女郎。这是多重世界，主要是紫色和蓝色世界的魔幻组合。”

② 沙俄时期，面包店的招牌上往往有金色的圆形面包图画。此处既指面包店的金色招牌，也喻指夕阳西下。

每天夜晚，我唯一的挚友，
都在我的酒杯中照影，
当喝下这苦涩而神秘的浊酒，
她①就像我一样，变得迷惘而温顺。

而在邻近的小桌旁，
直挺挺站着几个睡眼惺忪的仆役，
醉汉们瞪着兔子眼叫嚷：
“酒中自有真理！”②

每天夜晚，在约定的时分，
（或许，这只不过是我的梦境？）
一个身穿绸缎的少女的身影，
在烟雾朦胧的窗口晃动。

她从容走过醉汉们的身边，
总是不需陪护，孤身独行，
一路不断飘散云雾和芬芳，
每次都悄然在窗户旁坐定。

她那一身绸衣富于弹性，
帽子上插着志哀的丧羽，
纤美的手指上宝石晶莹，
活像是一个古老的传奇。

我不禁产生了一种奇异的亲切感，
目光直向她那黑色的面纱凝望。

① “她”“挚友”均指月亮。
② 原文是拉丁文。

我看见了心醉神迷的彼岸，
我看见了梦寐以求的远方。

我接受了一个深藏的秘密，
我被托付照管某人的太阳，
而我心灵深处的每一个角落里，
都深深浸透着这苦涩的酒浆。

于是那弯垂的鸵鸟羽翎，
总在我脑海里不停摇晃，
她那双深不见底的蓝眼睛，
在遥远的彼岸炯炯发亮。

我灵魂深处有一箱宝贝，
而钥匙只在我一个人手里。
你说得对，你这个醉鬼！
我知道：酒中自有真理！

1906

黑夜，大街，路灯，药店……

黑夜，大街，路灯，药店，
死气沉沉的昏暗人间。
哪怕你再活二十五年，
也没有出路，一切依然不变。

即使你死去——再活一次，
一切循环反复，仍如从前：
黑夜，阴沟里冻结的涟漪，
药店，大街，路灯点点。

1912

我走进幽暗的教堂……

我走进幽暗的教堂，
履行完简单的仪式，
在闪烁的红光中，
我等待一位美丽的女子。

站在高大圆柱的阴影里，
大门的吱呀声使我心神不宁。
凝视我的，唯有光灿灿的圣像，
唯有关于她的美梦。

哦，我已看惯你这身法衣，
庄严、永恒的终生伴侣！
一个个微笑、童话和梦幻，
萦绕屋檐在飞来飞去。

哦，女神，烛光多么柔美，
你的面容多么端庄、欢愉！
我虽未听到你的叹息，你的话语，
但我坚信：我的爱人——就是你。

1902

维·伊万诺夫

维亚切斯拉夫·伊万诺维奇·伊万诺夫（Вячесла′в Ива′нович Ива′нов，1866—1949），俄国象征派中的学者诗人，被称为"象征主义者中最具象征意味的"诗人，诗歌句式冗长，音韵滞重，把渊博的知识、玄妙的思想、原初的意象等结合起来，深刻而费解。

声音飘飞……

声音飘飞，充满深深的悲愁，
和无穷无尽的忧郁：
一会像尖利的颤音啼鸣不休，
一会像波浪的汩汩越来越低。

声音，声音！你为何热泪淋淋，
什么唤起了你难以忍受的忧烦？
是你失去了对幸福的信心，
还是你强烈地感到对往事的遗憾？

对于智慧，你的话语古怪模糊，
像一股热流在心里流淌。
我那一去不复返的幸福，幸福，
你像坠落的星星消失在何方？

1887

俄罗斯智慧

独特的智慧，贪婪的智慧——
它很危险，像火焰一样：
它如此执拗，如此明朗，
它如此快乐，又如此忧伤。

它像坚定明确的指针，
能见的“极”穿透涟漪和烟雾；
它给怯懦的意志指明
从抽象梦幻到生活的路途。

就像鹰的目光透过迷雾
搜寻山谷里的尸体，
它正确地思考着大地，
沐浴在神秘的烟雾里。

1890

永恒与瞬间

阳光闪耀，染红了群山的边际；
无忧无虑的自由思想闪闪发光……
莫非我心潮汹涌澎湃，激动不已？

是永恒朝瞬间微笑时红光闪亮？
是瞬间紧贴住永恒亲吻频频？……
可不祥的激情正在越发高涨。

怯懦的灵魂紧贴着崇敬：
苍白的客人走进“不朽”的冰宫，
“忘却”像蓝色雾霭躺在雪境……

沉默吧！永恒在那里，和它做伴的只有死神！

1903

爱情

我们是两棵被雷电击燃的树干，

是两朵午夜松林中的火焰熊熊，
我们是两颗深夜里疾飞的流星，
是被同一命运操控的双矢利箭！

我们是被同一只手戴上嚼环，
被同一马刺驱策的两匹马儿，
我们是有同一目光的两只眸子，
是同一幻想的两只奋飞的翅膀。

我们是一对肠断魂销的幽灵，
徘徊在神圣的大理石棺上空，
那石棺里长眠着古代的美神。

我们是拥有统一秘密的两片唇儿，
我们俩本身就是同一个斯芬克斯。
我们是同一个十字架上的两只手臂。

1904

库兹明

米哈伊尔·阿列克谢耶维奇·库兹明（Михаи′л Алексе′евич Кузми′н，1872—1936），俄国诗人，早年深受象征主义影响，后来接受阿克梅主义，因此更多表现人间生活及对日常生活的热爱，在诗歌韵律方面有较多创新。

浅色的卷发和亮晶晶的真诚眼睛……

浅色的卷发和亮晶晶的真诚眼睛……
沉寂的空气中可以感觉到暴风雨临近。

柔弱的双手用力地划动着船桨。
黑乎乎的影子一个个飞离河岸。

两朵红晕泛起在熟悉的脸蛋。
透过雨幕摇摇晃晃的台阶清晰可见。

我们在未漆过的桌子后紧挨着并排而坐。
窗外河那边的山谷现出清晰轮廓。

夏天快乐的暴风雨将铭刻在心，
浅色的卷发和亮晶晶的真诚眼睛！

1904

哪里能找到准确生动的笔法来细描……

哪里能找到准确生动的笔法来细描
散步，冰镇沙勃利葡萄酒，烤面包，
和成熟的樱桃那甜津津的玛瑙？
夕阳遥挂天边，海面上翻滚起阵阵惊涛，
清凉的海水使燥热的身体乐陶陶。

你温柔的目光，顽皮而诱人——
仿若欢笑连连的喜剧那可爱的胡言谬论，
抑或马里沃①那变幻莫测的文笔。
你那皮埃罗②的鼻子和线条分明的醉人红唇，
使我神魂颠倒，一如《费加罗的婚礼》③。

美好的细小琐事富有意蕴，
爱情之夜，忽而柔情似水，忽而令人窒闷，
无思无虑的生命有一种快乐的轻松！
啊，欢乐的大地！我愿忠诚于
你的花朵，远离驯顺的迷梦！

1906

没关系，就让霏霏细雨淋透我的衣裳……

没关系，就让霏霏细雨淋透我的衣裳，
它随身给我带来了甜蜜的希望。

很快，很快，我将离开这座城市，
它那枯燥乏味的景象不再缠扰我的视力。

还剩下多少日子，多少小时，我暗暗计数，
我早已不写作，不散步，不读书。

我很快就上路，根本没必要折腾。
明天早晨，明天早晨我就将启程！

---

① 马里沃（1688—1763），法国18世纪著名喜剧作家，法式爱情喜剧的开创者，代表作有《双重背叛》《爱情与偶然狂想曲》等。

② 法国民间戏剧中的传统人物。

③《费加罗的婚礼》是法国著名戏剧家博马舍（1732—1799）的代表作品，后被莫扎特改编为著名的歌剧。

迢迢长路啊，你既使我难受又给我希冀，
出发的日子啊，你是那么遥远，那么怪异！

我既向往，又害怕，心神不宁，
我不敢相信柔情的会面已经临近。

草地，乡村，山岭，河流从眼前飞掠，
也许，离开它们将会是永别。

我什么也看不见，什么都搞不清——
我只是幻想着那一对明眸两片红唇。

离别的日子我积累了万般柔情——
就像我甜蜜的吻那样强劲丰盈。

我欢欣，霏霏细雨淋透了我的衣裳，
它随身给我带来了甜蜜的希望。

1906

亮堂堂的房间是我隐居的地方……

亮堂堂的房间是我隐居的地方，
思想是驯顺的鸟：鹳与鹤；
我的歌曲是快乐的颂神歌；
爱情是我永远不变的信仰。

来我这里吧，惶惶不安者，满心欢喜者，
得到或失去订婚戒指者，
让我把你们那快乐或忧伤的重荷，
像挂衣服那样在钉子上挂着。

幸福得哭泣，朝忧伤微笑。
诵读简单明了的颂词毫不困难。
在阳光灿烂的温煦房间，
快乐的疗治自行来到。

小窗高悬在爱情和腐朽之上，
激情和忧伤，仿若火中之蜡，正在融化。
期盼春光永驻的崭新道路吧，
快抛开沉甸甸、黑压压的悲伤。

1907

嘎扎勒①

弦月整夜对我絮语的全都是你。
漫漫长路，我幻想的全都是你。
当黄昏在天空燃起金灿灿的霞晖，
心灵在奇异的慌乱中颤动，全都因为你。
当我的眼睛半个昼夜未见到你灰色的双眸，
贫病交加的我想放声大哭，全都因为你！
端起泛着泡沫的酒杯，在心旷神怡的早晨，
在机敏的玩笑和严肃的思绪中我想的全都是你，
在死气沉沉的荒野，在沸反盈天的城市，
每个慢吞吞的时辰急匆匆的瞬间说的全都是你！

1911

---

① 波斯古典诗歌中的一种抒情诗体，一译卡扎尔。形式较为自由，一般由7—12个对句组成，最多可达二十多个，只用一个韵脚，通常要在最后一个对句中点出主题，并出现诗人的名字。哈菲兹以前这种诗体专写爱情，哈菲兹大大扩大了其题材领域，使其既可写爱情，更能描写对自由和美的追求，表现广阔的社会生活。

你的脸是红太阳，你的双手白如雪……

你的脸是红太阳，你的双手白如雪，
你的芳唇频频亲吻比蜜蜂采蜜更热烈。

番红花色卷发，眼睛里透射出大胆，
目光飞箭般迅捷锐利亦如利箭。

双颊像桃子——细嫩又成熟，
海浪腾起的白沫就像你大腿的皮肤。

我到哪里寻找配得上你的赞扬？
贫乏的歌曲卑微而平淡。

1912

繁星在上，繁星在下……

繁星在上，繁星在下，
既在池塘，也在天穹。
我甜蜜地亲吻着丽扎，
我迷失在她的长发中。

你镀金的如弓之月啊，
穿过古老的茫茫天宇。
我甜蜜地亲吻着丽扎，
我们躺在柔软的草地。

蓝沉沉的天空啊，
是谁为你奇妙的衣服织满花纹？
我甜蜜地亲吻着丽扎，

此时我不关心奇妙美景！……

1912

太阳之牛

仿佛斗牛士用红色撩逗眼睛，
尽染层林舞动着一块块红布，
可太阳之牛不愿看一眼它们：
它的眼睛已被秋色累得够苦。

它慢慢悠悠地爬上九霄，
低头观望清凌凌的池塘，
满脸漠然，像屋顶的木雕，
凝视着不期而遇的银霜。

它将成为嗷嗷待哺的幼婴，
在这冬日尚存一丝绿意的草地上，
等到四月的春女把它唤醒，
它将又是一个野性十足的少年郎。

1916

由于盲目无知，我们似乎不懂得……

由于盲目无知，我们似乎不懂得，
我们身上有一股泉水在汩汩奔流，
它极具神性，取之不竭，
时时刻刻都那么鲜美那么温柔。

忧伤中喷发，欢乐时下降……
我们的泉源更深广也更纯净……
须知每天都是心灵的乔迁酒宴，

每一刻都比宫殿更要灿烂光明。

我从心灵里掬出一捧欣悦，
把无忧无虑的穷困那神赐的欢欣，
以及我喜爱的亲手所做的一切，
全都抛向那高不可及的苍穹。

茂密的树林上空现出青色的浓云，
它在高高的云霄变得越来越细——
而突然，多么仁慈，爱情，
彩虹和雨，都因它而降临大地。

1916

我知道，白嘴鸦会更早飞到你那里……

我知道，白嘴鸦会更早飞到你那里，
夜莺也在菩提树上呖呖欢啼，
融化的雪水在沟里奔流正急……
然而燕子，为春天忙碌，
预报一个个珍珠般的夜晚，
并且在我的天空中画线，
如果碰到你眼里轻漾的涟漪，
那只是我双眼的一个映象，
我那忠贞不渝而又羞羞答答的双眼。

1924 年 2 月

沃洛申

马克西米利安·亚历山德罗维奇·沃洛申（Максимилиа′н Алекса′ндрович Воло′шин，1877—1932），年轻一代象征派诗人。他的诗饱含自然感，他的绘画才能使他的象征诗与印象派画有机交融，比其他象征派诗人的诗视感更清晰。

绿森森的巨浪往后一跳……

绿森森的巨浪往后一跳，就怯生生地
疾驰而去，泛出漫漫一片紫红……
绚烂多姿的晚霞懒洋洋地，
在无边无际的海面照影。

摇漾的微波像一串浅蓝的玻璃珠。
悬崖峭壁上挂着淡紫的云彩。
灰白的船帆拍打着透明的夜雾。
凉风在缆绳上摇摆。

烟波浩渺……满怀莫名的忧伤，
波浪向前推送着小船。
像一棵红蕨，不祥的月亮
在天边慢慢舒绽。

1904

我愿做黑油油的土地……

我愿做黑油油的土地。温顺地敞开胸脯，
在火焰般闪闪发亮的目光中目眩神迷，
感觉到犁铧深深地扎进鲜活的躯体，
开掘出一条神圣的道路。

铅灰色的天空沉甸甸地低笼，

一道道伤口畅饮着黑乌乌的水流。
我愿做被翻耕的土地……我已等了很久，
话语进入我的胸膛，铭刻于我的心胸。

我愿做大地母亲。凝神细听
黑麦在夜间谈论关于还债和报应的秘密，
观看黑漫漫的天空飘游的星星，
仿佛是在用钻石的古文字绘制图纸。

1906

春天的面容愁戚戚的……

春天的面容愁戚戚的。峡谷里水汽迷蒙，
干枯枯的白杨树枝，一枝枝把远处的蓝天刺破。
戴雪的远山仿若一个个精美透明的水晶。
田野湿漉漉地开始肥沃。

乌云蜷缩成麻纤维，遮蔽了群山间的缝隙，
风，一边号啕痛哭，一边纺织着雨水的细线。
大海闷沉沉地喧腾，敞开一连串古老的回忆，
沿着那荒无人迹的沙滩。

1907

戈罗杰茨基

谢尔盖·米特罗凡诺维奇·戈罗杰茨基（Серге′й Митрофа′нович Городе′цкий，1884—1967），阿克梅派诗人，善于从民歌和古代神话中汲取题材，语言新颖、鲜活而自然。

旅人

让细雨轻洒原野，
让尘土悄悄飞扬，
系紧旅行的树皮鞋，
手里紧握一根拐杖。

沿着这条大道走去，
慢慢慢慢没入远方。
朝着瘦腿画个十字，
深藏起满怀的忧伤。

1906

亚当

世界广袤无垠，万声竞响，
比彩虹更七彩斑斓，
它把自己付托给亚当——
这万物名称的发明者。

命名，认清，揭穿无聊的秘密，
驱散陈腐的烟雾蒙蒙——
这是第一件功绩。新的功绩——
就是把生机盎然的大地尽情歌颂。

1911

古米廖夫

尼古拉·斯捷潘诺维奇·古米廖夫（Никола′й Степа′нович Гумилёв，1886—1921），阿克梅派的领袖，诗人、批评家，其诗善于表现强有力的个性与冒险精神，把浪漫的灵魂与客观的形式融为一体。

手套

我手上戴着一只手套，
我不愿摘下它并非偷懒，
这谜底要在手套上寻找。
甜蜜的回忆倏然进入大脑，
并把思想引进悠悠黑暗。

就在这手套上存有
可爱小手那纤纤玉指的触摸，
就像我的听觉记住了节奏，
这弹性的手套，忠实的朋友，
就这样一直保留着那美妙的感觉。

每个人都有自己的谜语，
它引领人进入悠悠黑暗，
我的手套就是我的谜语，
让我甜蜜地把伊人回忆，
我绝不摘下手套，在新的欢会之前。

1907

神奇的小提琴
——献给瓦列里·勃留索夫

可爱的孩子，你如此快乐，笑容如此明丽，
不要寻求这种毒害人世的幸福，

你还不懂，还不懂这小提琴是什么东西，
第一个演奏者将会有怎样险恶的恐怖！

谁一旦把它拿在发号施令的手中，
那他眼里就会永远失去宁静之光。
地狱里的鬼魂嗜好这威严雄壮的乐音，
残暴的豺狼在琴手的路上来回游荡。

这些响亮的琴弦必须永远悲泣、欢唱，
发狂的琴弓必须永远抖颤，永远飞旋，
无论丽日晴天，或风狂雪暴，浅滩白浪，
无论西方晚霞似火，还是东方朝霞满天。

你感到疲倦，速度减慢，乐曲也就随即停住，
再也无法叫喊、动弹和长叹——
凶残的豺狼就会以嗜血成性的狂怒，
用利齿咬向咽喉，用尖爪猛扑胸膛。

你那时才明白，演奏过的一切都在恶毒地嘲笑你，
迟到而威严的恐怖逼视着你的眼睛。
忧郁的致命严寒，像衣服裹住你的躯体，
未婚妻痛哭失声，朋友们思虑重重。

孩子，继续演奏！这里看不见快乐和宝藏！
但我看见——你在欢笑，两眼光彩熠熠。
给，掌握这神奇的小提琴，正视那魔王，
做个小提琴家，光荣地死去，痛苦地死去！

1907

长颈鹿

今天我发现你的眼神特别忧伤，

抱膝的双手特别纤美。
请听我说：在遥远、遥远的乍得湖旁，
一只美丽绝伦的长颈鹿在缓缓徘徊。

它体态匀称秀美风姿卓绝，
全身饰满了魔魅的斑纹，
能与之媲美的只有一轮圆月，
和空蒙湖面摇漾的重重月影。

远处长颈鹿恰似轮船的彩色船帆，
它那轻盈的奔跑就像鸟儿欢快的飞翔，
我知道，在地球上能看到许多异象奇观，
当日落时它躲进大理石岩洞里深藏。

我知道神秘国度许多快乐的故事，
讲那黑姑娘，讲那年轻酋长的激情，
但你太久地呼吸这沉浊的雾气，
除了雨，你不愿相信任何美景。

而我多么想给你讲讲那热带花园，
讲讲那挺拔的棕榈，讲讲那奇花异草的香味，
你哭了？请听我说……在遥远的乍得湖边，
一只美丽绝伦的长颈鹿在缓缓徘徊。

1907

当代生活

我合上《伊利亚特》，坐到窗户旁，
最后的诗句还在嘴唇上萦绕不去，
亮如白昼——是灯火还是月亮，
哨兵的身影在慢慢慢慢挪移。

我常常投出审视的目光，
也同样迎来回应的目光，
轮船昏暗账房中奥德修斯的目光，
小饭馆台球记分员中阿伽门农①的目光。

在那暴风雪肆虐的遥远西伯利亚，
剑齿象被冻结在银灿灿的冰层中间，
它们那荒凉的忧郁徐徐轻拂着雪花，
正是它们——用鲜红的血点燃了地平线。

书本使我忧伤，月亮使我苦闷，
也许，我根本不需要什么英雄……
瞧，那林荫小径上，如此温柔如此情深，
像达夫尼斯与赫洛娅②，男中学生挽着女生。

1911 年 8 月

壁炉前

浮现出一个阴影……炉火渐熄。
双手交叉在胸前，他独自站立，

呆定定的目光投向远方，
他痛苦地讲述自己的忧伤：

---

① 奥德修斯（一译俄底修斯）和阿伽门农是希腊神话和《荷马史诗》（《伊利亚特》《奥德赛》）中的人物，前者是希腊联军的智多星，是他最后用“木马计”攻破了特洛伊城；后者是希腊远征特洛伊联军的统帅。

② 达夫尼斯与赫洛娅（一译赫洛亚）是古希腊列斯博斯岛上的一对青年男女。他们青梅竹马，一起放牧，长大后经过多次磨难，终于有情人终成眷属。详见朗戈斯、卢奇安：《达夫尼斯和赫洛亚真实的故事》，水建馥译，人民文学出版社，1986 年版。

“我深入一些无名国度的内地，
我的考察队跋涉了八十多个时日；

“险峻的连绵群山，森林，
有时远处还有怪异的城镇，

“深夜的寂静里，不止一次，
莫名其妙的号叫从那里传到营地，

“我们砍伐森林，我们挖掘沟壕，
狮子常常在夜间把我们搅扰，

“但没有胆小鬼在我们这群人里，
我们瞄准狮子的眼睛射击。

“我在沙土下发现了一座古代的神殿，
还用我的名字命名了一条大川。

“在一个湖泊之国有五大种族，
他们都听命于我，敬守我的法律。

“但现在我已衰弱无力，一如被梦魇操控，
病入心灵，日渐加重，万分疼痛。

“我懂得了，懂得了，什么是恐怖，
活活埋在这四壁之中就是恐怖。

“即便枪弹的闪光，即便浪涛的飞溅，
如今也无法挣断这一锁链……”

眼里隐藏着幸灾乐祸的狠毒，

一个妇人在角落里听着他讲述。

1911

播撒星星的女郎

你并非总是那么陌生那么高傲，
也并非总是不想把我见到，

满怀柔情，仿若梦寐，
你有时也悄悄悄悄和我相会。

一绺浓密的秀发把你的前额遮紧，
不让我把它吻上一吻。

那一双大眼睛晶亮晶亮，
腾耀着明月的魔幻之光。

我温柔的朋友，残酷的敌人，
你的每一步都是如此美好的福音，

仿佛你就在我心田里走动，
一路播撒着鲜花和星星。

我不知道，你从哪里得到这些东西，
我只知道，你因此才如此光彩熠熠，

谁要是能和你在一起，
这世上再没有值得他爱的东西。

1917—1918

迷途的电车

我走在一条陌生的街道上，
忽然听到乌鸦呱呱直叫，
诗琴叮咚，远处雷声轰轰响，
在我面前一辆电车唰唰飞跑。

我怎样跳上它的踏板，
对我来说也是一个谜。
它迎着青天白日朗朗清光，
在空中留下一条火的轨迹。

它像黑色的风暴在狂奔疾驰，
它已迷失在时间的深渊……
请你停车，电车司机，
马上停车，别再向前。

太晚了。我们已绕过城墙，
穿越过一片棕榈树林，
飞驰在涅瓦、尼罗、塞纳河上，
沿着三座大桥隆隆前行。

一个老乞丐在车窗外一闪而过，
把寻根究底的目光投向我们，
——这当然就是那一个
一年前就已死在贝鲁特的人。

我在哪里？心灵却以
如此痛苦而惊慌的剧跳答复：
“那不是车站？就在那里
可以买票去精神之国印度。”

招牌……用血浸的字母标明：
蔬菜店——我十分清楚，
那里既无白菜，也无芜菁，
卖的可全都是死人的头颅。

脸像牲畜乳房，身穿红衬衣，
刽子手也一刀割下我的头颅，
并把它放在光滑的箱子里，
和别人的一起，放在最底部。

而小巷里有一处木板围墙，
灰色的草坪，三个窗户的屋舍……
电车司机，别急急慌慌，
请快快停车，马上停车！

玛申卡，你曾在这里生活，歌唱，
为我这未婚夫，编织毛毯，
如今你的声音和身影又在何方？
或许，你早已命丧黄泉？

当你在自己的闺房中呻吟不休，
我却戴着搽过粉扑上香的发辫，
去拜谒觐见我们的皇后，
从此再也没有和你会面。

现在我明白了，我们的自由，
只不过是从那里射来的光：
人们和幽灵都静静守候
在行星动物园的入口旁。

熟悉而甜蜜的风猛地吹起，

骑士那戴着铁手套的手掌，
和他所骑战马的两只铁蹄，
从大桥的后面朝我高扬。

东正教坚不可摧的堡垒，
伊萨克大教堂直插云霄，
我要在那里为自己开个追荐会，
并为玛申卡的安康祈祷。

但我的心总是郁闷烦恼，
而且呼吸困难，痛苦不堪。
玛申卡，我从来没有想到，
竟可以这样爱，这样忧伤。

1919

第六感觉①

醇酒美妙地眷恋我们，
上等面包，炉火为我们烘烤香饧，
还有女人，先使我们备尝酸辛，
再让我们享受温柔的欢情。

但面对冷峭天穹玫瑰红的朝霞，
那里有赏心的安逸和超人间的宁静，
我们又能有什么作为，什么造化？
面对不朽的诗行，我们又何以应鸣？

---

① 俄国当代著名诗人叶甫图申科指出：“在思想浓度和诗体方面，像古米廖夫的《第六感觉》这样强有力的杰作，无论在哪儿都很难找到，它不仅属于俄罗斯诗歌，而且属于世界诗歌……在这里，古米廖夫的诗有一种丘特切夫甚至普希金的力量。是思想化成了音乐，抑或音乐化成了思想？”

来不及饮食，也来不及亲吻，
一切转眼飞逝，绝不停歇，
我们茫然无措，命中注定此生
会错过一切，并一再蹉跎岁月。

像个暂时忘却游戏的小男孩，
在一旁悄悄窥视沐浴的少女，
尽管丝毫不懂得什么是情爱，
却仍在隐秘的欲望中痛苦不已。

像那光溜溜的小动物，
躺在枝繁叶茂的树丛，
感觉到双翼尚未长出，
意识到自己的无力而悲鸣。

世纪复世纪——上帝，不太快了吗？
灵魂大声呼喊，肉体疲惫不堪，
在大自然和艺术的解剖刀下，
正在诞生一个第六感觉的器官。

1921

霍达谢维奇

弗拉季斯拉夫·费利奇安诺维奇·霍达谢维奇（Владисла′в Фелициа′нович Ходасе′вич，1886—1939），波兰裔俄罗斯人，1922年流亡国外，成为第一次侨民文学浪潮的代表诗人，也是19—20世纪之交主要流派之外风格独特的俄国诗人，其诗既富古典韵味，又有现代气息，致力于把象征主义、阿克梅主义和传统诗歌融为一体，诗思深邃，诗艺高超，诗风冷峻，语言深刻，充满哲理与伦理内涵，手法怪异且常用矛盾修饰法，受到高尔基、别雷、纳博科夫等的高度评价。

老鼠

娇小、文静的老鼠。
快乐的灰乎乎小兽！
你早已用小小眼睛关注，
心中的一角是否已营构？

你好，我忍辱负重的宠物，
你好，我坚贞不贰的爱情！
请在快乐心灵的门户，
啃出小牙的锐利之形。

最终你就安居于心房，
文静、温顺的小兽！
你是疲惫心灵的花冠——
天鹅绒般暖乎乎的毛球。

1908年2月8—10日

雨

我为一切欢欣：城市透湿，
一片片屋顶昨天还灰蒙尘盖，

今天却像光滑的丝绸光彩熠熠，
还哗哗抛下一股股飞流的银白。

我欢欣，我早已心如古井。
我微笑着朝窗外悠然观望，
却见你走在滑溜的街上，孤身一人，
走过我的门前，是那样匆忙。

我欢欣，雨下得越来越欢，
你只得顺路躲进别人家里，
你倒放下湿漉漉的雨伞，
使劲抖落掉满身的雨滴。

我欢欣，你已把我忘掉，
你姗姗走下那家的台阶，
你对我的窗户一眼也不瞧，
也没有抬起头给我一瞥。

我欢欣，你走过我门前，
我又得以目睹你的倩影，
激情四溢的春天一去不返，
它是那么美妙又那么纯真。

1908 年 4 月 7 日

渔夫

我把熠熠闪烁的星星
　　挂上钓钩作为诱饵。
在黑漫漫的水面浮沉，
　　月亮——我白晃晃的浮子。

我这老头，坐在终年奔流的水边，
　　就这样轻轻地歌不绝口，
太阳摇动我的鱼竿，
　　每天不停地咬钩。

而我整天在天空
　　把它拖引，拖引，
可临近黄昏，它吞没了星星，
　　自己也躲得无踪无影。

我这渔夫很快就耗尽
　　我库存的所有星星。
哎，请多保重！在这时分
　　黑暗已把大地遮蒙。

1919

阿赫玛托娃

安娜·安德烈耶芙娜·阿赫玛托娃（原姓“戈连科”，一译“高连柯”，А′нна Андре′евна Ахма′това—настоящая фамилия Го′ренко，1889—1966），阿克梅派代表诗人，其诗以爱情、自然、友谊等为主题，尤其善于表现爱情悲剧。善于通过精心挑选的细节，雕塑式的艺术形象，具有物质感、具象感、实体感的词语和意象，表现细腻隐秘复杂的内心活动与情感冲突，使抽象的思想情绪显形。其诗节奏匀称，诗句简洁凝练典雅，后期诗充满凝重的历史感，具有古典式的完美。她被公认为“诗歌语言的光辉大师”和20世纪的大诗人之一，并被称为“俄罗斯诗歌的月亮”，与普希金组成俄罗斯诗歌的“日月双璧”。

灰眼睛的国王[1]

光荣属于你，漫漫无尽的悲伤！
昨天死去了那灰眼睛的国王。

秋天的傍晚窒闷，晚霞似火，

---

① 全诗仅交代了灰眼睛的君主被杀这一事实，而由这一事实引发的不同人物的反应，则通过多种方式表现出来：丈夫是漠不相关的叙述者，他对此十分“平静”；王后则像伍子胥一样，一夜之间头发全变白了；“我”默默无语地倾听，但丈夫一走，马上叫醒女儿，仔细观赏着女儿“那对灰色的小眼睛”——由此，暗示出“我”与死去的君主间非同一般的私情（英国学者伊莱因·范斯坦在《俄罗斯的安娜：安娜·阿赫玛托娃传》中明确指出：“一开始丈夫无意中告诉妻子国王死了，就像我们从诗中读到的，妻子的痛苦和女儿的灰眼睛暗示出国王是孩子的父亲，而这个男人一直以为自己是女儿的亲爹”）。全诗由多重对照衬托构成：“平静”的丈夫与头发变白的王后——事不关己与切“夫”之痛；外表冷静的“我”与“平静”的丈夫——外冷内热与无动于衷；“我”与王后——一个是名正言顺的妻子，悲痛尽情迸发；一个是隐秘的情人，只能强压悲痛，默默怀念。如此丰富的心理内涵，如此错综复杂的情感关系，这样整整一部长篇小说的内容竟在短短的14行诗中生动含蓄传神地描绘出来！无怪乎俄国现代著名文学理论家日尔蒙斯基要极力称赞阿赫玛托娃：“每首诗都是一篇浓缩的小说，它描述的是小说情节发展到最为紧张的时刻，由此便有可能想象到事情的前因后果。”

我的丈夫回家来平静地说：

“要知道，运回他是从那打猎之地，
在一棵老栎树旁找到他的尸体。

“王后多么可怜。正当美好年华！……
一夜之间她就变成了满头白发。”

他找到自己的烟斗在那壁炉上，
于是便离开家去上夜班。

我立刻到床边把小女儿叫醒，
凝神细看她那双灰色的眼睛。

窗外的白杨却在沙沙细语：
“你的国王已不再活在人世……”

1910

爱情

时而像条小蛇蜷缩成一团，
在心灵深处施展法术，
时而像一只鸽子，整天
在洁白的窗台上不停地咕咕，

时而在晶莹的霜花里闪烁，
仿若沉入紫罗兰的美梦……
可总是忠实而又神秘地
引导你远离欢乐与宁静。

在小提琴忧郁的祈祷声中，

它惯于如此甜蜜地痛哭，
然而，透过还不熟悉的笑容，
把它猜出，却又令人惊惧。

1911

深色的面纱下，我攥紧双手……

深色的面纱下，我攥紧双手……
“你的脸色今天为何如此惨白?”
——因为我用苦辣辣的忧愁，
把他醉得东倒西歪。

我怎能忘记?他走了，踉踉跄跄，
痛苦得扭歪了嘴唇……
我飞奔下楼，顾不上手扶栏杆，
紧追在他身后，直到大门。

我气喘吁吁地高喊：“这一切
只是个玩笑。你要走了，我就会死亡。”
他平静而可怕地微露笑靥，
对我说：“不要站在风口上。”①

1911

① 此处的对话经过“我”的急剧动作（疾奔、连扶手也未扶）、“他”的表情特写的渲染，潜台词颇为丰富：“我”既折磨他，又唯恐失去他；而“他”的回答更是绝妙——答非所问，是关心（这是一种外冷内热的表现，说明爱情还有希望），还是一语双关（不要老把自己置于激情的“风口”，否则会得病的，这与“平静而可怕”相连，说明他已心灰意冷，爱情的希望渺茫），抑或故意避而不答，顾左右而言他（那就毫无希望了）?

最后一次约会之歌①

心儿无助地卷起寒潮，
可我的脚步仍旧轻盈。
我竟把左手的手套，
往右边的手上戴定。

台阶似乎多得走不完，
但我清楚记得——它仅只三级！
秋天的细语从枫林间
向我乞求："同我一起去死！

"我惨遭那变幻莫测的
阴郁、凶恶的命运欺骗。"
我回答："亲爱的，亲爱的——
我也一样。我死，和你做伴！"

这是最后一次约会的歌。
我瞥了一眼黑沉沉的楼房。
只有卧室里亮着的烛火，

---

① 诗中脚步的"轻盈"与把左手的手套戴在右手上似有矛盾，然而它像台阶好像走不完，却明明"只有三级"一样，生动传神地展示了一位风度高雅而要强（被遗弃后在情人乃至人们面前力保风度、不失态），头脑昏乱但又清醒（她意识到手套戴错了而且记得台阶"只有三级"）的女性那种激动、惊惶、痛苦、悲哀的复杂心理状态。而结尾的"瞥了一眼"，既是最后一次深情留恋，也是一种凄然告别。俄国学者在《俄罗斯白银时代文学史》（一）中写道："她把平平常常的感受（来自俄罗斯心理小说）'转换'为抒情主体的心理状态，用肢体语言表达出来，这是一种创新。"我国学者黄玫更具体地谈到，这首诗是一个爱情故事的片段，其情节与一般触景生情的抒情诗有所不同。诗人着力描写的不是景物和由此引发的各种感受、联想，女主人公的心情主要是通过她的动作和心理活动表现出来的，这些动作连续起来就像放电影一般，而读者似乎能够从银幕上看到女主人公的形象：从男友的房子中走出时的激动和慌乱，徘徊在秋的槭林中悲痛绝望，再回望来处时的平静和清醒。这个活动的画面多是借助对动词的选择表现出来的。

冷冰冰地闪着黄惨惨的光。

1911

被热恋的姑娘总有千万种请求……

被热恋的姑娘总有千万种请求，
而失恋的姑娘任何请求也没有。
我多么高兴，此刻那潺潺的水流
在无色的冰层下已渐渐凝入静幽。

我就站在——愿基督保佑！——
这亮晶晶的易碎冰层上，
为了让后世子孙评判我们的交游，
请你把我的书信好好珍藏。

让他们更清楚、更明晰地了解你，
了解你的勇敢大胆、博学多才。
在你那灿烂辉煌的生涯里，
难道能够留下一大段空白？

尘世的美酒是那样香甜，
爱情的罗网却如此严密。
但愿孩子们终有那么一天，
能在教科书上读到我的名字。

但愿读到这悲伤的故事，
他们顽皮地微微一笑……
你不给予我爱情和静谧，
那就赏赐我痛苦的荣耀。

1913

离别

一条斜路，黄昏时分
蜿蜒在我的前方。
就在昨天，我的恋人
还在恳求："别把我遗忘。"
而今天却只有晚风
和牧人的声声呼唤，
还有那激荡摇曳的雪松
挺立在清亮亮的泉水旁。

1914

这很简单，这很清楚……

这很简单，这很清楚，
这任何人都能一眼看出，
你根本就不爱我，
你对我从来就没有真情。
我为什么还要如此狂热
追求你这形同陌路的人，
我为什么还要在这夜深人静的时候，
每天都为你祈祷上帝？
为什么我要抛弃朋友，
扔下鬈发的孩子，
离弃我心爱的城市，
离开亲爱的故乡，
像一个脏兮兮的女叫花子，
在异国的首都流浪？
啊，可是一想到会见到你，
我就不禁心花怒放！

1917 年夏

曼德尔施坦姆

奥西普·埃米里耶维奇·曼德尔施坦姆（一译曼德里施塔姆，О′сип Эми′льевич Мандельшта′м，1891—1938），阿克梅派的代表诗人，其诗把对文化的热爱与思索和对词语的挖掘结合起来，语言庄重、典雅，节奏优美、考究。

沉默①

她还没有诞生出来，
她——既是音乐，也是词语，
她把一切生命连在一起，
因此是无法割断的纽带。

大海的胸膛平静地呼吸，
可白昼灿亮，亮得那么疯狂，
浪花那一枝枝苍白的丁香，
绽放在深蓝色的花瓶里。

但愿我的双唇
能获得太初的沉默，
恰似水晶般的音色，
生来便透明纯净。

做回浪花吧，阿佛洛狄忒②，
让词语还原为音乐吧，
让心面对心而愧疚吧，
并且与生命的本原融合！

1910

---

① 原文是拉丁文。

② 阿佛洛狄忒，希腊神话中的爱神与美神（罗马神话中名为维纳斯），传说是从浪花中诞生。

无须问我：你自己知道……

无须问我：你自己知道，
满腔柔情，是倏然涌起，
而我的心在突突狂跳，
你怎样称呼我毫不在意。

为什么还要表白情意，
当我的存在
都已完全彻底
被你所主宰？

请帮帮我。什么是情意？
一群狂跳疾舞的长蛇。
而它们万能的奥秘——
只不过是一块致命的磁铁！

由于我不敢阻止
长蛇那惊慌的舞蹈，
我只好细细察视
姑娘脸上的熠熠光耀。

1911

贝壳

也许，你并不需要我，
深夜；从宇宙的深渊，
好似一只没有珍珠的贝壳，
我被抛到了你的岸边。

你冷漠地任波浪泡沫嗞嗞，

你一意孤行执拗地歌唱，
但你终究会爱，你会正确估计
这只无用的贝壳所说的谎。

你会和它一起躺在沙滩上，
你会穿戴上自己的衣饰，
你会把波涛那洪钟般的声响，
和它密不可分地联结在一起。

于是，一只外壁易碎的贝壳，
就像一间无人居住的心的小屋，
你会让它充满泡沫的喃喃诉说，
盈盈薄雾，柔柔轻风，点点雨珠……

1911

不，并非月亮，而是亮晶晶的指针盘……

不，并非月亮，而是亮晶晶的指针盘，
在对我闪闪发光，因此我有什么罪愆，
当我分辨出银河中暗淡的星星？

巴丘什科夫①的傲慢令我憎厌，
这里有人问他："现在几点？"
他却对好奇的人们答道："永恒！"

1912

瓦尔基利亚②

瓦尔基利亚在飞翔，琴弓在歌唱。

---

① 巴丘什科夫（1787—1855），俄国诗人。
② 斯堪的纳维亚神话中的战争女神。

一出大型歌剧正临近尾声。
一群跟班，静立在大理石楼梯旁，
身穿厚重的毛皮大衣，等候着主人。

唰啦一声严实地落下了大幕，
顶层楼座的一个傻瓜还在鼓掌，
车夫们围着一堆篝火在跳舞……
某某的四轮轿式马车！各自回家。散场。

1914

失眠。荷马。鼓得满满的帆……

失眠。荷马。鼓得满满的帆。
我已读完一半战船的名册：
这长长的群队，这鹤群般的船舶，
曾经飞集在埃拉多斯①的海面。

如同楔形的鹤群飞进异国边境——
帝王们头顶神性的泡沫——
你们航向何方？一个特洛伊对你算什么，
阿开亚勇士，假如不是海伦？

大海，荷马——爱情是一切运动的动力源。
我究竟该听谁讲？荷马一声不吭，
黑漫漫的大海雄辩滔滔，喧声沸腾，
带着沉重的轰鸣声走近枕边。

1915

① 埃拉多斯是古希腊人对其国家的自称。

夜间，我在院子里清洗……

夜间，我在院子里清洗——
天空闪耀着稀稀朗朗的星星。
星光——就像斧刃上的盐粒，
大圆桶整个边沿都结了一层冰。

大门已被关闭，还加上重锁，
坦白地说，大地很无情——
不见得有地方能找到那样的准则，
比全新油画的真实更为纯净。

星星像盐粒在大圆桶里融没，
冷冰冰的水更加黑乌乌，
死亡更纯洁，灾难更咸涩，
而大地更真实也更恐怖。

1921

世纪

我的世纪，我的野兽，谁能
透视你的双眼，
并用自己的鲜血浓浓
把两个百年的脊椎粘连？
血液这建设者哗哗奔流，
流经大地万物的咽喉，
寄生虫只能瑟瑟颤抖，
在这新岁月的大门口。

生命，只要还能苟延残喘，
就必定会挺起脊骨，

但滚滚波浪会摇撼
那看不见的脊柱。
恰似婴儿柔嫩的软骨，
大地上这个新生的世纪——
又一次如同羊羔作为供物，
人的头颅被当作了献祭。

为了让世纪重获自由，
为了开创新的世界，
青筋盘结的岁月膝头，
需要用一根长笛来连接。
这是世纪以人的悲痛，
掀动波浪此伏彼起，
蝰蛇藏身于青草丛，
呼吸着世纪的金色韵律。

而花蕾还会鼓胀，
嫩枝会突然冒出一片新绿，
可你的脊骨却被击成碎片，
我美丽而悲惨的世纪！
带着麻木不仁的笑容，
向后张望，你虚弱又残忍，
就像一只野兽，曾经那么机灵，
望着自己脚掌留下的印痕。

血液这建设者哗哗奔流，
在大地万物的咽喉潺潺流淌，
像性急的鱼儿猛跳疾游，
把暖乎乎的波浪抛向海岸。
从那高空的捕鸟网，
从那大块湿漉漉的蔚蓝，

冷漠在流淌，流淌，
流向你那致命的创伤。

1922

列宁格勒

我回到自己的城市，我对它熟知到热泪点点，
熟知它的每一条筋脉，甚至儿童发肿的腮腺。

你回到这里——那就赶快大口
吞下列宁格勒沿河街灯的鱼肝油！

赶快去体验十二月的症候，
蛋黄已被搅入凶险的柏油！

彼得堡！我还不愿死啊：
你还有着我的电话号码。

彼得堡！我还存有一些地址，
通过它们，我能找到死者的音迹！

我住在黑漆漆的楼梯间，连着肉和血
拽响的门铃，敲击着我的太阳穴。

我等待着尊贵的客人，彻夜不眠，
不时轻轻移动门上链子的钩环。

1930 年 12 月

谢维里亚宁

伊戈尔·谢维里亚宁（一译谢维梁宁，为伊戈尔·瓦西里耶维奇·洛塔列夫的笔名，И′горь Северя′нин —настоящее имя И′горь Васи′льевич Лотарёв，1887—1941），俄国自我未来主义的代表诗人，其诗善于表现自我，借鉴传统，表现新潮，既兼收并蓄，又具独特风格。

我从未欺骗过任何人……

我从未欺骗过任何人，
为何我注定要痛苦不堪？
为何我要被人们辱骂万般？
并且被他们视为多余人？

我从未欺骗过任何人，
为何岁月总在悲伤中流逝？
我没有爱情，也没有荣誉，
每种思想——都是虚伪的结论。

我走投无路，茫然失神——
四周得意洋洋的是畅销的谄媚；
但我的心灵仍有些许安慰：
我从未欺骗过任何人。

1909

太阳与大海

大海爱着太阳，太阳恋着大海……
波浪极力爱抚着明亮的巨星，
爱潮淹没了太阳，仿若幻想被双耳罐掩埋，
但一早醒来——太阳又大放光明！

太阳不记人过，宽宏赤诚，
热恋的大海又对它信任如常，
它过去永恒，将来仍会永恒，
只是它的神力大海无法测量！

1910

前奏曲

菠萝在香槟酒内！菠萝在香槟酒内！
这酒冒着气泡，又香又辣，味道奇妙！
我品味着西班牙！我品味着挪威！
灵感阵阵迸发，我欣然纵笔追描！

飞机隆隆发动！汽车风急雨骤！
特别快车追风逐箭，雪橇扬帆飞过！
这里有人接吻！那里有人挨揍！
菠萝在香槟酒内——这是晚会的脉搏！

我把人生的悲剧变成幻想的闹剧，
在神经过敏的小姐队里，在尖酸刻薄的妇女群中，
菠萝在香槟酒内！菠萝在香槟酒里！
从莫斯科到长崎！从纽约到火星！

1915

古怪人生之诗

人们相识只是为了离散，
人们热恋只是为了分手。
我既想哈哈大笑又不禁涕泪涟涟，
我真不想再在人世停留。

人们发誓只是为了背叛誓言，
人们幻想只是为了诅咒梦想，
啊，谁若明白所有享乐都是空幻，
他就会从此满怀忧伤！

住在乡村却渴想着都市……
身处都市又焦盼着山林……
人的面孔一张张触目都是，
却怎么也找不到人的灵魂……

一如美中往往有丑蕴藏，
丑中往往也有美的成色，
一如卑鄙有时也很高尚，
天真的口舌有时很邪恶。

因此怎能不哈哈大笑又涕泪涟涟，
因此怎能再在这人世停留，
当人们随时都可能离散，
当人们随时都可能分手？

1916

赫列勃尼科夫

维里米尔·赫列勃尼科夫（真名为维克托·弗拉基米洛维奇，Велими′р Хле′бников —настоящее имя Виктор Владимирович，1885—1922)，俄国立体未来主义的重要诗人，诗歌极富实验性，试图在民间神话与现代思想的结合中探索人的生存。

我吹奏着自己的芦笛……

我吹奏着自己的芦笛，
我希冀世界如我所希冀。①
听话的星星聚集成一个匀整的圆圈。
我吹奏着自己的芦笛，把世界赋予的角色扮演。

1908 年初

夜晚。阴影……

夜晚。阴影。
树荫。倦慵。
我们坐着，为夜晚陶醉。
每一只眼中——小鹿在奔蹿，
每一道视线里——岁月之矛疾驰如飞。
当傍晚时漫天红霞翻滚如波浪，
一个小男孩从小铺中飞跑而出，
伴随着一声高喊："快快滚蛋！"
于是比右边更右边，

---

① 曾经，我国有首歌曲《牵手》颇为流行，深受人们喜爱，其歌词中大量出现把名词用作动词的情况："因为爱着你的爱/因为梦着你的梦/所以悲伤着你的悲伤/幸福着你的幸福/因为路过你的路/因为苦过你的苦/所以快乐着你的快乐/追逐着你的追逐。"其实，赫列勃尼科夫早在 20 世纪初就已在诗歌中大胆创新，把名词用作动词——"芦笛着……芦笛，希冀……所希冀（也可译为'愿望……所愿望'）"，只是考虑到汉语的习惯，无法完全按其原来的创新翻译。

我成为比左边更左边的词语。

1908

时光这苇丛……

时光这苇丛，
　　摇曳在湖岸边，
那里石片像时间，
那里时间像石片。
　　摇曳在湖岸边，
时光，苇丛，
摇曳在湖岸边，
　　喧嚣很神圣。

1908

我用火镰弯刀雕刻世界……

我用火镰弯刀雕刻世界，
我把微笑这摇篮送到唇边，
我用烟这幻影照耀山野，
掀起了往事的滚滚浓烟。

1908

啊，恰似陀思妥耶夫斯基小说中迅疾的云飞雾跃……

啊，恰似陀思妥耶夫斯基小说中迅疾的云飞雾跃！
啊，恰似普希金作品中倦慵的正午！
夜也一如丘特切夫诗中的深夜，
充满了漫漫无垠的和平静穆。

1908

马儿濒危——声声气喘……

马儿濒危——声声气喘，
草儿将亡——全身枯黄，
太阳垂死——熄灭无光，
人到临终——歌声嘹亮。

1912

马雅可夫斯基

弗拉基米尔·弗拉基米罗维奇·马雅可夫斯基（Влади′мир Влади′мирович Маяко′вский，1893—1930），20世纪最有影响力的俄罗斯诗人之一。早期属于未来派，十月革命后，更多转向社会政治诗。他在诗歌形式和语言运用上不断探索，大胆创新，创作了不落俗套的楼梯诗，激情澎湃，风格豪放，句式独特，语言新颖，在世界各国产生了颇大的影响。

夜

紫红和雪白抛开后又揉成了团块，
墨绿中投入了一把把金闪闪的杜卡特①，
恰似把一张张亮晃晃金灿灿的纸牌，
分发到聚拢来的窗户那乌黑的掌窝。

街心花园和广场一个个毫不惧怕，
望着身披蓝色托加②的一幢幢大楼，
而灯光，仿若一片片发黄的伤疤，
把脚镯戴在最早奔忙的行人脚头。

人群这只毛色杂多的灵敏的猫，
浪游着，扭来扭去，被一扇扇大门吸进；
从那被铸成整整一团庞然大物的欢笑，
每个人都试图尽力拽出一点点欢欣。

我感觉到连衣裙那召唤的利爪，

① 杜卡特是古代的一种货币，初为银币，后为金币，13世纪流通于意大利威尼斯，后来欧洲许多国家都曾铸造。此处指金币。

② 托加是托加长袍（也称罗马长袍）的简称，这是最能体现古罗马男子服饰特点的服装，兼有披肩、饰带、围裙等的作用。穿着时一般先在里面穿一件麻质的丘尼卡，然后将一块长约6米的长布（即托加）搭在左肩并围绕全身。只有男子才能穿托加，女子只能穿斯托拉和帕拉。

便朝它们的眼中塞入一个微笑；
黑人们敲打铁皮吓唬人并大笑哈哈，
头上的鹦鹉抖开翅膀五彩飘摇。

1912

爱情

姑娘胆怯地用沼泽裹严自己，
青蛙那不祥的曲调四处扩散，
浅棕红头发的人在铁轨上迟疑，
满头卷发飞扬的机车嗔怪地隆隆向前。

风的玛祖卡狂舞穿透阳光的灼烤，
钻进了漫天的密密阴云浓浓雾气，
就连我——七月酷热的人行道，
女人都扔来一个吻——一个烟蒂！

抛弃城市吧，愚蠢的人们！
赤身裸体去接受如火烈日的冲刷，
把醉人的美酒注入胸皮囊中，
把雨吻注入炭火般的面颊。

1913

城市大地狱

窗户把城市劈分成
一个个吸吮灯光的微型地狱，
汽车仿若红褐的魔鬼在升腾，
就在人们耳边爆炸出声声汽笛。

而那边，在出售刻赤①鲱鱼的招牌下面——
健壮的老东西在摸索着寻找眼镜，
并嘤嘤哭泣，因为傍晚的风阵阵龙卷，
电车每飞跑几步就把一个个眼珠抛在空中。

摩天大厦的窟窿里炼矿之火熊熊燃烧，
一列列火车的铁块把出入孔严严堵上——
一架飞机大吼一声就跌落到
目光从受伤的太阳里流出的地方。

就在这时——路灯的被单被揉作一团——
夜在纵情做爱，沉醉而又淫荡，
而在街道的太阳后某一个地方，
蹒跚着谁也不需要的衰老月亮。

1913

然而，毕竟……

街道塌陷，恰似梅毒患者的鼻梁。
江河——白沫直泛四散奔流的淫欲。
一叶不挂，花园的内衣脱得精光，
慵懒地横陈在六月里，恬不知耻。

我出门来到广场，
把烧焦的街区
当作红褐的假发，戴在头上。
人们目瞪口呆——从我嘴里冒出
一个没嚼碎的叫喊，小腿儿直晃。

① 克里米亚半岛东端的一个港口城市，濒临刻赤海峡西岸。

但人们不会指摘我，也不会对我破口大骂，
反倒把我当作先知，用朵朵鲜花铺满我的脚印。
这些鼻梁塌陷的人全都不傻：
我——就是他们的诗人。

像惧怕小酒馆，我惧怕他们严苛的评判！
只有妓女们把我奉为神圣，动手高抬，
抬过熊熊燃烧的一片楼房，
敬献给上帝，来证明自己的清白。

可上帝被我的小书感动得泪水淋淋！
这不是语言——而是抽成一团的痉挛；
上帝把我的诗夹在腋下在天上西跑东奔，
气喘吁吁地找自己的熟人大声诵念。

1914

月夜

明月将出。
它的丽容
已微微显露。
啊，一轮满月已高挂空中。
想必，在天上
这是上帝
用神奇的银匙，
在捞着星星熬的鲜鱼汤。

1916

春

城市脱掉了冬衣。

积雪的口水四处流淌。
春天又来到了大地，
像士官生那样蠢笨而废话连篇。

1918

克留耶夫

尼古拉·阿列克谢耶维奇·克留耶夫（Никола'й Алексе'евич Клю'ев，1887—1937），新农民诗歌流派最有影响的代表，他的诗富有宗法制下农民的生活气息和宗教色彩，对叶赛宁产生过影响。

高空的繁星就像露珠一滴滴……

高空的繁星就像露珠一滴滴。
是谁在天空的青青草地，
把蓝色的大镰刀磨锋利，
压出一个个犁轭般的弯曲？

月亮，像百合花，温柔，
精美，仿若美女那脸的侧影。
世界广阔得望不到尽头。
天空高远得无边无垠。

光荣属于不朽的奇迹，
属于扮靓了天穹的珍珠，
热情洋溢的信使，
很快就会把饥饿的人群眷顾。

对心明眼亮者冷酷无情的人，
对夜里死去的人却满怀仁慈，
锻造镣铐的人痛苦在心，
虽然他们拿到了王国的钥匙。

那些还能见到光明的人，
请你们内心坚毅，
繁星的手正在为你们
编织那金灿灿的长衣。

1908

爱情的开始是在夏天……

爱情的开始是在夏天，
结束则在秋季的九月。
你带着问候走到我身边，
一身少女服装朴素纯洁。

你亲手送我一枚红蛋，
作为血和爱情的象征：
小鸟啊，不要急着飞向北方，
春天可在南方，你稍微等等。

小树林泛出一片烟绿，
小心翼翼，无息无声，
但阻隔于帷幔的饰物，
远去的冬天无法看清。

可心灵感觉到：烟雾弥漫，
森林在迷迷蒙蒙地动弹，
浅紫夹灰蓝的夜晚，
那不可避免的欺骗。

哦，不要像小鸟一样飞进蒙蒙迷雾！
时光终将在灰白的雾幕中消磨——
你将像一个可怜的修女，
站在教堂门廊的角落。

也许，我也会经过你身旁，
那样消瘦，穷得叮当响……
哦，请给我天使的翅膀，
不露踪影地紧随你飞翔！

不会不打招呼就消失不见，
也不会错过后懊悔不迭……
爱情的开始是在夏天，
结束则是秋季的九月。

1908

我会穿上黑色的衫套……

我会穿上黑色的衫套，
紧随着昏暗的提灯，
沿着院子里的石板道，
走向断头台，满脸温情。

我将忆起油漆过的纺车，妈妈，
蓝色的夜晚，密林深处的蛛网，
在窗外过夜的寒鸦，
窗台上心爱的凤仙，

春汛时淹没的广阔草地，
割光草的田塍的寂静，
珍珠般的白云的飘移，
和麦浪中飘出的少女的歌声：

“在那窄小的田埂，
偏偏遇上了这无赖！
偏不巧系好的三角头巾
却突然分成两片散开！

“头巾在背上飘扬，
好像那亚麻长鞭，
你别想征服姑娘，

又高又壮的男子汉！

“一斧头劈不光
漫野的树干——
我实在没有胆量
爱你这剽悍的青年！

“白闪闪的白桦
渴望着甘霖……
小小的布谷呀，
别再咕咕我的命运！……”

城堡的阵阵钟响，
打断了少女痛苦的山歌……
这心灵的梦呓！只有河湾
正同岸边的芦苇唱和。

心灵的噩梦，坟墓般把人折磨！
天亮时渔夫把自己的风帆收起。
岸边村庄里的点点灯火，
恰似一颗颗软弱悲苦的泪滴。

1908

森林

你被一只神奇的手从大地唤活，
仿若甜蜜的管风琴，使暴风雨平静，
给生者宁静，为狭小坟墓的死者
呼吸般轻轻送去无法实现的美梦。

你那绿色波浪的千万声呼喊，

在心灵的天空里引发模糊的伴奏，
就像郁闷又忧伤的海员，
送给家乡的一声声问候。

又像六翼天使们在针叶林的林涛中哀哀泪洒，
他们沉重叹息，翅膀发出悲伤的嗡嗡声，
仿佛在诉说，唯一真神那坚不可摧的铠甲，
无法保护你远远避开人们的暴行。

1912

耕地褐灰灰，阡陌绿莹莹……

耕地褐灰灰，阡陌绿莹莹，
夕阳沉落在云杉那方，
岩石缝中的苔藓茸茸，
折射出润滋滋的春光。

遍地森林的故乡多么美，
到处是密林和河滩地！……
茶藨子满脸珠泪，
聆听着青草吟唱的圣诗。

我似乎忘记了自己的存在，
我的心——一颗能发芽的种子……
白绒绒的鸟儿，快快飞来，
啄食这粒热情的黍米！

朦胧的暮色开始漫布，
遮掩了远方和木屋屋顶，
白桦树——这婚礼的蜡烛，

绿叶上腾炽着点点火星。

1914

斜坡，洼地，沼泽……

斜坡，洼地，沼泽，
沼泽上黄褐的蒿藜。
树林镀上一层金色，
袅袅神香溢满空气。

林中空地一支支蜡烛微光闪闪，
照着饰有花纹的棺椁，
少女那毫无气息的双肩，
戴着祈祷的花环的前额。

秋——这额头惨白的修女，
在操办着死去少女的葬礼，
远方雾蒙蒙的，小河透明地绿，
啄木鸟在林中不祥地笃笃啄击。

1915

隆冬啃掉了干草垛的一边……

隆冬啃掉了干草垛的一边，
草垛散开了，但褐色母牛知道，
冰冻的道路就要冰消雪散，
竖起羽毛的喜鹊会喳喳欢叫。

喜鹊竖起羽毛——是因为声声檐滴，
道路冰消雪散——是因为温暖日烈。
就像鳊鱼吞食诱饵，

云杉逮住琥珀色的针叶。

光线急急忙忙加入万物的忙乱，
钻进针叶丛，藏入树枝的微波……
每天黄昏母牛们的长叹，
比老奶奶的话语更加枯燥啰嗦：

“春天来了，满河都是冰块，
褐色母牛已预感到春潮漫江……”
木屋里忧伤和痛苦早已散若烟霭，
木屋睡意沉沉，像一只摇篮。

只是在餐具柜里，像顶级守财奴，
挤奶桶和有缺口的陶壶，
计算着产奶量和小牛的头数，
惊扰了黄昏时的木屋。

1916

克雷奇科夫

谢尔盖·安东诺维奇·克雷奇科夫（Серге'й Анто'нович Клычко'в，1889—1937），和克留耶夫、叶赛宁齐名的“新农民诗派”诗人。其诗歌颂农民的劳动、乡村世代相继的古老的自然与风俗，善用极富特色的象征和色调鲜明的多神教形象，笔调细腻，有轻唱低吟的乐感，错落有致的层次感，色彩丰润的图画感。

秋

村边草地高坡的密林里，
森森古木丛中的小路上，
静悄悄地走着一位修士，
满脸忧伤，拄着拐杖。

他周围挺立的一棵棵白桦，
全都淹没于山雀的啁啾……
而林中的露珠，仿若泪花，
在泛着银光的睫毛上逗留。

他的篮子里有什么在响？
这是山杨树洒下的交响曲：
珠串，戒指，耳环叮叮当当，
晨露的珍珠噗噗坠地。

秋风秋雨已悄然登场，
凋萎的枝叶晃晃摇摇……
森林就像穷凶极恶的长官，
脸上两道烧焦的眉毛……

俭朴的修士采撷滚圆的珍珠，
是为了送给美丽可爱的姑娘，
却为了祭奠父母，

把珍珠遗失在路上。

1911

月亮

月亮，月亮，从杨柳后升上天，
照见了我惨痛的分手！……
春天的朋友，胆怯的光线，
咱们一起走到村口！……

请在台阶边敲一敲门窗，
瞧瞧我那心上人，
我就在不远的教堂旁，
站在暗幽幽的椴树荫……

夜空的繁星在不停旋转，
清新的原野传来沙沙声响——
唉，她到底为什么忧伤，
又因思念谁而柔肠寸断……

请为她把戒指照亮，
请在戒指的宝石上闪光——
也许她会来到台阶上，
也许她还会把我挂念！……

要是她转过身去，没有回应，
脸上表情没有丝毫改变——
就请月亮孤孤零零
照耀在我心上人的台阶上！

1913

夜晚

从沼泽那边低矮的旷野，
鹬群被吸引到耕地，
两岸的苇丛轻轻摇曳，
金色的波浪缓缓前移。

远方迷雾蒙蒙，
凸起的土地清新，黑油油，
田垄里的木犁投下虚影，
木耙的耙齿朝上躺在地头。

远处片片森林，仿若张张面庞，
天穹在把我们凝望……
银晃晃的暮霭茫茫，
在村庄的四周弥漫。

月亮从村头的农舍后升空，
于是，仿若铠甲，在农舍近旁，
在潮湿而蓬茸的青草丛中，
在窗户边一个个小水洼银光闪闪。

1914

牧羊人

我老是歌唱，因为我是歌手，
我歌唱不能用笔写出的诗篇：
我牧放羊群，在森林悠游，
在那晨雾蒙蒙的小河边。

早有流言传遍全村：

因为我常被吸引到台阶上，
少妇那机敏的眼睛
笑意盈盈地望着我的脸庞……

但我隐藏起我的忧伤，
我那善于歌唱的心灵一片静谧……
我如此惋惜自己的忧伤，
我不知道她是谁又在哪里……

常常一听到牧笛声响，
就有人唤我：牧羊人，牧羊人……
淡褐色的茸毛布满了我的面庞，
正午的炎热把我的眉毛烧焚……

我既是牧羊人，也是歌手，
我总是手搭凉棚眺望：
就像那羊群，我的歌讴，
四散在晨雾蒙蒙的小河边。

1914

修道院的十字架……

修道院的十字架在远方
明晃晃地闪着灿灿金光，
靠近河岸的灌木林那边，
水晶般的河流睡得正酣。

透过美不可言的河流，
我看见仿佛昏昏欲睡的罗斯。
于是我用一只伤残的手，
为她祝福，画着十字。

我看见：一片片收割后的庄稼地。
灰白的雀麦长满了岗岭。
杨柳一棵棵低头哭泣，
仿佛受雇哭灵的女人。

秋在满森林游逛。
花儿凋萎，树叶飘零。
上面是深深浅浅的蓝天，
还有山雀的叽叽悲鸣。

还是那现实与古老的梦，
天空和远方还是这样融成一片；
注意！仙鹤的呼唤声
响彻高空，遥传天边！

我亲爱的故乡依旧是昔日的姿容！
还是这样野性、淳朴、明媚，
只是那过多的坟冢，
压得乡村墓地弯腰驼背。

只有为了追荐亡魂
而当当响起的钟声，
响遍故乡的山谷疏林，
静谧中更显忧伤更显悲痛。

晚霞展开受伤的翅膀，
往大地洒落片片羽毛，
在墓地的石板上发光，
在农舍的屋顶上闪耀。

1923

冬

在台阶那边的草地后，
贝斯特罗杰奇卡河奔流汩汩①：
它的两岸打扮一新，
缀满珍珠琥珀般的饰物。

在它那蓝澄澄的深潭，
水生花和水藻绿苔布满水面，
还有沐浴着金光的楼阁。
它那门，就像一张小小叶片，
两个门闩鼻——鱼的小颚，
还有那银光灿灿的小锁。

就像耳朵，屋顶翘向上方，
仿如眼睛，窗户凝视，
明亮的小房间旁是厢房，
窗里尽是红蓝宝石绿松石。

在台阶那边的草地后，
流淌着贝斯特罗杰奇卡河：
它的两岸打扮一新，
缀满珍珠琥珀般的饰物。

月亮趴在窗户上打盹，
太阳在原木屋脊处耀金，
云彩高悬，就像绒毛，
繁星在主梁上闪耀光华，
公鸡这出色的歌唱家，

---

① 俄文原文是 Быстротечка，意为“迅速流逝”，也可译为“光阴如逝河”。

在满楼阁信步逍遥。

一位老妇，白发苍苍，
全身缀满冰溜和白雪，
舞蹈在珍珠般晶莹的岸上，
屈膝弯腰，摇摆不歇。

1923

就像鸟儿，我的心灵……

就像鸟儿，我的心灵
栖居在那幽深的森林，
这世上不会诞生
太多这样的心灵。

满森林都聒耳着噪声：
在我们村庄旁，
铁的长蛇正在用
利齿把云杉的脚锯断。

云杉会在笨重的炉子里烧光，
仿佛罪人，在地狱受刑，
而用这些云杉，
可以建造多少豪宅华栋！

宽恕我吧，我的乡村，
你在整个森林一贯到底，
就连我自己也搞不清，
我怎么会来到这里？

望着疯狂的火焰，

我亲吻你的遗骸，
因为你使石头变暖，
因为你把恐惧赶开！

就在这地方我常常
做着同一个梦：
茂密的云杉，明亮的正房，
里面满是针叶的沙沙声，

房子的门厅明亮宽绰，
松香令人心怡神舒，
磴道是森林边的斜坡，
台阶前是河边的山谷，

苔藓像粗布地毯一样铺满地，
黑夜与白昼浑融成一片，
坐到放圣像的一隅，
坐在树墩做成的餐桌旁……

夜这茨冈女人正在占卜，
皱起眉毛望着繁星：
哪里有自备美食的神奇桌布，
哪里有好运和爱情？

可就连她也全然不知，
一列列星星间藏着什么秘密！
只有山冈上的乡村墓地，
用干枯的手频频致意……

1924

白天和黑夜被金色印记……

白天和黑夜被金色印记
永远地牢牢固定，
被初生和成长的标志标示，
被太阳和月亮的绕行确定！……

白天把鲜花与老茧掺和，
把皱纹的浅影与嘴角的微笑混淆，
并让欢乐与痛苦相互混合，
白天令人高兴又有点难熬！……

享受着太阳的光照，
河边的庄稼一同成熟，
由于使用铁锹和十字镐，
倒刺在手上一层层长出！……

向每一个农舍
把热量和劳动的激情送去，
在傍晚日落时刻，
太阳低垂着疲惫的头颅！……

我感到幸福，以劳动和耐性
送别每一天光阴，
以无声的歌唱赞颂
祖先的余荫！……

背靠着草垛站立，
它刚刚堆积，散发清新，
身披高空皓月的银光熠熠，
带着深深的微笑打盹……

在低低垂下的月影里，
勉强睁开眼睛仿佛觉得，
恰逢珍贵的的节日
和生命初始的宁静时刻！……

为了第二天早晨早起，
再次走进处女地的怀抱，
我搅拌种子并编写词语——
赞颂太阳和月亮的辛劳！

1929

暴风雪

沿着死气沉沉的田野，沿着山谷，
数不清多少天，更数不清多少周，
仿佛巫婆舞动宽广的裙幅，
暴风雪搅起飞雪漫天嗖嗖。

遮盖了村庄，遮盖了城镇，
雪堆高高的额下是农舍窗口的灯火闪亮！
庄稼汉扑向庄稼汉，就像狼群，
由于贫困和酒醉而大骂一场！

既有精力，也有食物，
一切都喂饱了这饕餮，
甚至逆来顺受的农妇
也不再能忍受这一切！

唉，如果命运不济，
庄稼躲不过麦角病的侵袭，
那怎么办：这不是过错，也并非天意！

未结冰的湖水为何不能又是洗礼池？

我们阴沉沉的天空，
这暴风雪中哪能种好
山杨断枝上烘烤的馅饼，
白桦木头上烘烤的面包？！

对少女来说新衣最称心快乐，
而农妇要的是悬挂起许多甜食……
对于穷乡僻壤的无亲无故者，
要的是比衣服更温暖更重要的东西……

大馅饼，无盐饼，还有油炸饼！
移近些，把嘴巴凑上去啰！
不，我们绝不会靠诈骗为生，
我们俄罗斯人民可不习惯那样做！

我们喜欢用汗水掘松土地，
无数次开始做同一件事，
为了一块面包和一根大老黄瓜疗饥，
为了节日的火漆印记！

森林里浓荫掩映处矗立着一座座教堂，
当出乎意料地突然在森林上空，
云彩的帷幕被猛的一下掀开，
光彩夺目的霞光会令你难以置信！

你也不会相信明亮的星星
装饰在月亮高高的弯角上，
你的呼啸，面对蓝蓝的天空，
将筋疲力尽在故乡的高空消散！

村旁那弯腰驼背的云杉，
就像一个歇斯底里狂叫的农妇，
饱尝暴风雪长久的凶残，
她那纯洁无邪的心灵惨遭荼毒……

1930

眼泪

玫瑰痛苦地哭泣，在黑暗中抖落
因流泪而发黏的花瓣上的睫毛……
为何如此伤心、伤心地哭泣，宝贝？
那就哭吧，哭吧：我会严格点算眼泪多少，
我们永远都会认认真真地清算好！

我早已既不相信眼泪，也不相信甜言蜜语，
我很早很早就已不会抽抽搭搭地大哭，
即便我知道，只有野兽不会哭，
不会哭——这简直是羞愧和耻辱！

那就哭吧，我的朋友，不要吞下虚伪的眼泪，
也不要用披巾遮掩佯装的抖颤……
我对你是多么满怀谢意，宝贝，
因为你的幼稚，荒唐……还有谎言！

你瞧：我不是也在从这道门踱向那道门，
说实话：我自己都不知道，究竟该怎么办？
须知不会哭，不会哭的只有野兽……
我多么希望相信你，相信自己，
也相信甜言蜜语，再次进入热恋！

1930

格·伊万诺夫

格奥尔基·弗拉基米罗维奇·伊万诺夫（Гео′ргий Влади′мирович Ива′нов，1894—1958），阿克梅派诗人，勃洛克称赞他的诗“形式上无可挑剔”“富有智慧并饶有趣味”“具有极大的文化颖悟”。1921年侨居国外。

命运的游戏。善与恶的游戏……

命运的游戏。善与恶的游戏。
智慧的游戏。想象力的游戏。
“一面面镜子彼此映照反击，
互相把对方的映象歪曲……”

有人对我说——游戏你已获胜！
但反正一个样。我不再玩游戏。
假如说，作为诗人我将永生，
然而，作为人，我正在死去。

1943—1958

反复飘降着雪花和细雨……

反复飘降着雪花和细雨，
一再上演着柔情和悲愁，
还有那人尽皆知的事儿，
都让人熟悉得倒背如流。

透过俄罗斯白桦模糊的影子，
列维坦式澄澈的宁静
不断重复着同一个问题：
“你怎么竟落到这样的人生？”

1956

我好像生活在云雾里……

我好像生活在云雾里。
我似乎生活在迷梦中。
沉醉于幻想和先验的方式，
可如今我不得不苏醒。

苏醒，以便看一看灾难，
以及我命运的绝顶荒诞。
“……关于俄罗斯的雪，俄罗斯的严寒……
啊，假如，假如……但愿……”

1958

叶赛宁

谢尔盖·亚历山德罗维奇·叶赛宁（Серге′й Алекса′ндрович Есе′нин，1895—1925），20 世纪俄罗斯最杰出的抒情诗人之一，俄国意象派的领袖。其诗善于描写自然和爱情，诗风真诚、温柔、忧郁。

朝霞在湖面织出红艳艳的锦衣……

朝霞在湖面织出红艳艳的锦衣，
大雷鸟在针叶林中呜呜哭泣。

黄莺也躲在树洞里大放悲声，
只有我不伤感——心里喜气盈盈。

我知道，黄昏前你会绕路来相会，
我俩将依偎着坐进邻近的新鲜干草堆。

我吻得酩酊大醉，揉你像揉一朵鲜花，
欢乐的醉鬼可不怕别人闲话。

你在抚爱中主动摘下丝织的头纱，
我把陶醉的你抱进树丛直到满天朝霞。

就让大雷鸟去放声呜呜哭泣，
红艳艳的朝霞里忧愁也变成了欣喜。

1910

稠李花纷纷飘飞如雪花……

稠李花纷纷飘飞如雪花，
繁花和露珠扮靓了绿野。
白嘴鸦俯身啄食嫩芽，

在田野的耕地间来往不歇。

丝绸般的绿草垂首低吟，
树脂丰富的松树香气四溢。
啊，你们，草地和阔叶林——
溶溶春色使我如醉如痴。

神秘的消息带来欣喜，
在我的心里熠熠闪光。
我思念着未婚妻，
只为她一人歌唱。

稠李呀，你雪花般纷纷飘飞吧，
小鸟呀，你在林中放声歌唱吧，
我要迈着节拍分明的步伐，
如浪花四溅向大地撒下鲜花。

1910

星星

亮晶晶的星星，高渺渺的星星！
你们身藏什么秘密，秘不示人？
沉醉于深邃思想的星星，
你们用什么样的魅力夺人心魂？

密麻麻的星星，满盈盈的星星，
你们身藏一种什么美，什么威力？
你们又用什么，天上的星星，
让渴求知识的伟大力量着迷？

为什么当你们星光交映，

总把人诱向广袤无垠的天庭？
你们如此温情地凝望，抚慰心灵，
天上的星星，遥远的星星！

1911

夜

河水静静地安眠。
黑幽幽的松林不再喧闹。
夜莺不再歌唱，
长脚秧鸡也不再鸣叫。

夜。四周一片静谧。
只有小溪在潺潺吟唱。
月亮用自己的光彩熠熠，
为四周的一切披上银装。

河流闪着银光，
小溪银光灿灿，
露水浸湿的原野上，
青草也银光闪闪。

夜。四周一片静谧。
大自然的一切都在酣眠。
月亮用自己的光彩熠熠，
为四周的一切披上银装。

1911—1912

白桦

一棵银灿灿的白桦，

玉立在我的窗前，
披着满身雪花，
仿若穿一身银衫。

毛茸茸的枝杈上，
镶满白雪的花边，
白色的花穗纷纷绽放，
仿如流苏一串串。

梦一般的寂静里，
白桦亭亭玉立，
金灿灿的阳光里，
雪花闪耀出亮丽。

而朝霞，慵慵懒懒
徘徊在白桦四周，
又把银辉片片，
洒上这白桦枝头。

1913

早安！

金灿灿的星星昏昏欲睡，
河湾的镜面颤起了涟漪，
霞光映照着河湾的碧水，
晨曦染红了渔网般的天际。

惺忪的小白桦嫣然微笑，
披散着丝绸一般的发辫，
嫩绿的葇荑花簌簌舞蹈，
银亮的露珠在闪烁变幻。

一簇簇荨麻丛生在篱笆边，
用晶亮的珠链盛装打扮，
还淘气地点着头细语轻言：
“你好啊，早安！”

1914

秋

——致 P. B. 伊万诺夫①

陡坡上的刺柏林寂静无声，
秋这匹棕红母马在梳理马鬃。

在河岸上密密麻麻的草木丛中，
它那脚掌的蓝色叮当随风飘送。

苦行僧风小心翼翼地举步飞跃，
在陡峭的路面上轻踏片片落叶，

还在那花楸树丛中频频亲吻
看不见的耶稣身上那红色的伤痕。

1914

母牛

它年老体衰，牙已脱光，
岁月的圈痕刻满了双角。
在轮作地的田垄上，
牧人的鞭打粗鲁而凶暴。

---

① 拉祖米克·瓦西里耶维奇·伊万诺夫—拉祖米克（1878—1946），俄国现代作家、文学批评家。

它对喧闹已感到心烦，
老鼠在墙角挠个不住。
它正愁戚戚地思念，
那只四蹄雪白的小牛犊。

不把娇儿还给亲娘，
生养的初欢就毫无意义。
在白杨树下的木桩上，
微风吹拂着小牛的毛皮。

不用多久，当荞麦飘香，
它也将有小牛一样的遭遇，
绳索也会套在它的脖子上，
然后便会在屠宰场死去。

它痛苦，悲伤，瘦骨嶙峋，
把双角刺进土地……
它梦见了白闪闪的树林，
和牧场的芳草萋萋。

1915

狗之歌

清晨，在黑麦秆搭成的狗窝里，
在一排金灿灿的蒲席上，
母狗生下了七只幼儿，
七只小狗全都毛色棕黄。

从早到晚母狗都在把它们亲舔，
用舌头一一把它们全身清洗。
在它那暖乎乎的肚皮下面，

淌流着融雪般的一股股乳汁。

可到了傍晚，当鸡群
纷纷蹲上了炉台，
走出了满脸愁云的主人，
七只小狗全都装进了麻袋。

母狗飞跑过一个个雪堆，
紧紧追踪着自己的主人……
而那还没有结冰的河水
就这样久久、久久地颤漾着波纹。

当它踉踉跄跄往回走，
边走边舔着两肋的热汗，
屋顶上空的新月一钩，
它也看成了自己的小小心肝。

它凝神望着幽蓝的高空，
悲戚戚地大声哀号，
纤纤月牙溜下天穹，
躲进山丘后田野的怀抱。

当人们嘲笑地向它投掷石头，
它却无声地接受，当作奖赏，
只是眼中潸潸泪流，
仿若一颗颗金星洒落在雪地上。

1915

我踏着初雪信步向前……

我踏着初雪信步向前，

心潮激荡如铃兰怒放。
在我的道路上空，夜晚
点燃了星星的蓝色烛光。

我不知道，那是黑暗还是光明？
密林中是风在吟唱还是鸡在清啼？
也许，田野上并非冬天降临，
而是无数天鹅落满了草地。

啊，你多美，莹白如镜的大地！
阵阵轻寒使我血液奔流加速！
多么想把我这火热的躯体，
紧贴住白桦那裸露的胸脯。

啊，遮天蔽日的森林绿雾！
白雪轻笼的原野令人心旷神怡！……
多想在柳树那木头的腿部，
嫁接上我的这一双手臂！

1917

我是最后一个乡村诗人……
——致马里延果夫①

我是最后一个乡村诗人，
我歌唱简朴的木桥，
用白桦叶神香袅袅的清芬，
我伫立着做告别的祈祷。

---

① 马里延果夫（1897—1962），诗人，俄国意象派的创始人和理论家，叶赛宁的朋友。

用肉体的蜡燃起的烛灯，
即将燃尽金晃晃的火焰，
而月亮这木质的时钟，
也将嘶哑地报出我的十二点。

很快钢铁的客人将到来，
出现在这蓝色田野的小路上。
红霞尽染的茫茫燕麦，
将被黑色的掌窝一扫而光。

没有生命的、异类的手掌啊，
有了你们，我的歌就难以存活！
只有这一匹匹麦穗马，
还会因思念老主人而难过。

风儿将摆出追荐舞蹈的阵容，
并吞噬麦穗马的声声嘶喊。
很快，很快，木质的时钟
就将嘶哑地报出我的十二点。

1920

玛尔托夫

埃尔·玛尔托夫（真名安德烈·埃德蒙多维奇·布贡，Эрл Мартов—настоящее имя Андрей Эдмондович Бугон，1871 —1911），俄国现代诗人，有诗歌被编入勃留索夫的三卷本诗集《俄国象征主义者》。

菱形①

我们——

① 从语言文字表示的意义来看，生活在黑暗中的“我们”，眼睛看不见，心灵却在跳动；夜是朦胧的，但不寂静，有心灵的呼吸和星星的低语。黎明来临了，人们感受到了蔚蓝色彩；露水在星光里闪烁，“我们”忘记了黑暗中的一切，燃起希望的火花，去追求甜蜜的爱。诗中的色彩有黑、蔚蓝、白（露水的闪光）等，读者经过想象可以在脑海中重现诗人用这些颜色描绘的一幅由黑夜到黎明的变化图。无论是图中的每一种色彩，还是整幅图景，都有和诗歌内涵一致的象征意义。黑色象征着丑陋的现实，但这种黑暗不是绝对的，其中还有星星的闪光和低语，有心灵的呼吸。夜是活跃的，这一切都暗示着黑暗中还有希望的光亮和被压抑的生机。这就隐喻着丑陋的现实不是永恒的，它孕育着不可遏制的力量和希望。蔚蓝色是明快的浅色调，露水闪光为白色，更加耀眼，象征着光明、幸福、爱情和美好的未来。整幅画面象征着黑暗即将过去，光明必将来临，希望的曙光已经出现。如果我们充分调动联想和想象，还可以发现诗中某些色彩具有双重象征意义。“挤压着人群的是一种蔚蓝的情感”，这个意象似乎不好理解，既然蔚蓝象征光明，它是即将来临的黎明，为什么还要压迫芸芸众生呢？俄国象征派领袖人物勃留索夫在其纲领性的理论文章《打开奥秘的钥匙》中，曾借用费特的诗句“蔚蓝色的监狱”来比喻禁锢人的个性的现实世界。在这个意义上理解“挤压着人群的是一种蔚蓝的情感”，那它就象征着现实环境造成的对人的精神压抑。这样，蔚蓝色除了是光明来临的象征外，还象征着俄国的社会现实。一种色彩具备了双重象征意义。这样的联想并不牵强，诗歌题目《菱形》和直接呈现在读者面前的菱形的诗行排列的象征意义也是如此。现实中的俄国苦役犯背上都有一块红色菱形标记，诗歌题目为《菱形》，诗行排列成菱形，其象征意义就在于俄国社会本身就是一座大监狱。“我们”都是渴望改变现状，早日获得自由看到光明的囚犯。心理科学实验证明，菱形有动感和不牢固感，诗行呈菱形排列还隐含着俄国社会处在动荡和变革发展中的意思，曲折地表达了作者改变现实的心愿。菱形本身已具备了多重含义。综上所述，《菱形》一诗的色、光、影及诗行排列所构成的两个层次的画面和诗的内涵形成了和谐的统一。作者用语言文字表达的色彩及诗歌外形暗示了诗歌的深层意蕴，巧妙地表现了自己的情感，扩大了诗歌的美学内涵。

黑暗里栖身。
双眼正在休息。
飘舞的夜的昏暗。
心灵在贪婪地呼吸。
有时传来繁星的细语呢喃，
挤压着人群的是一种蔚蓝的情感。
露水闪烁中一切昏昏欲睡。
让我们芬芳地吻醉。
马上就霞光熠熠！
再次低语。
像以往——
那样！

1894

帕斯捷尔纳克

鲍利斯·列昂尼德维奇·帕斯捷尔纳克（Бори′с Леони′дович Пастерна′к，1890—1960），诗人、小说家，早期诗歌怪诞奇特，晚期诗歌朴实生动，1958 年因“在现代抒情诗和继承俄罗斯优秀小说传统方面所取得的杰出成就”而荣获诺贝尔文学奖。

二月。一触及墨水就泪水淋淋！……

二月。一触及墨水就泪水淋淋！
抽噎着书写二月的诗章，
直到轰隆隆响的泥泞，
熊熊燃起一个黑色的春天。

雇一辆轻便马车，花六十戈比，
穿过祈祷前的钟声和车轮的辘辘声，
朝着大雨如注的地方飞驰，
那里却比墨水和泪水更加喧腾。

那里，数以千计的白嘴鸦，
仿若一只只表面晒黑的秋梨，
从树上唰唰唰唰掉进水洼，
把干枯的忧伤猛地扔进我眼底。

这眼中融雪的地方已显露黑色，
风被各种叫声钻得满身是洞，
当你抽噎着创作诗歌，
越是偶然，就越是浑然天成。

1912

哭泣的花园

可怕的雨点！它滴落着，细听着，

仿佛这个世界只有它一个，
在窗边揉花边那样把树枝揉搓，
或许旁边还有一个目击者。

可那多孔的大地不堪积水的肆虐，
早已被重压得气喘吁吁，
但听见：在远处，就像在八月，
午夜正在田野里悄悄成熟。

万籁俱寂。也没有一个暗探。
它确信四周空寂无人，
于是照旧行动——蜷成一团，
穿过流水槽，滚下屋顶。

我把它举在唇边，凝神谛听，
仿佛整个世界只有我一个——
正准备哽哽咽咽大放悲声——
或许旁边还有一个目击者。

但一片静谧。树叶儿也不发一丝沙沙。
伸手不见五指的症况，除去
可怕的吞咽声和拖鞋瘆人的啪嗒
以及夹在中间的叹息和泪滴。

1917

草原

通往静谧的那些出口真是人间美景！
一望无际的草原，就像海景画，
针茅草长长叹气，蚂蚁爬出沙沙声，
蚊子的嗡嗡哀鸣在空中浮散飘洒。

云彩的草垛排成了长链，
又逐渐消散，仿如火山上的火山。
无垠的草原全身透湿，默默无言，
轻轻摇晃，慢慢挪移，推你向前。

浓雾像大海从四面八方包围我们，
在刺草丛中好似紧随马腿挪动艰难，
我们在海滨般的草原艰难前行多么销魂，
轻轻摇晃，慢慢挪移，推你向前。

雾中莫非是草垛？谁知道呢？
难道是我们的麦秸垛？我们走近。正是它。
找到了！它是真真切切的麦秸垛。
浓雾和草原从四面八方围裹住它。

银河朝刻赤方向漫漫铺开，
恰似牲畜暴土扬尘地走过的大路。
走过茅舍，你顿时透不过气来：
我从四面八方被敞露，全方位敞露。

浓雾催人入眠，针茅草清香似蜜。
针茅草被银河扔满了每一个角落。
浓雾会消散，黑夜也会从四下里
把麦秸垛和草原密密遮笼着。

浓荫的午夜在大路边停留，
满天繁星重压在大路身上，
如果你不踩踏宇宙，
就无法穿过大路越过板墙。

漫天繁星依旧低垂得贴地，

午夜时分还在野蒿中浸泡，
灼灼发光，又像打湿的薄纱满怀畏惧，
紧紧挨着，身体蜷缩，渴盼结局来到。

让草原评判我们，让黑夜治愈我们。
创世之初，蚊鸣飘洒，蚂蚁爬行，
刺草就在长筒袜上安身，
到何时，到何时啊，才没有它们？

亲爱的，封闭它们！草原已迷住我的双眼！
整个草原仿佛已到了堕落的边缘：
整个草原被宇宙围抱，整个草原就像降落伞，
整个草原就像一个高高竖起的梦幻！

1917

无题

你素来不苟言笑，文文静静，
而今却浑身是火，熊熊燃炽。
让我在诗歌的幽暗深庭，
牢牢地锁住你的美丽。

请看，火团般的厚皮灯罩，
怎样改变了我们的陋室、
我们的窗框、我们的墙角、
我们的体态和我们的影子。

你端坐在长沙发上，
像土耳其人那样盘起双腿，
反正一样，不论黑暗或明亮，
你总是孩子般话不停嘴。

你浮想联翩后，用一根细绳
把滚落在连衣裙上的珍珠穿在一起。
你外表显得忧心忡忡，
你那直率的话语又过于朴实。

你说得对，恋爱一词实在庸俗。
我必须想出别的名词。
只要你愿意，我会为你单独
更改整个世界和所有的词语。

莫非你这愁眉苦脸的神情，
泄露了你情感的深深矿藏，
和隐隐发光的心的岩层？
那你的眼睛为何还那么忧伤？

1956

路

时而翻上土堤，时而冲下深谷底，
时而又急转弯后直线向前，
道路就像一条蛇形的带子，
永远绵绵不绝地朝前蜿蜒。

按照远近配置的所有法则，
这一条条铺好的弯弯曲曲道路，
奔过路边茫茫的原野，
不飞溅污泥，也不扬起尘土。

你看道路飞越过一道堤坝，
对旁边的池塘一眼不看，
只有一群小小的雏鸭，

来回游过池塘的水面。

时而直插山脚，时而跃上山顶，
笔直的交通干线飞奔向前，
恰似那正当盛年的生命，
总是冲向高峰，总是奔向远方。

饱览千千万万种幻象，
跨越各种空间和时间，
翻越障碍，获得支援，
朝着自己的目标飞奔向前。

而无论做客还是在家，它的目标——
就是历尽千辛万苦，排除千难万险，
仿若岔向一旁的小道，
急转弯后又是柳暗花明的远方。

1957

绝无仅有的日子……

在许多漫长的冬季里，
我牢记住的只有冬至，
那本是个无法重复的日子，
却又重复了不知多少次。

这些独一无二的日子，
一天接一天组成整体，
在那些绝无仅有的日子，
我们觉得时间似乎已停止。

我把这些日子全都牢记心间：

严冬刚好过去了一半，
道路潮湿，屋顶上雪水流淌，
太阳晒得巨大的冰块发暖。

相爱的人们，仿若在梦里，
急不可耐地拥抱在一起，
而在那直插云霄的高枝，
一个个椋鸟巢热得汗落如雨。

钟表的指针已昏昏困倦，
懒得再在刻度盘上转动，
可一日长于百年，
拥抱会永远无穷。

1959

蒲 宁

伊万·阿列克谢耶维奇·蒲宁（一译布宁，Ива′н Алексе′евич Бу′нин，1870—1953），杰出的诗人和小说家。他把现代主义的艺术手法引进现实主义诗歌之中，对诗的语言韵律有一定的革新，终生思考生命、死亡、爱情等永恒问题，歌唱美和宁静。1920年起流亡法国，1933年获诺贝尔文学奖。

暮色渐渐暗淡，远方渐渐幽蓝……

暮色渐渐暗淡，远方渐渐幽蓝，
　　太阳正在慢慢落山，
四周除了草原还是草原，
　　到处是庄稼在抽穗灌浆！
蜜香飘传，一片片荞麦
　　花儿白灿灿地绽放田垄……
从村子里悄悄地传来
　　召唤人们做晚祷的钟声……
而在远处的小树林间，
　　布谷鸟懒洋洋地咕咕……
谁劳动后在田野里过上一晚，
　　谁就会深深感到幸福！

暮色渐渐暗淡，太阳落下西山，
　　只有晚霞红光熠熠……
谁饱览暖风轻拂的红霞满天，
　　谁就会感到自己幸福无比；
黑沉沉的深夜里黑沉沉的天空，
　　繁星闪烁着清光悠悠，
这光闪烁得那么温情，
　　频频向他致意问候；
谁白天在地里累得疲惫不堪，
　　在浩浩星空下的辽阔草原，

倒头便酣然安眠，
　　谁就会幸福无边！

1892

我十分幸福，当你抬起……

我十分幸福，当你抬起
蓝汪汪的明眸朝我凝望：
目光中闪耀着青春的希冀——
恰似那一碧如洗的蓝天。

我十分痛苦，当你垂下
黑黑的睫毛，默默无言：
你在爱着，却毫无觉察，
羞怯地把爱深藏在心间。

但无论何时，也无论何地，
靠近你我的心就大放光明……
亲爱的朋友！哦，祝愿你
美丽永驻，永葆青春！

1896

黑夜

我在这个世界上寻觅
美与永恒的结合。
我遥望黑夜：只见沉默的沙地，
和苍茫大地上空的星光闪烁。

昴星团，织女星，火星和猎户星，
仿若古代的文字在深蓝的苍穹闪熠。

我爱它们在荒漠上空的流程，
和它们威严名字的神秘含义①！

就像我眼下这样，亿万双眼睛
曾经注视过振古如兹的行程，
而远古时代曾被它们照耀的所有人，
如沙漠上的脚印，在黑暗中消失无影：

这些人不计其数，有情人和恋人，
有姑娘，小伙子，还有已出嫁的女人，
有黑夜和银光灿灿的晶莹星星，
有幼发拉底河、尼罗河，孟菲斯和巴比伦！

瞧，又是黑夜。在钢一样闪着微光的攸克辛海②上，
朱庇特③让天穹闪闪发亮。
一条光带水晶柱般闪闪发光，
映在海水的镜中，直到水天相连的地平线。

塔夫拉人④、西徐亚人⑤游荡过的海滨，
早已面目全非，只有大海在夏季的风平浪静里，
把发着磷光的蓝莹莹水尘，
一如既往温情脉脉地洒向礁石。

但有一样东西在用永恒的美把我们与

① 据希腊神话传说，昴星团原是普勒阿得斯七位女神，后化为昴星团七星。火星的罗马名字马尔斯，原是罗马神话中的战神（希腊神话中名叫阿瑞斯）。猎户星在希腊神话中是俊美强壮的猎人俄里翁所化。

② 古希腊人对黑海的称呼。

③ 罗马神话中的天父和主神，希腊神话中称为宙斯。也指木星。

④ 居住在克里木南部的古代部落集团。

⑤ 公元前7世纪居住在黑海北岸的部落。

已经逝去的一切紧紧联结在一起。
也是这样一个黑夜，有一位少女
曾伴我来到海岸观赏拍岸的轻轻浪击。

我永远不会忘记这个繁星密布的夜晚，
当时我为一个少女而狂爱整个世界！
哪怕我活着仅靠全然无用的幻想，
仅靠朦胧又骗人的幻想支撑一切——

我在这个世界上寻觅
美与神秘梦一般地结合如一。
我爱它，是为了有着这种福气：
在一种爱中与所有时代的爱交融一体。

1901

很晚时我和她还在原野中……

很晚时我和她还在原野中，
我哆嗦着触碰她柔顺的双唇……
“我要你抱我抱到发疼，
你对我尽可粗鲁和狠心！”

疲乏了，她求我，那么温存：
“哄我睡吧，歇上一晌，
别吻得这么猛这么狠，
把你的头枕在我胸上。”

星星朝我们悄悄闪熠，
露水的清香淡淡飘传。
我用嘴唇柔情地吻及
她那火热的脸颊和发辫。

她已微睡。有次醒来，
蒙眬中像孩子叹了口气，
但看我一眼，微露笑态，
又紧紧偎靠在我怀里。

黑夜久久笼罩着懒洋洋的原野，
我久久守护着心上人的美梦……
而后来天边渐渐金光烨烨，
把东方悄悄地照得通明。

新的一天——原野十分凉爽……
我轻轻轻轻地叫醒了她，
并在闪闪发光、沐浴着红霞的草原上，
踏着盈盈露水送她回家。

1901

古樽上的铭文

他在闹哄哄、蓝漾漾的海边发现了这古樽，
在那多沙多石的荒僻海岸的一座古坟。
他辛劳了很长时间，总算把碎片修复如初，
还原了这古坟内保存了三千年的圣物，
他在静默棺墓中的这一古樽，
读到了如下的古老铭文：

“只有大海，无垠的大海和天空才会永恒，
只有太阳，大地和它的美才会永恒，
只有用无形的纽带把生者的心灵
与墓中阴郁的亡灵联结起来的东西才会永恒。”

1903

黄昏

对幸福我们往往只是忆念。
可幸福无处不在。也许，它就是
板棚后面秋色斑斓的花园，
就是流进窗户的清纯空气。

深不见底的天空，飘荡着一片白云，
它那白雪雪的边缘闪着淡淡的银光。
我久久注视着它……我们少见寡闻，
而幸福只和理解它的人结缘。

窗户敞开着。吱的一声，
一只小鸟落在窗台。我放下书本，
抬起疲惫的目光，就在那一瞬。

天正在夜着，苍穹空旷无垠。
从打谷场传来脱粒机的轰鸣……
我看着，听着，深感幸福。一切尽在我心。

1909

语言

陵墓、木乃伊和尸骨永远沉寂——
　　唯有语言被赋予生命；
从茫茫远古，在宁静的乡村墓地，
　　只有文字频频发出声音。

我们再也没有别的财产，
　　岁月充满了仇恨和苦难！
爱护它吧，尽我们的一切力量，

我们不朽的天赋——是语言。

1922

飞鸟有巢，野兽有穴……

飞鸟有巢，野兽有穴，
　　年轻的心多么痛苦，
当我与父母的家园告别，
说声“再见”离开祖居。

野兽有穴，飞鸟有巢，
　　心儿跳得剧烈而悲伤，
当我走进租用的别人屋角，
划着十字背着破旧的行囊！

1922

茨维塔耶娃

玛丽娜·伊万诺夫娜·茨维塔耶娃（Мари′на Ива′новна Цвета′ева，1892—1941），独树一帜的女诗人，她一方面注重借鉴、学习此前与同时代的各种文学经验，另一方面又大胆创新，形成了适合自己独特个性的独特艺术风格：寓言的格言化与句法的变体化相重合，联想的多变性与乐感的稳定性相交织，造词的新奇感与设喻的立体感相辉映，把如火的激情、大胆的跳跃、灵活的修辞、多变的音乐融为一体，因此其诗歌综合了俄国和外国传统多种流派尤其是现代主义流派的手法。1987 年诺贝尔文学奖得主、大诗人布罗茨基认为，茨维塔耶娃是 20 世纪最伟大的诗人（一译：20 世纪的第一诗人）。

两个太阳都在变冷……

两个太阳都在变冷——啊，上帝，请您佑庇，
一个——高挂在天空，另一个——就在我心里。

这两个太阳啊——我能原谅自己吗？
啊，这两个太阳曾怎样令我如痴如傻！

两个太阳都在结冰——它们的光不会再把人灼痛！
而燃烧得更炽烈的那个会最先变得冷冰冰。

1915

哪里来的这般柔情？……

哪里来的这般柔情？
我并非第一次把这样的卷发抚平，
我蜜吻痛吻过的嘴唇，
也比你的红得更深。

星星闪闪升起，又消失无影，

哪里来的这般柔情？——
我眼睛中的那双眼睛，
灼灼闪亮，又消失无踪。

在黑沉沉的深夜，我还不曾
听过这样的歌声？
哪里来的这般柔情？
我深深依偎在歌手的怀中。

哪里来的这般柔情？
你这调皮的外地后生，
这一腔柔情我该拿它怎么办，
你的睫毛——能不能更长？

1916

你的名字是手中的小鸟儿……

你的名字是手中的小鸟儿，
你的名字是舌头上的小冰块儿，
你的名字是嘴唇独一无二的发声，
你的名字由五个字母构成。
你的名字是飞行中被接住的小球儿，
你的名字是口中含着的银灿灿铃儿。

石头扔进静悄悄的池塘，
哗哗飞溅就像在把你呼唤。
深夜那轻轻的嗒嗒马蹄，
惊雷般大声呼唤你的名字。
朝着太阳穴扣动的扳机，
响亮动听地呼唤你的名字。

你的名字——唉，是不可能！——
你的名字——是亲吻眼睛。
你的名字是僵硬的眼皮下温柔的凛冽，
你的名字——是热吻白雪。
你的名字是碧澄澄、凉沁沁的一口清泉，
枕着你的名字——沉沉进入梦乡。

1916

哦，哀泣的缪斯，缪斯中最美的……

哦，哀泣的缪斯，缪斯中最美的！
啊，你，白夜豪放不羁的精魂！
你在罗斯卷起黑漫漫的暴风雪，
你的哀哭利箭般穿透我们的心。

我们赶忙躲避，发出低沉的感叹
千万声，它们纷纷向你起誓：
安娜·阿赫玛托娃！这个名字是浩然长叹，
它向下直坠，落入了无名的深渊底。

我们将得到加冕，只因为我和你，我们
脚踏同一片土地，头顶同一片蓝天！
那因你致命的命运而惨受重伤的人，
将永垂不朽，在那灵床上安然长眠。

我的城市歌声飞扬，圆顶金光熠熠，
流浪的盲人在赞美光明的天尊……
我把自己钟声悠扬的城市送给你，
阿赫玛托娃！再献上自己这颗心。

1916

我的大都市笼罩着漫漫黑——夜……

我的大都市笼罩着漫漫黑——夜，
离开睡意沉沉的家我走上——街，
人们心里想的是：妻子，女儿——
而我只记得一个词：黑——夜。

为我扫清道路的是七月的——风，
远处的窗口隐约传来音乐——声。
唉，风儿猛吹吧直到那黎——明，
透过薄薄的胸壁直吹进我——胸。

一棵黑杨树，窗内灯光四——射，
钟楼钟声飘，鲜花在手中——握，
漫步而行，我是谁也不跟——着，
我只是影子，其实没有——我。

金闪闪珠串似的明——灯，
夜的树叶在口中味道——浓，
快快打开那白昼的囚——笼，
朋友们，让我走进你们的——梦。

1916

我要从所有的土地，所有的天空夺回你……

我要从所有的土地，所有的天空夺回你，
因为我的摇篮是森林，而森林也是墓地，
因为我在这大地——只用一条腿站立，
因为没有任何人能像我这样虔诚歌颂你。

我要从所有的时代，从所有的黑夜夺回你，

从所有的旗帜下，从所有的刀剑下夺回你，
我要扔掉钥匙，把狗从台阶上轰跑——
因为在大地上的黑夜里我比狗更忠诚可靠。

我要从所有人那里，从那个女人身边夺回你，
你不会随便做谁的新郎，我不会随便做谁的妻子，
我要从黑夜与雅各角力的那个人①身边，
经过最后的争辩夺回你——请闭口不言。

然而在我尚未把你的双手交叉放在胸前——
啊，真该诅咒！——你且留在自己的房间：
你的一双翅膀轻轻扇摇，正指向太空，——
因为世界是你的摇篮，世界也是墓冢！

1916

诗句生长，像繁星点点，像鲜花朵朵……

诗句生长，像繁星点点，像鲜花朵朵，
像家庭中那纯属多余的美。
至于那些桂冠和庄严的颂歌——
我只回答：哪会要它们增光添辉？

我们在沉睡——天外来客化身四叶草，
穿过大块石板，前来拜访我。
啊，世界！你可要知道——
诗人在梦中发现星星的规律和鲜花的法则。

1918

---

① 据《圣经》故事，雅各与天使通宵角力，终于获胜，天使说：“你的名，不再叫雅各，要叫以色列（攘夺者），因为你同神同人较力，都得了胜。”从此雅各便以“以色列”为名，意为“与神角力取胜者”。详见《圣经·旧约·创世记》32。

致一百年以后的你

一百年以后，你将降生人世，
命定必死的我，将喘口气，
从黄泉之下，亲笔
　　给你写下这首诗：

朋友，不必找我！沧海桑田！
即便耄耋老人也无法把我记起。
嘴唇够不着亲吻！隔着忘川
　　我向你伸出自己的双臂。

我看见你的双眼仿若两团篝火，
灼灼照进了我的坟墓，照进了地狱，
注视着手脚僵硬的死者，
　　她一百年前就已去世。

我手中的诗稿已几近尘埃！
我看见：你栉风沐雨，
在寻找我出生时的邸宅，
　　寻找我逝世时的屋子。

当你望着劈面相逢、容光焕发的欢笑女人，
我深感骄傲，我听见你说：
“一群金玉其外的女人！你们全都是死人！
　　活着的只有她一个！

“我曾经心甘情愿为她效力，
一切秘密我全都知道，也知道她全部戒指的库房！
你们这帮掠夺死者的女强盗！——这些戒指
　　全都是从她那里偷抢！”

啊，我那上百枚戒指！我真憾恨，
我平生头一次懊悔不已：
那么多戒指我竟随随便便送了人
——只因没有遇到你！

更使我悲伤的是，直到今天傍晚，
我每天每天都在追踪西沉的太阳，
只为迎来与你的相见——
我熬过了整整一百年。

我敢打赌，你一定会把诅咒
投向我那些睡在黑暗坟墓中的友人：
“大家都尽情赞美！可谁都没有回酬
她一件粉红的连衣裙！”

“有谁比她更无私?!”不，我很有私心！
既然不会伤害我，又何必瞒着他人：
我曾经恳求所有人给我写信，
以便在深更半夜亲吻它们。

说不说呢？说！死亡只是一种假设。
此刻在客人中你对我最情深似海。
你拒绝了众多情人中的天姿国色，
只是为了我这一堆遗骸。

1919

扎鲍洛茨基

尼古拉·阿列克赛耶维奇·扎鲍洛茨基（Никола′й Алексе′евич Заболо′цкий，1903—1958），诗人，用怪诞手法反映新经济政策时期的生活，长诗《农业的胜利》遭不公平批判，晚期抒情诗饱含哲理。

贝多芬

就在那一天，当你的和声
在艰难复杂的劳动世界大获全胜，
光比光更灿亮，乌云穿过乌云，
霹雳引发霹雳，星星交相辉映。

你充满了不可遏制的灵感，
在暴风雨般的合奏和音乐的轰鸣中，
你沿着云彩的梯级向上飞攀，
一路领略大千世界的乐音。

运用铜管的密林和旋律的镜湖，
你战胜了狂暴混乱的飓风，
你面对大自然大声疾呼，
透过管风琴露出自己那雄狮的面孔。

就在广阔的世界面前，
你把那样的思想注入这高喊，
伴随高叫，词挣脱了语言，
组成音乐，给你雄狮的面孔戴上花环。

竖琴又在公牛角上悦耳地奏响，
雄鹰之骨变作牧人的长笛，
你从恶中分离出善，
你深知世界鲜活的魅力。

透过静谧的广阔世界，
九级巨浪飞扑到群星……
放开吧，思想！词，快变成音乐，
直击心灵，让世界完美到巅峰！

1946

读诗

新奇，细腻，饶有情趣：
这诗已不仅仅是诗。
其中作家深深领悟
蟋蟀与儿童的喃喃细语。

诗篇中匆匆收场的废话里，
也有着为人熟知的苦心经营。
难道可以把人的幻想牺牲，
奉献给这些游戏？

难道可以把俄语的一个词语，
转化为金翅雀的啾啾唧唧，
而意义那有生命的基础，
不会透过它传出自己的声息？

不！诗歌绝不会囚禁
我们的想象力。因为它倒
不是为了那些猜莫名其妙字谜的人，
而戴上魔法师的尖顶帽。

谁从童年起就爱好诗歌，
生活在真正的生活空间，
他就永远信赖生气勃勃、

充满智慧的俄罗斯语言。

1948

鲁勃佐夫

尼古拉·米哈伊洛维奇·鲁勃佐夫（Никола'й Миха'йлович Рубцо'в，1936—1971），诗人，他在创作中把丘特切夫传统和叶赛宁传统相结合。他在心灵中寻求大自然所体现的和谐，他的诗表达了高科技时代人们心灵的渴求，他自然而然地被推崇为“解冻”后苏联诗歌中“悄声细语”派的主要代表之一。

白桦

我爱白桦的沙沙歌唱，
我爱白桦的黄叶飘零。
每当听到这样的音响，
我很难流泪的双眼就泪水盈盈。

一切都情不自禁地在记忆中浮现，
让我心潮澎湃，血液沸腾，
既欣喜若狂又有点黯然神伤，
似乎有谁在低声倾诉爱情。

只是尘世琐事经常盘踞我的心窝，
一如阴沉沉的日子经常刮着冷风。
须知也有这样的白桦一棵，
在我母亲的墓旁沙沙歌吟。

子弹使父亲倒在战场，
而在我们村子的篱笆边，
在这风雨凄迷的落叶时光，
恰似蜂房嗡响着沙沙一片……

我的罗斯啊，我爱你的白桦：
从童年起我就同它们一起生活一起成长！
正因为如此一滴滴泪花

才盈满我很难流泪的眼眶……

1957

我宁静的故乡
——致别洛夫[①]

啊，我宁静的故乡！
杨柳，小河，夜莺……
我母亲就在这里安葬，
那时我还是个儿童。

“请问乡村墓地在哪？
我自己已没法找见。”
乡亲们对我轻轻回答：
“它就在那边河岸。”

乡亲们对我轻声指导，
一队大车静悄悄地前行。
一丛绿生生的野草，
茁茂在教堂的圆顶。

我曾游泳抓鱼之处，
干草堆积在干草房：
一条条挖成的水渠，
蜿蜒在河湾之间。

沼泽取代了原来的泥潭，

---

① 瓦西里·伊万诺维奇·别洛夫（Васи′лий Ива′нович Бело′в，1932—2012），俄国作家，20世纪后期俄国农村文学——乡村散文派的领袖，代表作有中篇小说《凡人琐事》（1966）、长篇小说《一切都在前面》（1986）等，1981年获得苏联国家奖，2003年获得俄罗斯国家奖。

那是我曾经游泳的地方……
啊，我宁静的故乡，
我什么都没有遗忘。

学校换上了新的围墙，
周围依旧是绿萋萋的草原。
我多想再坐在那围墙上，
就像那无忧无虑的乌鸦一般。

啊，我那木头建造的学校！……
当我再次离去的时候——
那雾蒙蒙的河水滔滔，
仍将在我身后奔流，奔流。

这里的每一座农舍，每一朵乌云，
以及即将炸响的每一声雷霆，
和我的联系都是那样蒂固根深，
总是燃起我内心火热的深情。

1964

田野之星

在冷浸浸的黑暗里，田野之星
悄然停住，凝望着一株艾蒿。
时钟已当当当当敲过了十二声，
我的故乡已酣睡在梦的怀抱……

田野之星啊，此刻你使我心潮激荡，
我不禁回想起，就在那山冈后，
它在金灿灿的秋天静静地闪闪发光，
它在银闪闪的冬天静静地清光悠悠……

永不熄灭的田野之星闪闪发亮，
为了所有惴惴不安的大地居民，
它以自己温柔亲切的道道清光
爱抚远方耸立的所有城镇……

然而只是在这里，在这冷浸浸的黑暗里，
它才会更圆，也更加亮晶晶，
只要它还在人世间白光熠熠，
还闪耀在田野上空，我就幸福无穷……

1964

故乡之夜

高巍巍的橡树。深幽幽的湖水。
静寂寂的夜影就安卧在周遭。
如此静谧，仿佛大自然从未
在这里经受过一丝一毫惊扰。

如此静谧，仿佛村庄的屋顶
从来没有听到过雷声响亮，
池塘也从来没有吹拂过轻风，
院子里的干草也从未沙沙作响。

睡意沉沉的长脚秧鸡叫声渐稀……
我已归来——往事却一去不复还！
怎生奈何？但愿这景象永留人世，
但愿这一刻延长成永远，

当心灵不再被灾难惊扰，
而夜影挪移得如此安宁，
如此静谧，如此良宵，

仿佛生活中不再有惊恐。

而整个心灵完全沉入
美好的神秘，而毫无遗憾，
快乐的忧伤盈满心屋，
仿若溶溶月光盈满人寰……

1967

伊萨科夫斯基

米哈伊尔·瓦西里耶维奇·伊萨科夫斯基（Михаи′л Васи′льевич Исако′вский，1900—1973），俄国当代诗人，其诗歌把民歌特色与新生活结合起来，创造了劳动加爱情的抒情诗模式（曾影响了中国当代诗人闻捷），善于表现恋爱中少女，尤其是初恋少女的细腻幽微感情，不少诗被谱成曲并成为经久传唱的民歌，如《红莓花儿开》《卡秋莎》《有谁知道他》等。

一切都消失了……

一切都消失了——躲藏在松林那边：
那急湍飞流的小溪，那夜莺栖息的丛林，
那快乐自在的宽阔原野——无须打量，
她也是那么美好、可爱而又可亲。

对此，孤独的心因淡淡的忧伤而发紧：
似乎有什么被忘记，又有什么还没说完，
没有什么念念不忘的东西为我留存，
但光明之线却让我的生命与什么密切相连。

1917

夜间笔记

在灰蒙蒙的窗子边，
我坐在灯下吸着烟卷，
静谧，把模模糊糊的诗篇，
纷乱地向我悄语低言。

夜间的蟋蟀，我老早的友人，
重又拨动了自己的琴弦，
默默站立的樱桃树一群群
相聚在我那打开的窗前。

黑暗中窗帘开始发白，
野外的母菊散发出阵阵芳馨，
邻居的狗突然间狂吠起来，
然后，它又沉入思虑和宁静。

1920 年夏

风

偷偷从篱笆溜出，
风儿那样蹑手蹑脚，
他敲了几下窗户，
又沿着屋顶飞跑。

他把稠李的枝儿，
轻轻、轻轻地弹拨，
又不知为了什么，
把熟识的麻雀好一阵数落。

然后，他朝气蓬勃地
展开那幼嫩的翅膀，
同灰尘相互追逐着，
不知飞向了什么地方。

1927

白桦

就在这远离好奇眼睛的空地，
一棵幼嫩的白桦沙沙地作响，
春天，我不止一次来到这里，
在这棵树下等待着和你会面。

整整几个星期，我都带着那本诗集，
——它的封面蔚蓝蔚蓝：
我和你曾一同开始读诗，
而且想两人一起把它读完。

我总以为你还会再来，但过了一朝又一朝，
再来这里，你却根本没有打算，
现在，白桦早已被砍去烧掉，
只剩下那本诗集还没有读完。

1936

今天，我是这样的胆怯无奈……

今天，我是这样的胆怯无奈——
为什么这样，我也弄不清。
你离去了，对于少女的爱
你是一点也不知情。

你离去了，而且，很可能，
永远都不会再回到这个屋里，
想必也不会写那么一封信，
甚至连问候都不会捎上一句。

我不会站在你去的路上，
更不会向你有任何请求，
看来，忧虑和悲伤，
命中已注定我孤独忍受。

不过，当春天飞奔而至，
河流哗哗奔流，青草沙沙作响，
我将等待，你梦里

那来自莫斯科的姑娘！

1938

谁又知道他……

傍晚，一个青年，
徘徊在我家门前，
他向我眨眨眼，
却又不发一言。
　　谁又知道他，
　　为何把眼眨。

当我参加游艺节①，
他舞姿翩翩，歌声悦耳，
而当我们在篱笆边告别，
他扭过头去，声声叹气。
　　谁又知道他，
　　为何叹气啊。

我问他："你为何不快乐，
莫非生活不开心？"
他开口回答我：
"我丢失了我那可怜的心。"
　　谁又知道他，
　　为什么丢失啦。

昨天，两封神秘的信件，
他通过邮局送达：

---

① 国内目前通行译文是"他和我一同去散步"［详见薛范编《苏联歌曲300首珍品集（1917—1991）》，中国电影出版社，1995年版，第90页］，其中 гулянье 这个词，在这里并非"散步"的意思，而是"游艺节""游园会"的意思。

每一行都只是黑点点，
仿佛说，你猜它暗示些啥。
谁又知道他，
在暗示些啥。

我没有去猜什么，
你也别指望，别傻等，
可是，我的心却为何
甜蜜地融化在胸中。
　　　谁又知道它，
　　　为什么融化。

1938

卡秋莎

苹果花和梨花含苞怒放，
盈盈薄雾在河上荡漾，
卡秋莎俏步走向河岸，
亭亭玉立在陡峭的岸上。

她一边走，一边歌唱，
歌唱灰蓝的草原雄鹰，
歌唱她热恋着的情郎，
她正珍藏着他的来信。

啊你，歌声，姑娘的歌声，
快紧跟亮丽的太阳飞去：
把卡秋莎的敬意和柔情，
带给驻守在遥远边疆的战士。

让他记住这纯朴的姑娘，

让他听听，她是怎样歌唱，
让他护卫好祖国的边疆，
卡秋莎将把对他的爱情珍藏。

苹果花和梨花含苞怒放，
盈盈薄雾在河上荡漾，
卡秋莎俏步走向河岸，
亭亭玉立在陡峭的岸上。

1938

山上——一片白漫漫……

山上——一片白漫漫，
是清晨那盛开的樱桃花。
我爱上了一个青年，
但不敢向他说出心里话。

我在大街上走来走去，
我只为他而悲伤，
他却从没问过一句，
有什么在我心中深藏。

他只问——我生活得怎样，
我是否很快请他做客。
大概，他并不希望
把真情的话儿诉说。

我满怀无限悲苦，
孤独地回到家里。
难道说，我的幸福

竟会从我身边飞逝？

1940

再没有更美的花朵……

当苹果花怒放的时候，
再没有更美的花朵；
当亲爱的到来的时候，
再没有更妙的时刻。

当我看见也听到他——
我全身都那么激动，
我整个心灵燃起火花，
我整个心灵情火熊熊。

我们的眼睛深情互瞧，
火热的手臂紧紧相挽，
去哪里？我们自己也不知道，
只是喝醉了一般踉跄向前。

我们在小路上走来走去，
那里长着绿茵茵的青草。
念念不忘的心里话儿，
自己从心里一一往外跳。

花园的四周已闪现白光，
五月的花园里百花盛开，
月亮在天上是那么明亮，
就是针落到地上也能捡起来。

河那边手风琴声悠悠——

一会儿响亮流畅，一会儿归于沉默……
当苹果花怒放的时候，
再没有更美的花朵。

1944

黎明前一切又都寂无声响……

黎明前一切又都寂无声响，
门不再吱呀发声，灯也不再亮，
只听见街上的什么地方，
孤独的手风琴在飘荡。

时而走出大门来到田野内，
时而又转身回到大门，
黑暗中仿佛在寻找谁，
但又找不到任何人。

从田野吹来夜晚的凉风悠悠，
苹果花一片片到处飘飞……
你说吧，年轻的手风琴手，
你快说明，你找的是谁！

也许，她住得离你不远，
她还不知道，你正在把她等候，
你又何必整夜孤独地游荡，
你又何必把姑娘的美梦赶走?!

1945

踏过露水盈盈的草地……

踏过露水盈盈的草地，

沿着弯弯曲曲的小路，
热闹的晚会已经完毕，
我的朋友，送我回屋。

来到我家的附近，
他四处看看，小心翼翼，
对我说："如果允准，
我想吻一吻你。"

我回答他道：
"这，当然不行，
这样的乞要，
无论谁我都不会答应。"

小伙子立即难过起来，
他伤心地要急忙离去。
他说，这证明我并不可爱，
他说，最好我们别再相遇。

我紧盯着他的眼睛，
"既然这样，"我说，
"那你就吻上一吻，
不过，允许你吻的可不是我。"

1946

荚蒾花儿开啊……①

荚蒾花儿开啊，

① 歌曲翻译为《红莓花儿开》，陈训明曾专撰一文《红莓花是什么花》指明该翻译的错误，为节省篇幅，此处不赘。

开在田野的小河边，
虎生生的小伙儿啊，
我深深爱在心间。

对这小伙儿的深爱，
弄得我十分难受：
我不敢向他表白，
真情话一句也说不出口。

他生活着——对这事，
他一丝一毫也不知：
有一位少女，
每天都在为他相思……

小河边的荚蒾花啊，
早已经纷纷凋谢，
少女的爱情啊，
反倒更加浓烈。

少女的爱情，
一天天越发浓烈，
我该怎样下定决心——
把爱情向他表白？

我彷徨不定，
不敢倾诉衷肠，
我最亲爱的人，
你呀自己去猜想！

1949

俄罗斯诗歌中的图像诗

在人们心目中，诗歌主要与音乐有着天然密切的关系，尤其是自西方象征主义出现以来。其实，诗歌与绘画或者说图像的关系也非同一般，中国自古就有“诗画一体”说，西方也有“诗是有声画，画是无声诗”的说法。当然，自从德国文学理论大师莱辛在其《拉奥孔》中力辩诗与画的界限后，西方对诗与画的区分颇为清晰。但诗人们为了艺术创新，不仅追求诗歌中的画境，而且创造了图像诗。

图像诗是一种把文字表述的思想、情境等，通过视觉形象直接直观地显现在读者眼前的诗歌，也叫图画诗、图形诗、具象诗、具体诗，其中最为著名的有法国现代主义诗人阿波里奈尔的《被刺杀的和平鸽》《镜子》《照片》等，美国著名诗人肯明斯的《落日》《寂》等。正因为他们都是现代主义诗人，其探索很有前卫性，所以这种诗也被称为“前卫诗”。

但俄国诗歌尤其是文人的诗歌创作却有着独特的图像诗传统。杰尔查文 1809 年就创作了《金字塔》（曾思艺译，下同）：

我看见
红霞初现，
闪烁的红光，
恰似闪闪烛光，
灿烂了漫漫黑暗，
给整个心灵带来欣喜若狂，
然而是什么——是因为太阳霞光才如此美丽？
不！——金字塔——本身就是美好事业的回忆。

这种图像诗有意别出心裁地把诗歌语言以诗行的方式，排列成与诗歌内涵相统一的形状或画面，从而增强诗歌的感染力和审美效应。这首《金字塔》把整首诗排列成金字塔状，使诗歌有一种视画性和图画美，并通过这一图像歌颂了美好的事业——不朽的劳动（因为埃及的金字塔是古代著名的人工奇迹之一，充分体现和代表着人类劳动的智慧和成就，是人类劳动所创造的不朽业绩），从而使金字塔图形与歌颂不朽的劳动的主题相得益彰。

阿普赫京继承这一传统，在 1888 年创作了倒三角形诗《生活的道路穿过贫瘠荒凉的草原向前延伸……》：

生活的道路穿过贫瘠荒凉的草原向前延伸，
偏僻，黑暗……没有屋舍，没有灌木……
心灵沉睡；理性，嘴唇
仿佛都被枷锁锁住，
我们的远方无垠，
却一片空无。

忽然间路途显得不再难以忍受，
歌儿振翅欲飞，思想转动。
星星在天空烈燃不休，
血液狂热奔涌……
幻想，惊忧，
爱情！

哦，那些幻想何在？在哪里，快乐，悲伤？
它们这么多年如此亮丽地为我们照明！
由于它们，在雾气腾腾的远方，
能勉强看见隐约的火星……
这一切，都已消亡……
它们也失去踪影。

倒三角形在画面上给人一种重压感，同时也有一种不够稳定的感觉，这与诗歌表达的贫瘠荒凉、心灵沉睡、死气沉沉同时又闪现一星希望的主题十分契合。

玛尔托夫则于1894年创作了《菱形》：

我们——
黑暗里栖身。
双眼正在休息。
飘舞的夜的昏暗。
心灵在贪婪地呼吸。
有时传来繁星的细语呢喃，
挤压着人群的是一种蔚蓝的情感。
露水闪烁中一切昏昏欲睡。
让我们芬芳地吻醉。
马上就霞光熠熠！
再次低语。
像以往——
那样！

整首诗就像标题那样，排列成菱形。菱形具有动感和不牢固之感，寓意着动荡和变化的可能。仔细探究发现，那时俄国的苦役犯背上都有红色的菱形标记，因此，诗歌标题《菱形》以及诗行排列成菱形，在某种程度上就象征着俄国社会是一座大监狱。而“我们”这些囚犯栖身于黑暗，等待着曙光，追求甜蜜的爱，就表达了“我们”对自由、光明、爱情的渴望。

勃留索夫则在1918年创作了《三角形》：

我
轻轻
摇晃着
那束细绳

由绒线搓成
没有费心猜测
它那深蓝的底色
和那些可爱的小线头
我在茫茫空间翩翩飞翔
像鸟儿一样轻轻扇动翅膀
穿越了紫巍巍的一片片灌木丛！
然而却陷身于诱人心魂的目光中
我知道，启明星已经发红，灼灼闪光！
它使我幸福无比，竟无法用言语加以形容！

三角形代表平衡、稳定，是男性的象征，往往用于传达进展、方向和目的。这首诗外在的三角形图像，与所表达的抒情主人公主动追求爱情或理想并且有了希望、看到光明、深感幸福无比的主题十分和谐。

这种图像诗的传统在俄国当代诗歌中仍得到继承，如布罗茨基1967年创作的《喷泉》：

从狮子嘴里喷出水雾蒙蒙
既不淙淙作响，也听不到怒啸声声。
风信子花盛开。没有喊叫，也没有笛鸣。
没有任何声音。树叶纹丝不动。
这情景真是格格不入——面对如此威严的面孔，
却又无比新鲜。
嘴唇已干得发痛，
喉咙已经锈穿：金属难以不朽。
不过某人已牢牢拧紧了龙头，
它藏匿在尾巴根部，叶簇之中，
荨麻紧紧缠绕着开关。夜晚取代了白昼，
从那灌木丛
一团团一团团阴影
纷纷奔向喷泉，恰似狮子跑出密林。

它们团团包围着沉睡在圆形中心的亲人，
它们飞越过栅栏，开始在圆形中心忙碌奔腾，
它们舔吻着自己首领的脚掌和口鼻。它们的动作越快，
首领威严的面孔
就越发暗淡。终于
它与它们融为一体，并且
猛然生气勃勃，向下跳跃。接着整伙儿相偕
冲进了黑暗里。
天空用乌云遮盖了星星，思考者
会冷静地评判
绑架首领的行径
——因为最先落下的雨滴在长凳上闪闪发光——
他会把绑架首领说成是山雨欲临。
倾斜的雨一行行落到地上，
在漫漫空中为狮子家族织成笼子或罗网，
不用榫接也无须铁钉。
暖乎乎的
细雨
一片迷蒙。
像狮子一样，你的喉咙也不会因它而受凉，
不会有人再爱你，但你也不会被遗忘。
在末日审判的时候，你将从大地上复活，
既然你曾经是巨大的奇迹，无数的奇迹。
你的逃脱
伴随那
雨雪交加。
而你，生来不会弱不禁风，
一定还会重回这个世界过夜居留，
因为没有什么比关于奇迹的记忆更为寂寥。
因此，那些曾经住过监狱的人一定会重返监牢，
而放出去的鸽子——也会飞回方舟。

相对于以图像诗闻名的超现实主义者、立体未来主义者——法国著名诗人阿波里奈尔（1880—1918，他的具象诗集《美文集》出版于1916年后）而言，俄国诗人在图像诗方面的探索既早得多也普遍得多，这说明俄国诗人们很早就有颇强的诗歌创新意识，充分体现了俄国诗人们对诗歌艺术形式的探索。

译后记

一晃四十多年就过去了。1979 年，年少的我考进了湘潭大学，由于英语老师不够，学校安排我们学中文和学哲学的学生改学俄语。据说，俄国的文学和哲学较西方进步且伟大，能学好俄语，用俄文直接阅读原著，是一种莫大的幸福。当时，我的英语还过得去，而俄语以前毫无基础，俄语语法又远比英语复杂，因此，我学俄语的积极性不大，甚至为此感到苦恼。一次，去拜访大家最喜欢也是我最崇敬的外国文学老师——张铁夫先生，向他讲述了自己的心事。张老师语重心长地告诉我，在当今时代，外语只会越来越重要，必须学好外语，而且，不管是哪一门外语，只要学好、学精一门外语，必定终生受用无穷。张老师的话为我解除了迷惑，给我指明了方向。从此，我认真扎实地学起俄语来。不想进步还大，很快，我不仅能轻松自如地应付每次考试，还能阅读一些俄语读物。正好此时，我跟随一向尊敬、热爱的曾德凤兄和彭燕郊老师学写新诗，在诗歌方面稍有心得，有次读了一本俄文杂志《旗》，发现一组每首四行的短诗《阿布哈兹诗抄》，写得颇有哲理，我读得也十分轻松，且有所感悟，于是，便见猎心喜，把它译了下来。然后，兴冲冲地拿给张老师看，只是想向他表示感谢——听了您的话，我不仅认真地学习了外语，而且能读点外语刊物，还勉勉强强能翻译东西了！谁知张老师看了之后，竟表扬我译得不错，还主动帮我找到原文进行校对，且推荐到长沙一家公开文学刊物《新创作》上发表了五首。这对我学外语是个极大的鼓励。此后，我又翻译了伊萨科夫斯基、屠格涅夫的一些诗。而张老师这种爱护人才、奖掖后进的思想和做法，已经铭刻在我的心灵深处，在高校从事教学和科研这三十多年里，我总是以张老师为榜样，爱护学生，因材施教，尽力帮助他们、扶植他们。

这本诗集共收集了 400 首左右我三十多年来翻译的从俄国第一位职业诗人到 20 世纪后期的俄罗斯抒情诗，这些诗都是俄国诗歌史上的名篇佳作，有不少还是首次译成中文。其中最早的译作是 1981 年翻译的伊萨科夫斯基诗。1993 年我在北京大学俄语系做访问学者，选修了著名俄苏文学翻译家顾蕴璞教授的俄国诗歌翻译课。一次，他布置课外作业，让我们翻译费特的名诗《呢喃的细语，羞怯的呼吸……》。没想到，我做的这个作业得到了顾老师的颇高评价，还在课堂上朗诵。我因为多方面原因被压抑的诗歌翻译欲，从此一发不可收拾。1994 年 7 月回家后，一连几年每天晚上不看电视也不出门访友，一般也不接待朋友，只是坐在书桌前几小时几小时地翻译费特的诗歌。尽管呕心沥血，其苦难言，但几年下来，翻译的诗歌也积累了180多首，并且在各种刊物上发表过数十首。后来因为研究丘特切夫和俄国现代派诗歌，又翻译了100多首他们的作品。最近这些年，更是有意识地系统地翻译了从17世纪至20世纪中后期的一些颇具代表性的俄罗斯抒情诗，其中有些在俄国诗歌史上名气很大但从未译成中文的抒情名诗。这样，我所翻译的俄罗斯诗歌，一共就有2000来首了。现在，对这些诗歌加以选择（除了选入名家名作外，还适当多选国内译介较少的诗人的诗歌），编成这个译诗集，一是对张铁夫老师和顾蕴璞老师表示深挚的感谢——他们两位都是对我帮助很大，对我的人品、学问影响很大的老师，也是我最热爱的老师，同时也以此深深怀念先师张铁夫教授（1938—2012）；二是对这三十多年来的诗歌翻译做一小小总结，以便今后在俄国文学翻译方面继续奋斗。

十分感谢顾蕴璞老师和内蒙古大学的王业副教授，这本抒情诗选中新译的不少诗歌得到了他们认真细致的校正，特别是王业副教授，虽然我们素未谋面，但她对我帮助很大：尽心帮我在俄国购买我需要的书籍，仔细帮我校对多种译诗稿，使我减少了不少错误。还要感谢北京大学的古俄语专家左少兴（1930—2020）教授，本诗选中有不少18世纪俄国诗歌的翻译得到了他的帮助和指导。

2020年于天津市津南区天山龙玺紫烟阁